河出文庫

# さよならの儀式

宮部みゆき

JN072245

河出書房新社

# さよならの儀式　目次

# さよならの儀式

# 母の法律

咲子《さきこ》ママが死んだとき、わたしは泣かなかった。三ヵ月前、主治医の先生から、これ以上治療を続けてもママを苦しめるだけで意味がない――という説明を受けて、憲一《けんいち》パパがサイトマクロシン投与を止《や》めると決めたとき、一美《かずみ》と二人で一晩中泣き明かして、覚悟ができていたから。

ママが人生の終わりの約八十日間を過ごしたホスピスの〈コスモス〉は、外見は昭和レトロなレンガ造りの洋館だけど、内部には最新式の設備が整えられていて、スタッフの人たちもみんな優秀だった。ママは最期《さいご》まで心穏やかに過ごせたと思う。全ての個室から見渡せる庭には季節の花が溢《あふ》れ、朝夕には水盤に様々な種類の野鳥が水浴びにやってくる。運がいいと野生のリスの可愛《かわい》らしい姿を見かけることもあった。

ママのいたフロアの主任さんがお通夜に来てくれて、思い出話をしているとき、〈コスモス〉は花の名前ではなく、〈宇宙〉の方の意味なのだと教わった。死出の旅立ちを目前にした入居者と、それを見守る人びとが形成する小宇宙だ。

「咲子さんは、わたしどもの宇宙を横切っていったとびきり美しい彗星《すいせい》でした」

わたしもそう思う。咲子ママは美しかった。容姿だけでなく、心も。

咲子ママの娘になったとき、わたしは四歳七ヵ月。ママは三十四歳だった。憲一パパと結婚して十年目、九歳十ヵ月の翔《かける》と五歳半の一美の四人家族のところに、わたしが加わったのだ。パパとママはクラス・ファーストの養父母認定を得ていて、新生児でも引き受けられる資格があったのに、マッチング・リストでは下位に置かれていたわたしを引き取ってくれた。

「あなたの顔を見て声を聞いたら、他の子供のことは考えられなくなっちゃったの」

憲一パパの話によると、翔のときも一美のときも、ママのそういう「ひと目惚《ぼ》れ」で決まったのだそうだ。

「ママの目に間違いはないから、パパは安心して任せっきりだったよ。それで正解だったろ？」

パパの言うとおりだ。わたしが加わってから十二年、わたしたちはいい家族だった。どうしようもないことだとわかっていても、咲子ママを失って解体されてゆくことが悲しい。

養父母が離婚した場合、または死別によってどちらかが単身者になった場合は、未成年の養子を〈グランドホーム〉に戻す。これは「被虐待児の保護と育成にかかわる特別措置法」——通称〈マザー法〉で定められた基本的な手続きだ。わたしが生まれる二十年以上前、この法律が施行された当初は、離婚や死別によって片親になっても、当事者の希望とマザーシステム管理運営委員会の承認があれば、その養家庭はそのまま認められていたのだそうだけど、いくつかのスキャンダラスな事件が起こった結果、その「温情」はナシになってしまった。

生前、咲子ママは委員会のそうした融通のきかなさに批判的で、片親養家庭解体のきっかけとなった事件のなかには、冤罪《えんざい》やでっちあげが混じっていると怒っていた。

「あれほど厳重な心理テストをパスして、長期間の教育を受けた養父母が、パートナーを失った途端に養子を性的に虐待し始めるなんてあり得ないわよ」

政府もマザー委員会も、もっと養父母を信用するべきだし、自分たちのシステムに自信を持つべきだと、憲一パパを相手に、ママにしては珍しく演説していたことがある。深夜、二人でワインを飲んでいるときだったから、ちょっぴり酔っていたのかもしれない。

ママの義憤（公憤？）に、憲一パパは苦笑していた。

「まったく君の言うとおりだと思うよ。だけど、世間の多くの人たちはそうじゃない。委員会が片親養家庭解体の原則を徹底しているのは、虐待の発生を防ぐためじゃなく、世間の根強い偏見から僕たち養父母を守るためだと考えた方がいいんじゃないかな」

パパとママはとってもイケてる夫婦だったから、差し向かいでワイングラスを傾けている姿は絵になった。こっそり夜更かしをしていて、その様子を垣間見たわたしは、二人のことが自慢で誇らしかった。

あれからたった四年後、ママに再発が見つかった。ママに取り憑《つ》いた悪性新生物は、若いころのママから子宮を奪っただけでは足りずに、しぶとく鎌首をもたげたのだ。そしてとうとうママを打ち負かし、わたしたちを引き裂こうとしている。

マザー法は、この国にいる全ての被虐待児を救済し得る奇跡のシステムだ。サイトマクロシンもまた、その発生のメカニズムが解明されている悪性新生物のほぼ全てに効き目のある奇跡の分子標的薬だと言われている。でも、そのどちらにも限界はある。

今はまだ。わたしはそう思いたい。


ママの葬儀を終えて、一ヵ月の猶予期間が満ちる前に、一美とわたしは手荷物をまとめて地元のグランドホームに移った。憲一パパとわたしたち自身の希望で、名字は憲一パパと同じまま、社会的な籍はマザー委員会のもとに戻ったのだ。

一美は十七歳、わたし二葉《ふたば》は十六歳。年子の姉妹だけれど、マザー委員会が養家庭のない養子に提供する生活拠点であるグランドホームでは、十三歳以上は個室住まいになる。ここのグランドホームは周辺の複数の自治体が合同で切り盛りしていて、収容児童数が多い（グランドホームでは、職を得て自立するまではいくつになっても児童扱いされるのが地味にイラつく）。建物は古い公営住宅を改築したもので、利便性もセキュリティも高いけれど、天井が低いのが玉に瑕《きず》だ。内装や家具がお洒落《しゃれ》でも、それだけで一抹の古くささが漂ってしまう。

長男の翔はもう成人しているし、うちから遠く離れて大学の寮に入っている。わざわざ休日をつぶして、わたしたちの新しい住まいまで片付けの手伝いに来てくれた。

「荷物なんか大してないのに」

「でも、心配だからさ」

お兄さんはお母さん似ね。妹さんたちはお父さんに似てるわね。わたしたちがマザー法の傘のもとにいる養家庭だと知らないうちは、まわりの人たちはしょっちゅうこんなふうに言った。だけど、大人になった翔は、むしろ憲一パパに似ている。顔かたちではなく、動作やちょっとしたクセ、言葉の言い回しがそっくりなのだ。

一美とわたしは、パパにもママにも似ていない。翔とも似ていないし、お互いに似ているわけでもない。でもちゃんと親子に、兄妹に、姉妹に見えるらしい。やっぱり顔かたちではなく、雰囲気や仕草が似通っているのだという。

折り合いながら、助け合いながら、互いを思いやりながら暮らすことが、人と人とを似通わせる。よく育てられた子供は、よく育ててくれた親から様々なものを吸収して、その結果として自然に似てゆくのだ。だからその親子のあいだに血縁があるかどうかということには、実はあんまり――いえ、ほとんど左右されない。

翔が、ちょっと寂しそうな目をして言う。

「僕たちはずっと兄姉妹《きょうだい》だからね」

「もちろんよ」と、わたしは応じる。

一美とわたしは、就労したら二人で部屋を借りて、翔と憲一パパと行き来するつもりだ。グランドホームにいれば、自活できるようになるまで生活の不安はない。学費は国家が負担してくれる。いわゆる「お小遣い」もちゃんと支給されるけれど、一美は高校生になったらすぐアルバイトを始めたし、わたしもこれからはそうするつもりだ。ことアルバイトについては、どこでどんな仕事をするか説明し、許可を得る対象が、養父母からグランドホームの担当者に代わっただけのことだから。

「ねえ、翔」

アンティークショップで少しずつ買い集めた昔のレコードやCDを片付けながら、こちらには背を向けたまま、一美が声をかける。

「あのカノジョとはどうなってるの？」

瞬間、翔の瞳《ひとみ》が翳《かげ》った。わたしはそれに気づかないふりをして、衣類を抱えて立ち上がった。

「別れたよ」と、翔は言った。

そう、と一美は言った。翔からは見えないだろうけれど、わたしには見えた。一美がほんのり微笑《ほほえ》んで、その笑みをすぐに消すのを。

咲子ママが〈コスモス〉に移る手続きをしているとき、お見舞いにガールフレンドを連れていって紹介したいと、パパに相談があった。きっとママが喜ぶだろうとパパも乗り気だったのだけれど、結局ガールフレンドがお見舞いに来ることはなかった。

そのころは付き合い始めて半年ぐらいで、翔は、うちがマザー法の養家庭であることを、ガールフレンドに言ってなかった。半年じゃ、まだそんなに不自然なことではないと思う。むしろ、早いうちからやたらと自分の家庭のことをしゃべる方がおかしいというのがわたしの感覚だ。

でも、翔のガールフレンドは違ったらしい。ママが元気なうちに紹介しようということになって、初めて翔がうちの事情を打ち明けると、彼女は「騙《だま》されていた」と怒りだした。親まで出てきて大騒ぎ。それでわかったのだが、ガールフレンドの両親は、マザー法への反対運動に関わっていたのだ。むしろ翔の方が騙されていたんじゃないかと、わたしはホントに腹立たしかった。

「彼女のことでは、一美にも二葉にも嫌な思いをさせちゃったよね。ごめん」

「そんなことないよ」

わたしは言ったけれど、一美は黙っていた。レコードとCDを気に入るように並べ終えると、振り返ってニコッとした。

「おなかすいちゃった。ランチにしない？」

ランチのあとは三人で買い物に行き（翔はお小遣いでわたしたちにTシャツを買ってくれた）、翔を駅まで送った。グランドホームへ戻る道々、新緑の街路樹の下を歩きながら、一美は、ついさっきまで話していたことの続きのように、言った。

「――嫌らしいって言われたの」

わたしは驚いて足を止めた。一美も立ち止まり、わたしに顔を向けた。

「翔のカノジョと母親が、あたしのバイト先に押しかけてきて」

「いつ？　そのこと、パパに言った？」

一美はかったるそうに肩をすくめた。

「その場で撃退できたから、いいのよ。店長が味方してくれたの」

一美は週に何日か、放課後の数時間、カフェでアルバイトをしている。書店のなかにある店なので、本好きの一美にはぴったりの仕事だ。女性店長にはわたしも会ったことがある。二児のママの素敵な女性だ。

「一美の何が嫌らしいって言ってきたの？」

「初潮が来てからも、血のつながらないパパと翔とひとつ屋根の下に暮らしてきたこと」

言って、一美は笑った。

「お店のなかにズカズカ入り込んできて、大声で喚《わめ》いたのよ。ショチョウって。そっちの方がよっぽどはしたないわよね」

一美がびっくりして固まっていると、店長が、マザーの養家庭だというだけでそんな目を向けるのは、あなた方の意識のなかにそういう考えがあるからであって、嫌らしいのはあなた方の方ですよって、懇切丁寧に言い返してくれたんだって。

「店長の慇懃無礼《いんぎんぶれい》って素敵なの」

「あたしもその場にいたかったなあ。言ってやりたいことがいっぱいある」

正しい反撃を受けた翔の元カノ母娘《おやこ》の顔も見てやりたかった。

だけど、一美は首を振る。

「二葉はいなくてよかった。だって、あたしやっぱりショックだったもの。あいつらがどうしてあたしのバイト先を知ってるのかなって。翔が言うはずないもん」

確かにそうなのだ。マザー法には根強い反対者がいて、反対運動をしているグループのなかには過激派もいる。だからわたしたち養家庭は、リアルでもネットでも、人付き合いと個人情報の取り扱いには慎重だ。

「そのあとは？　ほかには嫌がらせとかされてない？」

「大丈夫。でも店長が、しばらくはキッチンで働いた方がいいって。おかげでホットサンドを上手に作れるようになったから、そのうち作ってあげる」

グランドホームにはカフェテリアがあり、基本的に三食すべて賄《まかな》われているけれど、自炊したい場合はそう申請すればいい。わたしたちは、週末は自炊できるようにしたいと相談しているところだった。

「ヘンなこと聞かせちゃってごめん。帰ろ」

笑みを取り戻し、長い黒髪を肩先からちょっと撥《は》ねのけて、一美は歩き出した。

一美は美人だ。憲一パパは「古い言い回しだけど、一美には明眸皓歯《めいぼうこうし》という表現がぴったりだな」と言っていた。咲子ママはチャーミング系で、一美はビューティフル系だと評したこともある。

その義妹のわたしは、まるでビューティフルではない。髪も、腕が痛くなるほどブラッシングしても、一美の黒髪みたいに鏡のように輝いてはくれない。だからずっとショートカットで通している。そんなわたしたちなのに、まわりからはちゃんと姉妹と認識されるのが不思議だけど、それこそがマザーの魔法だ。科学と医学に裏付けられた、二一世紀の魔法なのだ。

マザー法の養家庭を形成するとき、委員会は養父母と養子との容姿のバランスにナイーブな注意を払う。養父母が「ぜんぜん似ていない方がいい」と希望する場合（あるのだ、そういうケースが）以外は、養子は養父母と外見的特徴がいくつか重なっているのが望ましいとされる。但《ただ》し、委員会が重要視するのは目鼻立ちではなく、骨格や筋肉の付き方、頭蓋骨《ずがいこつ》と顎《あご》の形だ。

マザー法の法案が国会を通過したときから、養家庭構成マッチング用のヒト遺伝子解析技術はめざましく進歩した。その一方で、とうの昔に疑似科学として忘れ去られていた骨相学が復活し、３Dモデリングを活用した新骨相学として注目されるようになった。これは、マザー法のもとで養家庭構成のシミュレーション実験を行っていた児童心理学・教育心理学・認知心理学チームの研究成果のおかげだ。

頭蓋骨と下顎骨《かがくこつ》の形状が似ていると、声が似る。声が似ていると、容姿は似ていなくても、人は「似ている」と感じる。また、人が誰かを「似ている」と感じるときには、顔かたちよりも全身の骨格——いわゆる体格に注目している。目鼻立ちがそっくりでも体格や声が違うと、あまり「似ている」と思わない。

そして重要なのは、人が誰かを「自分と似ている」と感じるとき、その感覚の根底には相反する二つの心理が潜在しているということだ。「似ている」から「親しむ」。「似ている」から「警戒する」。この二つ。

「似ているから親しみを覚える」のは、社会的な動物であるヒトにとって、まず「同族だ」と感じることが、同じ社会の構成メンバーになるための大きな判断基準であるからだ。

「似ているから警戒する」のは、そこから一歩先に進んで、「同じ社会のなかに自分と似た個体がいたら、自分がその社会から受けるべき利益や、与えられるべき役割を争うことになり得る」からだ。社会が大きくなり、より多くの個体に利益を与え、より多くの個体に役割分担を振ることができるようになれば、この争いは緩和され、似通っている個体同士が協力し合うようになれて、さらに社会が大きくなってゆく。

成長期の子供は、声音《こわね》や体格が自分の保護者と（部分的にでも）似ているところのある教育者についた方が、そうでない場合よりもストレスが少なく、より安定した心理状態で効率的に学ぶことができる。しかし、一人の教育者のもとに、容姿・体格・声に似通ったところのある子供たちを全体の人数の四十五パーセント以上集めてしまうと、子供たちのあいだで緊張感が高まる傾向がある。似通ったところのある子供たちが、「自分向け」の利益と役割分担を争ってしまうからだ。

マザー法の管轄《かんかつ》下の養家庭は、この心理メカニズムを充分に勘案して構成される。養父母と養子は、目鼻立ちという表層的なことではない要素が「似ている」のが望ましく、養子同士は「似すぎない」のが望ましい。さらに理想的なのは、そうやって組み合わされた養子の兄弟姉妹が、生活を共にしてゆくことで「生まれながらにそうであるように」似ている感じに育ってゆくことだ。

わたしたち一家は、その理想型のほとんど完璧な体現者だった。マザーの魔法に護《まも》られて、幸せだった五人家族。咲子ママの死でちりぢりになってゆくのは、星が砕け散ってしまうのと同じだ。

グランドホームに移って半月後、手頃なアルバイト先を決めるよりも先に、わたしは担当者に呼ばれた。地区委員会との面談の日程を決めたい、という。

「まだお母さんが亡くなったばかりなのに、ごめんなさいね」

一美とわたしの担当者は、わたしたちから見たら祖母にあたる年代の女性だ。いつも丁寧で優しい。

「かまいません。母の納骨も無事に済みましたし、一美もわたしも、この先どうしたいか決めていますから」

マザー法で保護される養子には、十六歳が大きな節目になる。十五歳までは、一方的に保護されるだけで、本人の意思は参考程度だけれど、十六歳以上になると、決定権の一票を持たせてもらえるからだ。マザー委員会の委員の一票、オブザーバーの児童心理学者の一票、マザー委員会を監視するオンブズマンの一票、そして養子本人の一票。

こぢんまりと居心地のいい面談室で、カフェテリアから取り寄せたハーブティーのカップを挟み、わたしは担当者と向き合った。担当者の前には、マザー委員会仕様のタブレットと、真新しい紙のファイルが置いてある。養家庭、養父母、養子に関する情報は全て委員会のデータベースに収められているのに、個人面談のときだけ取り出されるこのような紙のファイルは、前世紀の遺物であるというより、むしろ感傷的な小道具だ。

「どうしたいと決めているのかしら」

「もう養家庭をマッチングしてもらう必要はありません」と、わたしは言った。「一美も、このままグランドホームから大学を受験して、合格したところに進むと言ってるはずですけど」

担当者は軽くうなずくだけだ。グランドホームに戻ったわたしたちは一個人として処遇されるので、プライバシーは厳密に守られる。この担当者は一美とも既に面談しているかもしれないけれど、彼女がどんな考えを持っていて、何を言っているか、明かすことはない。逆も同じだ。それを承知の上で、つい一美を引き合いに出しながら自分のことをしゃべってしまうわたしは、依存傾向の強い妹なんだろう。

「わたしもそのつもりです。ここのグランドホームの暮らしが、一美より一年長くなるだけですから……って、浪人しなければの話だけど」

担当者はにっこりした。笑い皺《じわ》が深い。

「成績優秀だから、大丈夫でしょう。一美さんとは、大学や専攻学科の具体的な話までしてる?」

「方向性が違うので、お互いにあんまり参考にならないんです」

一美は幼児教育と発達心理学を学び、小学校の教師か、マザー委員会の幼児部門のケースワーカーになりたいと言っている。マザー法に命を救われ、人生を獲得し直してもらった養子には、将来は委員会のスタッフになりたいという希望を抱く者が多い。それは純粋な恩返しだし、社会に貢献することにもなるから。

わたしは違う。大人になったら、自分の生まれやマザー委員会のことを忘れて、好きな道に進みたい。咲子ママが余命宣告を受けるまでは、わたしの将来の夢なんかまるっきり漠然としていたのだけれど、今は決まっている。西洋美術史を学んで、その道の専門家になりたい。学者になるのも、美術館のキュレーターになるのも、どちらも狭き門だけれど、必ずやりとげてみせる。だって、それが咲子ママの若いころの夢だったから。

「それに、一美は大学では寮生活をしたいみたいです。わたしは進学先の地元のグランドホームで充分だけど」

「なるほどね。今後の具体的な相談は、あなたとうちの教育関係のアドバイザーと、高校の進路指導室とで話し合って進めていくことになります」

担当者は柔和な笑みを浮かべたまま、指先でタブレットに軽くタッチした。

「あなたの養父母は、クラス・ファーストのなかでも最優秀のカップルでした」

「ありがとう」

ごく自然にそう言って、わたしは急に泣きそうになり、軽く目をつぶって堪《こら》えた。

「素敵なパパとママでしたから」

タブレットから目を上げて、担当者はわたしを見た。

「あなたが新しい養家庭を希望せず、グランドホームに親権を託したいと希望するなら、手続きは簡単です。養父だった田坂《たさか》憲一氏や、義兄の翔さん、義姉の一美さんとの交流も、あなたの意思で自由にしてかまいません。ただ、面倒くさいでしょうけれど、グランドホームにいる以上、月に一度の面談には付き合ってちょうだいね」

「わかりました」

「あなた方には、記憶沈殿化《デポジット》の揺らぎの発現もありませんね。これは医療記録の不備ではないわよね？」

相手によってはきわどい冗談なのに、担当者の目は笑っている。

「わたしたち、心身共に健康そのものの子供たちでした。パパとママのおかげです」

「最近はどうですか。変化はない？　不安を感じたり、悪夢を見ることはありませんか」

「今のところありません。咲子ママの夢を見て泣いちゃうことはあるけど、それは怖い夢じゃなくって、幸せだったときのことを思い出してるだけだから」

記憶沈殿化は、マザー法の傘のもとに入る子供たちが受ける基本的な治療だ。その子の虐待の経験を記憶から消し去るのではなく、記憶の底深くに沈殿させ、二度と蘇《よみがえ》らないようにする。

犯罪や事故、災害などで衝撃的心傷《トラウマ》を負った大人や子供にも、短期記憶の沈殿化措置はしばしば行われる。ただ、マザー法に守られる子供たち――健全な養父母とのマッチングが行われる養子候補の子供たちの場合、虐待の記憶の沈殿化は、必然的に、その虐待的行為を行った人物つまり実父母や血縁者、その配偶者等の記憶も共に沈殿化させることになる点が、一般的な治療措置とは大きく異なっている。

ざっくり言うなら、わたしは実父母と、それにまつわる記憶の一切を忘れている。思い出すきっかけもない。それはわたしの記憶の座のもっとも深いところに沈んでいるはずだ。

翔はこれを「湖の底に沈んだガラスの破片」と表していた。透明なガラス片だから、どこに沈んでいるのか見えない。ただ、素手で取り出そうとしたら、すごく高い確率で血を流す羽目になる。

担当者の言う「揺らぎ」の発現とは、この沈殿化が何かのきっかけで不安定になり、当該の記憶が不随意に蘇ってきて——ガラスの破片が水中をふらふら漂って心を傷つけ、当人にパニック障害のような症状を起こさせることだ。

そんな経験、わたしには一度もない。知っている限りでは、翔にもない。一美だけは、わたしが憲一パパと咲子ママの養家庭の一員になったばかりのころ、軽度なものが何度かあったらしい。それはたぶん、パパとママの注意が新参者のわたしに（一時的にしろ）集中したので、一歳しか違わない一美がちょっぴり心を乱してしまったせいだろう。

マザー法の保護のもとで記憶沈殿化措置を受けた養子たちの第一世代は、既に自分たちが親になる年代だ。みんな健全な社会生活を送っている。成人して一市民になってしまえば、〈マザーの子〉であると公的に明らかにされることは一切ない。沈殿化が彼らの人生にマイナスになった事例は、ひとつも報告されていない。これは何かとうるさいオンブズマン組織も認めている。マザー法に反対する活動家たちが喧伝する悲劇的な失敗例は、調べてみると裏付けがなく、捏造《ねつぞう》ばかりだ。都市伝説みたいなものに過ぎない。

わたしは今この瞬間も、未来のいつでも、自分がマザーの子であると胸を張って言える。マザー法に救済され、憲一パパと咲子ママに巡り逢えたからこそ、幸せだったときのことを思い出して涙ぐんでしまう、ごく普通の十六歳の女の子になれたのだから。

「わかりました。では手続きに入ります。新しい身分証が発行されたら、すぐ届けますからね」

面談室を出て、廊下を歩きながらスマートフォンを取り出すと、一美からいくつもメ

ッセージが来ていた。動画もついている。何事かと思ったら、

〈今朝、ラテが赤ちゃんを生んだよ！〉

〈ちょっと見えにくいかな。四匹いるの〉

〈今はラテを刺激しちゃいけないけど、一週間ぐらいしたら抱っこできるかも〉

ラテというのは、一美の親友の三好《みよし》さんが飼っている猫の名前だ。淡い茶色とクリーム色の混じった毛色がカフェラテみたいだから、ラテ。近ごろでは逆に珍しい和猫の雑種《ミックス》で、一美いわく「こんなに賢くて性格のいい猫はいない」。

そういえば、咲子ママの病室で、ラテのお見合いがどうとかこうとか話していたことがあったっけ。ラテの子猫ならほしいという人も、パパ候補もいっぱいいるとか。

憲一パパに動物の毛のアレルギーがあったから、うちでは熱帯魚しか飼ったことがない。一美は犬も猫も大好きで、しょっちゅうラテに会いに遊びに行っていた。

動画を見ると、タオルと毛布を敷き詰めたケージのなかで、ラテが子猫たちにおっぱいをやっている。子猫たちは、まだ毛が薄くて「猫」に見えない。ラテがその小さすぎる身体《からだ》を舐《な》めてやっている。

さっき面談室では堪え切れたのに、今度はダメだった。わたしはスマートフォンの画面にぽたりぽたりと涙を落とした。

わたしのママは、もういない。

――こんにちは、二葉ちゃん。

グランドホームで初めて顔を合わせたときの笑顔。柔らかな手の感触。

——今日から、この家でみんな一緒に暮らすの。ここが二葉の部屋よ。

パパとママの家に移った日の夕食は、わたしの好きなマカロニグラタンだった。今も大好物だ。〈コスモス〉に移る前にその思い出話をすると、咲子ママはレシピを書いてくれた。

——ごめんね。もう一緒にキッチンに入って教えてあげられなくて。

こんなにも悲しくて、胸が張り裂けそうだけれど、わたしはママの記憶を失わない。ずっとずっと、永遠に大切に保ってゆく。


生後一週間ほどでは、子猫たちは依然として「猫」に見えなくて、わたしにはまだまだ抱っこなんて無理。一美は一人で三好家に日参し、写真や動画を送ってきた。

三好さんのご両親は輸入家具とファブリックの専門店を経営している。富裕層御用達《ごようたし》の贅沢《ぜいたく》なお店も素敵だけれど、映画のセットみたいな（何かのドラマのロケに使われたことがあるそうだ）自宅もまた素晴らしい。憲一パパも咲子ママも、インテリアやファブリックにはあまり関心がなく、「居心地がよくて清潔ならばそれでよし派」だったから、ことその点については、三好家はわたしの憧れの対象だった。

仕事柄、三好さんのご両親は顔も広い。子猫たちの里親も、わざわざ探すまでもなく、その交友範囲から決まりそうだという。子猫たちのためには幸いなことだけど、一美は寂しそうだった。

「いつか部屋を借りたら、犬か猫を飼ってもいい？」

「いいけど、世話は一美がしてね。わたし、生きものはちょっと辛《つら》い」

だって、病気や怪我《けが》が怖い。死んでしまうことが怖い。愛《いと》しいものを失うことを想像するだけで、もう耐えられない。

「もちろん、あたしが責任持って面倒みます。でも、二葉もペットと一緒に暮らすようになったら夢中になっちゃうタイプだよ」

「なんでわかるの？」

「あんたのこと、咲子ママの次によくわかってるもの、あたしは」

その言葉はわたしも一美にお返ししたい。

「子猫ラブはいいけど、一美さん、自分が受験生だってことをお忘れなく」

一美はいわゆる地頭がいい人なので、中学でも高校でも、そんなに勉強しなくても、いい成績をキープしてきた。だけど、大学受験となるとそうはいかないだろう。

「大丈夫よ。もう夏期特別講習のスケジュールは全部決めてあるから」

「ってことは、〈夏期〉までは受験生モードにならないって意味？」

「いいじゃない。二葉って堅苦しいねえ」

「あら、それはわかってなかったのかしら、お姉様」

結局、一美の子猫たち訪問はやまず、生後一ヵ月を過ぎたところで、

「もたもたしてると、一度も会えないうちに里親さんのところへ行っちゃうよ！」と説き伏せられ、土曜日の午後、わたしも一緒に三好家を訪ねることになった。グランドホームから環状モノレールに乗って二十分ほどのところにある高級住宅街《ハイ・タウン》で、内部に入るには警備員のいるゲートを通らなくてはならないから、三好さんが迎えに来てくれた。

三好さんはぽっちゃりしていて、美人ではないけれど、雰囲気が優しい。一美とは対照的なタイプだから、うまが合うのだろう。

「二葉ちゃん、元気そうでよかった」

こんにちはの挨拶《あいさつ》もそこそこに、三好さんはわたしの手を取ってそう言った。お母さんと二人で咲子ママの告別式に来てくれて、わたしと会うのはそのとき以来だ。顔が腫《は》れるほど泣き濡《ぬ》れていた一美より、乾いた目をして機械みたいにてきぱき動いていたわたしのことが、すごく心配だったんだって。

「ありがとう。今はすっかり落ち着いています。グランドホームのご飯はカロリーが高くって、ちょっと太っちゃった」

一美もわたしも、自分たちがマザーの子であることを、極力まわりに知らせないようにして生きてきた。「知られない」ではなく、「知らせない」だ。隠しているわけではなく、積極的には口にしない。ごく少数の心を許せる人びとに、必要な場合だけ打ち明ける。

今さら、偏見や好奇の眼差《まなざ》しが恐ろしいわけではない。社会の大勢はマザー法を支持している。でも、反対派がどこに潜んでいるかわからないから、用心するに越したことはないのだ。

一美も、三好さんとは中学一年生からの仲良しだけど、わたしたちがマザーの養家庭の養子であることを打ち明けたのは、咲子ママが余命宣告を受けたときだった。ママが亡くなれば、わたしたちは憲一パパと離れてグランドホームに入ることになるので、話しておいた方がいいと思ったのだという。

そのとき三好さんは、わたしたちがマザーの子であることより、咲子ママの死によってわたしたちの家庭が解体されてしまうことの方に驚き、すごく慰《なぐさ》めてくれた。ご両親からも、わたしたちみたいな悲しい別離を防ぐために、マザー法にはまだ改正の余地があるんじゃないかという言葉をもらって、わたしはいっそう三好家の人びとが好きになった。

花壇に彩られた舗道をたどり、様々なデザインの豪邸の前を通り過ぎながら、三人でおしゃべりを楽しんだ。子猫たちは里親さんに命名してもらう方がいいので、まだ番号で呼んでいるのだという。

「え？　一番、二番とか？」

「ううん。イチニャン、ニニャン、サンニャン、ヨニャン」

三好家のシャレー風の屋根が見えてきた。ペットがいるからヴァーチャル暖炉なので、煙突はサンタクロース用なんだそうだ。

「ちょうど今、里親希望のご家族が一組来てるんだ」

あの車がそうよ——と、車寄せに駐《と》められているダークブルーのランドクルーザーを指さした。

「わ、ごっついクルマ」

三好邸だけでなく、この住宅街の雰囲気にも釣り合っていない。

「アウトドア好きの一家なのかな？」

「全然そんな感じじゃないよ。旦那さんは投資コンサルタントだっていうし」

ご夫婦とも三十代半ばで、子供は小学生の男の子。すっごいお金持ち。

「ミヨシに金持ちと言われるんだから、そりゃ桁違《けたちが》いなわけよ」と一美が言う。

「うちのお店のお得意様なんだって。だから断るわけにもいかなくって」

三好さんは軽く口を尖《とが》らせる。

「お母さんは、お父さんがお店で子猫のことをしゃべるからだって怒ってるのよ」

わたしは言った。「じゃあ、三好さんのお母さんは、その一家にニャンたちをあげたくないんですね？」

「たちどころか、一匹も」と、三好さんはうなずく。「何となく気が進まないって。何となくとは何だって、お父さんもむくれるんで困っちゃう」

「あら、母親の〈何となく〉は重大よ。聞き捨てしちゃいけないよ」

わたしは一美の顔を見た。「もしかして、何とかしようとか思ってない?」

一美はわざとらしく肩をすくめて、

「ミヨシ、あたしの妹のこの誘導尋問をどう思う?」

「当たってると思う」と言って、三好さんはクスクス笑った。「まあ、その話はニャンたちに会ってからしようね」

やりとりしながら三好家の前庭を横切り、玄関からホール、すっかり夏仕様に模様替えされているリビングを通り抜けて、中庭へと向かう。ラテは屋内飼いだけど、中庭には専用のハウスとケージがあり、子猫たちもそこにいるのだ。

幅の広いフランス窓越しに、リビングのなかからも中庭の様子がよく見えた。ラテにそっくりの毛並みの子猫を抱いて、長身の男の人が立っている。中庭はテラコッタ敷きで、円形の植え込みには猫が食べてしまっても害のない草木だけが配されている。景色としてはシンプルだ。ジーンズに派手なストライプのシャツ、あのランドクルーザーと同じぐらいごっつい腕時計をはめたその男性の姿は、何かのグラビアから切って貼《は》りつけたように見えた。

男性の傍らに、同じくらいの年齢の女性が寄り添っている。つまり、この人たちが子猫の里親希望の夫婦なのだろう。シャツはペアルックで、女性の穿《は》いている白いスカートは、今年流行のアシンメトリーなデザインだ。彼女が手を上げて夫の腕のなかの子猫を撫《な》でると、腕時計もペアだとわかった。

「ほらジャンプ！　こっちこいよ〜」

ラテと子猫たちのいるケージの前にしゃがみこみ、十歳ぐらいの男の子がはしゃいだ声をあげている。右手をケージのなかに差し入れて、子猫を撫でているか、じゃらしているらしい。この子のシャツも両親とおそろいだ。絵に描いたように満ち足りて幸せな家庭。

男の子のそばには、三好さんのお母さんが付き添っていた。わたしたちの顔を見ると、

「あら、一美ちゃん二葉ちゃん」

自分がケージのそばから離れるついでに、さりげなく男の子の肩に手をかけて立ち上がらせた。男の子はリボンのようなものを握ってぶらぶらさせている。こっちを向くと、きかん気そうな顔が見えた。目が輝き、小鼻が広がっていて、子猫との遊びに興奮しきっている様子だ。

「アンザイさん、すみません。次の方がいらっしゃいましたので、今日はこのへんで」

三好さんのお母さんが、あの夫婦に声をかけた。ラテそっくりの毛並みの子猫は妻の方の手に移っていた。抱っこがイヤなのか、いじいじ動いている。夫の方は腕時計を見て、

「ああ、時間ですね」

その声にかぶさるように、男の子が「ママぁ〜！」と叫んで地団駄《じだんだ》を踏み始めた。

「もっと子猫と遊びたい！　帰るのヤダ！」

それから五分ばかり、わたしたちは絵に描いたような幸せな家庭の小芝居を見物する羽目になった。諭《さと》す父親、宥《なだ》める母親、ますます騒ぐ子供。叱《しか》る父親、あやす母親、ひっくり返って泣き叫ぶ子供。子供を引っ張り起こして抱き上げる父親、その頭を撫でくりまわす母親、盛大にしゃくりあげる子供。

わたしは、一家の靴もおそろいのブランドものだということに気がついた。ふうん……と思いつつ眺めていると、母親と目が合った。彼女もわたしを観察していたらしく、一瞬、チカッと音がしたみたいに視線がぶつかった。

ヘンな感じ。お互い初対面のはずだけど、今、何か問いかけられたような気がした。

三好さんのお母さんの先導で彼らが中庭から立ち去ると、わたしたちは一斉に息を吐き出した。

「なぁに、あの悪ガキ」

ラテにそっくりな毛並みの子猫はニニャン。あの夫婦がほしがっている子だという。一美が抱き取って、そうっとラテのそばに戻してやった。

「この前、初めて見に来たときからああだったの」

あの男の子は乱暴で、子猫たちの尻尾《しっぽ》を引っ張ったり、首をつかんで放り投げようとしたりするので、ヒヤヒヤしたそうだ。

「子猫を子供の玩具《おもちゃ》にする気なのね」

ケージのなかに手を差し伸べ、

「ラテ元気？　ストレス溜まってない？」

　ラテの顎の下を撫でながら、一美が話しかける。ラテはおとなしく首を伸ばし、喉を鳴らしているようだ。

「ミヨシ、やっぱりニニャンは憲一パパに引き取らせてほしい。あの小僧がいる家には渡さないで」

　わたしはびっくりした。「やっぱり」ってことは、前から相談してたんだろう。わたしが目を向けると、三好さんはうなずいた。

「そういうことなんだけど、二葉ちゃんはどう？」

「気持ちはわかるけど、一美、今のパパは一人暮らしだよ」と、わたしは言った。「パパが仕事してるあいだ、ニニャンの世話をする人はいない——」

「大丈夫よ。パパのパパとママがいるから」

　全体はクリーム色で、耳と尻尾の先だけが茶色い子猫を抱き上げて、一美はわたしを振り返った。

「あたしたちが出ていったから、パパは自分の親と同居できるようになったの」

　わたしはバカみたいに突っ立って、目をパチパチさせていた。

　パパの両親はとっくに亡くなってるはず。わたしはそう聞いていた。咲子ママも早くに両親を失い、一人っ子だったから親戚付き合いもないって。事実、お葬式はわたしたち家族だけで出したんだから——

「パパ、あたしたちに気を遣って、両親はもう亡くなったって言ってただけ。本当は二人ともピンピンしてる」

「パパがどうして気を遣うの？」

「憲一パパのパパとママが、翔とあたしたちを認めてなかったからよ」

淡々とした口調で、一美は説明してくれた。

憲一パパの両親は、マザー法に反対しているわけではない。むしろ、虐待を受けて人権を侵害されている子供たちを救うために必要な法律だと認めていた。でも、それが自分たちの人生に直接関わってくることには耐えられず、憲一パパと咲子ママが養父母に志願し、資格をとって翔を受け入れたときから疎遠になった。パパの両親はわたしたちの祖父母にはなりたくなかったのだ。パパがマザーの子供たちを受け入れるようになったのは、咲子ママの影響だと言って、ママと憲一パパ両親との関係は疎遠を通り越して険悪でさえあったらしい。

「険悪って……」

ショックで、わたしは目の前が暗くなった。「咲子ママは、自分が早くに両親と死別して寂しかったから、積極的にマザーの養家庭になったんだよ」

「そんなの、あたしだって知ってるわよ。でも憲一パパのパパとママの気持ちは違ったの。そういうのは仕方ないことなの」

ニニャンの小さな頭のてっぺんに鼻先をくっつけて、一美は顔を伏せた。

「二人とも、あたしたちを毛嫌いしてるわけじゃないのよ。ただ孫として受け入れることができなかっただけ。パパがニャンを引き取ったら、いつでも自由に会いに来ていいって言ってくれてる」

もう養家庭ではなくなったから、わたしたちとは縁が切れたから、「かつて養子だった」だけの赤の他人だから、優しくしてくれるってことなのか。

いつでも会いに来ていい。

「一美、そんなふうに扱われて平気なの？」

「ごめんね、二葉ちゃん」

わたしたちの真ん中に立って、三好さんが顔を強《こわ》ばらせている。

「わたし、そこまで詳しい事情を聞いてなくて……」

「ミヨシのせいじゃない。ちゃんと話しておかなかったあたしが悪いの」

言い捨てて、一美はしゃがみこんでニャンをケージに戻した。ラテが鳴いている。猫はまわりにいる人間たちの雰囲気の変化に敏感なのだ。

「あたしこそごめんなさい。頭を冷やさなくちゃ」と、わたしは言った。

「イヤだ、帰っちゃうの？　お茶とケーキを用意してあるのよ」

「じゃ、通りに出て風にあたってきます」

三好さんには申し訳なかったけれど、わたしはその場を逃げだした。小走りにリビングを通り過ぎると、ティーセットを運んできた三好さんのお母さんとすれ違った。

玄関の重たいドアを押し開き、前庭に出る。車寄せからは、ごついランドクルーザーが消えていた。わたしは舗道まで走り出て、そこでいったん立ち止まり、ひとつ深呼吸した。両手が震えるので、指をきつく組み合わせて胸にあてた。

わたしたちはマザーの魔法に守られた幸せな家族だった。理想の体現だった。なのに、養子のわたしたちのために、憲一パパは自分の実の両親と距離を置かねばならなかった。マザー法の反対派ではないが、マザーの養家庭を受け入れることはできない？　それって何よ。立派な思想だけど、その思想のせいで自分の身に火の粉が降りかかるのはごめんって？　マザーの子供たちが幸せな養家庭に恵まれるのは素晴らしいけれど、自分たちの孫と認めることはできないって？　そんなの卑怯《ひきょう》じゃない。

わたしは舗道を歩き出した。素敵な住宅街の景色は、もう目に入ってこない。全てが色あせて見える。

わたしが気づいてなかっただけで、この世界は美しくなんかなかったの？

「――二葉さん」

後ろから声をかけられて、わたしはちょっと飛び上がった。振り返ると、そこには、さっきのあのペアルックの妻が立っていた。わたしの驚きぶりに彼女も驚いたのか、及び腰になっている。

「驚かせてしまってごめんなさい」

言って、人目のないことを確かめるようにちらりとまわりを見回し、意を決したという顔つきで、わたしに近づいてきた。

彼女一人だけだ。夫と子供はいない。さっきとは違い、肩に小さなショルダーバッグをかけている。靴と同じブランドのものだ。

「お名前は二葉さんでいいのよね」

わたしは息を呑《の》んでしまい、すぐには声が出てこない。

「大きくなったわね」

わたしと向き合うと、彼女の目元が和《やわ》らいだ。アイメイクが上手だ。

「あなたは覚えてるはずないけど、わたしはすぐわかったわ。面影がそのままだもの。本当に……そっくりそのまま」

わたしの胸の奥に、黒雲がむらむらと湧き上がってきた。嫌な予感しかしない。立ち去ろう。この人と話しちゃいけない。

そう思うのに、足が動かない。

「もう十年以上前――もっと前になるかしら。さすがに、あなたの養父母のご夫婦のお名前は失念してしまって。でも、あなたの新しい名前が二葉さんになったことは覚えてる。ちょうど新緑のきれいな季節だったから、ぴったりないい名前だと思ったわ」

動悸《どうき》が激しくて、息苦しい。わたしは声を絞り出した。「どちら様でしょうか」

控えめな色合いのルージュを引いたくちびるをつと噛《か》んでから、彼女は言った。

「申し訳ないけれど、名乗りません」

視線が強い。顎を上げて傲然としている。その様子にカチンときて、わたしは気を取り直した。

「さっきは〈アンザイさん〉と呼ばれてましたよね？」

しまった――というような表情が、彼女の顔の上をかすめた。

「あたしの空耳だったのかしら。ともかく、どこのどなたかもわからない方とお話しすることはできません。失礼します」

舗道の脇《わき》に寄り、アンザイの横を通って三好家の方へ戻ろうとした。すれ違って数歩進んだところで、彼女の声が追いかけてきた。

「あなたが記憶沈殿化措置を受けたころ、わたしはマザー委員会のセントラル・クリニックでボランティアをしていたの」

うわずった早口が耳に刺さり、悔しいけれど、わたしは足を止めてしまった。振り返らずにいるために、意志の力を総動員しなければならなかった。

委員会のセントラル・クリニックは、マザーの子供たちの記憶沈殿化措置を一手に行っている病院だ。

「看護のサポートスタッフとして働いて、二年目だった。児童心理学を専攻していたから、あなたの担当になった。入院中のあなたとクロスワードパズルや塗り絵をして遊んだのよ。覚えていないかしら」

身体の脇で、わたしは両手を握りしめた。

「こんなところで、このタイミングであなたを見かけるなんて、運命の導きとしか思えないわ」

声音に、自己満足の響き。

「あなたが健康そうで、幸せそうで嬉《うれ》しい。一緒に来た女の子はご家族の一員かしら。カズミって呼ばれていたわね」

一美を呼び捨てにされたことに、猛然と腹が立ってきた。わたしは背筋を伸ばして振り返った。

「だから何でしょう？　警告しておきますが、あなたが今おっしゃった立場にいた人ならば、今していることは違法行為ですよ」

マザー委員会の職員は、養家庭や養子の個人情報について、その職を退いた後も完全な守秘義務を負うのだ。厳しい罰則規定もある。

「あたしが然るべきところに訴え出たら、あなたは逮捕される可能性さえあります。さっき一緒にいたのはお子さんでしょう？　あなたが刑事罰を受けることになったら、お子さんは昔のあたしのようにマザー法で保護される対象になりますよ」

一語一語、顔にぶつけるように言ってやった。アンザイはちょっとひるんで、後ずさりした。洒落た革靴のヒールが舗道にあたり、固い音をたてた。

「自分の立場はよく心得ています」

口調が変わり、よそよそしく早口になった。

「でも、知らん顔できなかったの。三十分待ってもあなたが出てこなかったら諦《あきら》めようと思ってたけど、こうして会えたから」

一生懸命言い訳している。誰に？　何に？　この人、何をしたいの？

「わたし、あれからいろいろと考え方が変わって――」

「こちらには関係のないことです」

言い捨てて、わたしはまた背中を向けた。道の向こうから、あのダークブルーのランドクルーザーがゆっくりとこちらに走ってくるのが見えた。運転席にはペアルックの片割れの夫の姿。それにしても派手なシャツだ。この距離でも一目でわかる。

「二葉さん」

車が近づいてくる。あの男の子の姿は見えない。後部座席にいるんだろうか。

「あなたの実母はカケイサユリという女性です。ひどい人生を送ってしまって、今は死刑囚なの」

わたしは雷に打たれたような気がした。

「ぜひ面会してちょうだい。あなたにはその権利がある。実の母親に会うべきよ。会えば必ず心が通じるし、あなた自身のことがよくわかる」

アンザイがわたしに近づいてきて、肩に手を置いた。わたしがその手を払いのけると、ぶたれたみたいな顔をした。

「そんなに怒らないで」

「あなたが不躾《ぶしつけ》だからです」

わたしは後ずさりして、胸の前で腕を組んだ。アンザイは手をあげて額を押さえ、目をつぶった。指には凝ったネイルがほどこされている。

「――ごめんなさい」

呟《つぶや》いて、彼女はまたわたしを見る。

「昔は、わたしもマザー法の全てを肯定していた。鵜呑《うの》みにしていたの。でも今は違う。だって不自然だもの」

生みの親のことをまるっきり忘れているなんて。思い出しもしないなんて。それで気にならないなんて。

「被虐待児童に対する記憶沈殿化措置は、まやかしよ。真の解決じゃない。偽善よ。あなたにそれを理解してほしい」

勝手に興奮して、勝手に激しくかぶりを振り、身震いする。わたしはこんなにも真剣に考えているのよ、と。

「カケイサユリは、あなたのことを忘れていない。あなたに会いたがってる。あなた方は母子《おやこ》なの。二人で向き合えば、あなたにもそれがわかるわ」

軽いつむじ風を巻き起こしながら、わたしたちのすぐ横に、あのランドクルーザーが停車した。後部座席で小さな人影が跳ね起き、「ママ～」と甘えた声がした。

運転席の男性がわたしを見る。威嚇《いかく》するような眼差しだ。

「お願い、よく考えてみて」

アンザイがわたしの耳元に囁《ささや》き、わたしの手のなかに何かを突っ込んできた。ぎょっとして払いのけると、その何かは足元に落ちた。名刺みたいな白いカードだ。

「わたしはもうあなたの前には現れません。だけど、実母に会う決心がついたら、そのカードが役に立つわ」

そう言い残し、彼女は助手席のドアを開けると、素早く車に乗り込んだ。ランドクルーザーはわたしを置き去りにして走り去った。

マザー法の肝《きも》は、かつては全面的に尊重・優遇されていた父母の子供に対する「親権」を、国家が集中管理できるよう制定したことにある。親権の停止・剝奪《はくだつ》・付与の全てが国家機関であるマザー委員会の決定に任され、それを問う申し立ては、(代理人も含めて)親子どちらの側からも自由に行うことができる。児童相談所や教育機関の責任者が、その必要を認めて申請することもできる。

国家が親権を管理するということは、子を持つ親は誰でも、いつ何時《なんどき》どんな理由で「養育者として不適格だ」と認定され、子供と引き離されてしまうかわからない危険性があるということだ。施行後も強硬な反対論が根強く存在し、「全体主義だ」「実質的には国家総動員法に等しい」と批判され続けているのは、少なくない人びとが、「親子」のつながりという神聖不可侵なものに国家権力が介入してくることへ本能的な嫌悪感と警戒感を抱いてしまうからだろう。

それでも、マザー法とマザー委員会の存在が社会で広く支持され尊重されるようになったのは、その活動が現実に多くの不幸な親子を救済し得てきたし、今この瞬間にも救っているからだ。

そう、虐待から救われるのは子供だけではない。親もまた救い上げられる。マザー法のもとでは、子供を虐待した親であっても、一切の刑事責任を問われることはない。子供をどんな目に遭《あ》わせても、傷害罪にも傷害致死にも、殺人未遂にも殺人罪にもならない。虐待する親に必要なのは刑事罰ではなく保護と教育だから、専門施設に収容され、六ヵ月間の教育プログラムを受ける義務を課せられるだけだ。

プログラムが終了すると社会復帰のための中間施設に移り、そこでさらに半年間過ごしながら、本人の希望と資質に添った職業訓練を受ける。男女を問わず、当該の親は虐待の発覚によって失職したり、もともと無職の場合も多いから、ここで就労の足がかりを築くのである。

親に対しては、記憶沈殿化措置がとられるかどうかはケースバイケースで、これまでの実績では沈殿化が行われたのが全体の三割ほどだ。これは強制的なものではなく、本人の意思決定が尊重される。虐待の深刻な事例では、子供を虐待した親もまたかつては被虐待児だったことが多く、そういうケースでは記憶沈殿化が有効なのだ。

マザー法の理念では、ひとたび「虐待」という状態に陥ってしまった機能不全家庭は、個々の構成員の保護・教育・更生が果たされた後も、再構成されるべきではない。リセットされるべきだ。その第一段階として、記憶沈殿化措置がとられる。これによって被虐待児の愛着障害を解消し、虐待親の子に対する支配欲・依存を断ち切るのだ。虐待親から切り離された被虐待児は、マザーの子として適切な養家庭に託され、教育プログラムを終えた親は市民社会に復帰する。その後の結婚や、新たに子供をもうけることにも、その養育にも制限はない。

また、マザー法が規定する「子供」はイコール未成年者なので、コミュニケーション障害で就学や就労に困難を覚えている十代の若者もその保護の傘のもとに入る。だから、記憶沈殿化措置と教育プログラムは、社会的ひきこもりの解消や、未成年者の犯罪や家庭内暴力の対策にもつながる。親から精神的虐待を受けたティーンも、「子育てに失敗してしまった」と悩むその親も、マザー法のおかげで人生をやり直すことができるのだ。

実際に、マザー法施行以来、若年層による犯罪は着実に減り続けている。我が国の殺人事件の六割近くを占めていた「親族内殺人」の件数も減少の一途にある。

少子高齢化・人口減少社会のなかで、親に殺される子供も、子供に殺される親もなくすこと。子供たちの「親を選べない」という絶対的な不公平を緩和し、大人たちが「親になることに失敗したとき」のセーフティ・ネットとなるシステムを設け、全ての国民に「生きがいのある人生」をつかむ機会を与えること。その理想を達成し得る、マザー法はまさに奇跡の法律だ。

でも、救いきれないものはある。

それから数日間、わたしは一人で迷い、悩み、怒りを嚙み殺した。

怒りは明快で真っ直ぐだった。アンザイという女への怒りと、アンザイに投げつけられた言葉への怒り。あのカードを拾って持ち帰ってきてしまった自分への怒り。破って捨ててしまうことができない、わたし自身への怒り。迷いと悩みは、その怒りをどう整理したらいいかわからなかったからだ。

ネット検索してみたら、カケイサユリの素性は簡単にわかった。掛井さゆり、現在三十五歳。確かに確定死刑囚で、半年前に二度目の再審請求が棄却されていた。この請求は二度とも「被告人は事実誤認により不当に重い刑を科せられている」と訴えたもので、冤罪を主張しているのではない。新しい証拠が認定されたわけでもない。

だから、請求棄却はきわめてまっとうな判断だ。掛井さゆりは、もういつ死刑が執行されてもおかしくない状態なのだった。

わたしが鬱々《うつうつ》としていることに、一美が気づかないわけはなかった。

「どうかしたの？」

「何でもない。ちょっと風邪《かぜ》気味なだけ」

そんなやりとりではごまかし切れず、結局わたしは白旗を揭げて、一美に全てを打ち明けた。件《くだん》のカードも見せた。

かなり長いこと、一美は無言だった。夕食後、人気《ひとけ》がなくなって、天井の照明も半分ほど消されたカフェテリアの片隅。プラカップに残る温《ぬる》いコーヒー。

カードの角《かど》を指でいじりながら、一美は低い声で言った。

「この団体のことなら、あたしも知ってる」

このカードには、記憶沈殿化措置を受けたマザーの子供たちが過去を取り戻すことを推奨し、必要な申請を無償で請け負うと喧伝している法律家の団体の連絡先が印刷されていた。電話番号とメールアドレス。

「一時は駅前や学校の前でもおおっぴらに配っていたもの。逮捕者が出てから、ちょっとなりをひそめていたけど」

カードをテーブルに置き、一美はわたしを見た。「ここに連絡してみる?」

「まさか!」

わたしは強く首を振った。

「それじゃ、このカードを所長に提出して、アンザイという女のことを相談してみる?」

わたしは目を瞠《みは》った。

「一美、本気で言ってるの? そんなことをしたら、三好さんに迷惑がかかっちゃうよ」

アンザイは、わたしに接触してきて実母の情報を漏らし、元委員会スタッフとしての守秘義務違反を犯した。それだけでも重大な違法行為だ。加えて、このカードを押しつけてきたことはマザー法に保護されている養子や養家庭に対する嫌がらせや妨害行為とみなされ、破壊活動防止法にも抵触する（反対派はこの法解釈が憲法違反だと訴えて争っているけれど、今のところ最高裁判所はマザー委員会の味方だ）。

もしもわたしが通報したら、捜査はアンザイ夫婦だけでなく、彼らと付き合いがあり、結果的にわたしをアンザイに近づけてしまった三好家の人びとにも及ぶだろう。

「わかってる」と、一美は声をひそめた。「それはあたしも心配よ。マザー委員会の特別捜査官に探り回られたら、ミヨシのご両親が、あたしたちの養家庭が解体されてしまったことを気の毒がってくれたことも、悪い方に解釈されかねないからね」

そこまでは考えていなかったから、わたしは絶句してしまった。

「……それ、すごく危険だよね」

「うん」

わたしはカードをつまんで、手の中でくしゃくしゃに握りしめた。

「これ捨てる。焼いちゃった方がいいかな」

「だったら、なぜ持って帰ってきたの？」

問いかけて、わたしが答える前に、一美は素早くかぶりを振った。「ううん、拾ったことはいいの。こんなものをミヨシの家の近くに残しておいたらまずかったもの。でも、とっておいたのは、二葉に何か考えがあったからじゃないの」

わたしたちは見つめ合った。

「二葉、掛井さゆりに会いたい？」

カードを握りしめた手を膝の上におろして、わたしは一美の顔から目をそらした。

「興味がわいたのは確かよ。犯罪者で、しかも死刑囚だなんてね」

だけど、会いたいわけじゃない。

「腹が立ったの。頭がおかしくなりそうなほど腹が立って、悔しくて悔しくてたまらなかったの」

アンザイというあの女が、「あなたの生みの母親が会いたがっている」と言ったからだ。「何でそんなことを言い切れるのよ。おめでたいったらありゃしない」

声が大きくなってしまったので、わたしはいったん呼吸を整えた。

「そんなの、典型的な反対派の偽善者どもの考え方じゃない」

生みの親の愛は絶対だなんて。

「――アンザイ夫婦は、活動家にかぶれているのかもしれないわね」と、一美は言う。

「お金持ちっぽかったでしょう。過激な反対派には富裕層が多いのよ」

苦労してないから、母性や血の絆《きずな》の絶対性を信じている。とうの昔に否定されてしまった神話を捨てられないのだ。

「すごく悔しかったから、アンザイがほざいたことが本当なのか、本人に確かめたいって思ったの」

掛井さゆりに会って、訊《き》いてみたい。あんた、ホントにあたしのこと覚えてた？　処刑される前にあたしに会いたいのは、おなかを痛めて産んだ実の娘だから?

「マジでそう思ってるっていうなら、おあいにくさまでしたって笑ってやりたい」

わたしの母親は咲子ママだけ。あんたのことなんか知らない、と。

「それだけのことよ」

わたしは一美に頭を下げた。

「心配かけちゃってごめんなさい」

一美の表情が歪《ゆが》んだ。こらえきれない痛みと悲しみ。

「――どうしてあんたがこんな想いをしなくちゃならないんだろう。代わってあげたい」

胸が熱くなった。わたしの姉さん。ホントの家族がここにいる。

「掛井さゆりのこと、調べてみたの?」

「うん。検索だけで、何をやらかして死刑になったのかはわかったよ。もちろん、あたしとの関係とか、あたしに何をしたのかはわからないけどね」

マザー法で保護されると、保護の原因となった事由は非公開になる。記録は封印され、当事者であっても、委員会に申請し、面倒くさい手続きと審議を経て許可を得ないと、その情報に触れることはできない。

「この人、今三十五歳なんだから、あたしを産んだときは十代だよ。で、マザー委員会に保護されて教育を受けて社会復帰したんでしょうに、最初に逮捕されたのは二十二歳のとき」

違法薬物の所持と売買の罪に問われ、このときは執行猶予がついている。

「そのあと結婚して離婚して、二十六歳で既婚者と不倫して、別れ話で揉《も》めた挙げ句に、相手の家に押しかけていって、奥さんと子供を刺し殺しちゃったの。それで一審で死刑判決、高裁でも死刑、最高裁で死刑が確定」

支援団体と弁護団がついていて、その後の二度の再審請求では、「被告人が犯行時に心神耗弱《こうじゃく》状態にあったことが考慮されていない」「謀殺と認定されているが、殺害行為は偶発的なもので、傷害致死に該当する」と主張したけれど、これはナンセンスそのものだ。だって掛井さゆりは、不倫相手の家に押しかけるとき、バッグのなかにナイフを二本も隠し持っていて、それを犯行に使っているのだから。殺害後は遺体をガレージに移して車用のカバーで覆い、すぐには発覚しないよう犯行現場のリビングを掃除した上で、被害者の衣類やアクセサリーを物色してから立ち去っている。このどこが「偶発的」なものか。子供だって鼻で笑う。

「ろくでもない女よ。人間のクズ」

わたしは言って、こみ上げてきた嫌悪感を、冷めてしまったコーヒーで飲み下した。

「マザーの教育プログラムも、カウンセリングも職業訓練も就労支援も、みんな無駄だったわけね」と、一美が呟く。「人格障害なのかもしれないね」

「さあね。あたしには関係ないから」

重篤《じゅうとく》な遺伝病の可能性があり、早急に遺伝子治療を施す必要がある場合を除いては、生物学的な親子関係に大きな意味などない。それはマザー法以前の社会に垂れ流されてきた盲信に過ぎない。わたしという人間を左右するのは、「誰に産み落とされたか」ではなく、「誰にどんな環境で養育されたか」だ。

カフェテリアのスタッフが出入口からちらっと顔をのぞかせ、わたしたちがいるのを見て、にっこりした。わたしも一美も笑顔で会釈を返し、スタッフは立ち去った。

「全部、嘘《うそ》かもしれないよ」

愛想笑いを消し、能面のような顔になって、一美は言った。

「アンザイはあんたを騙したのかもしれない。名前も顔も覚えてるなんて、でまかせで」

マザーの子なら誰でもいい。死刑囚の掛井さゆりと結びつけて動揺させ、マザー法に反対する活動家と接触させられるなら、嘘も方便だ、と。

その可能性なら、わたしも考えた。三好家で遭遇したのは、あまりにも出来すぎた偶然に過ぎる。

でも――

わたしはスマートフォンを取り出して操作し、目的の画像を表示した。そして黙ったまま、一美にそれを見せた。

三年ほど前、二度目の再審請求を行う際に、弁護団が公開した掛井さゆりの写真。今は弁護団のサイト上にアップされている。

年齢差を考えても、わたしとよく似ていた。輪郭、生え際の感じ、目元と鼻筋。生き写しといってもいい。

わたしの怒りも、それが制御も整理もつかないのも、この写真のせいだ。一美がみるみる青ざめてゆくのを見守りながら、わたしはほとんど苦痛に近い怒りに固まってゆく。他のことは何とでもなる。でもこれだけは我慢ならない。アンザイの言葉を思い出すと、身体の奥が焦げてしまいそうなほど悔しい。

——面影がそのままだもの。本当にそっくりそのまま。

「あたしたちは咲子ママに似てるのよ」

絞り出すように言って、一美はスマートフォンを伏せてしまった。

「こんなの気にすることない！」

「わかってる」

憲一パパと咲子ママとわたしたちは、人生を共有してきたから、互いの心が似た。それが外見にも影響した。わたしたちこそが真実の家族だ。理想型だ。

いまいましい遺伝子の仕業なんかに、わたしは動揺しない。

なのに、怒りがわいてくることが悔しい。

それから一ヵ月ほど、わたしと一美はあまり顔を合わさなかった。正直、ぎくしゃくしていたから、それでいいと思った。こういう感情のさざ波は、時が経《た》って自然に静まるのを待つのがいちばんだ。

だから、梅雨《つゆ》の終わりの細かい雨が降る土曜日の午後、カフェテリアで、引っ越しの日に翔に買ってもらったお気に入りのTシャツにカットオフのジーンズを合わせ、グラディエーターサンダルの踵《かかと》を鳴らして一美が近づいてきたとき、ちょっとホッとした。その表情が明るくなっていたからだ。

あたしたち、乗り越えられたのかな。

たまたま、わたしもあの日翔に買ってもらったTシャツを着ていた。意味のある偶然に思えた。

「受験生、このごろどう？」

わたしが声をかけると、一美は微笑した。でも目は笑っていない。

椅子《いす》を引いてわたしの隣に腰掛ける。お昼時が過ぎて人はまばらだ。今日のランチメニューだったキーマカレーの香りがまだ漂っている。

わたしに話しかける前に、一美は顎を引き、軽く息を止めた。

「もしも二葉の気が変わっていないなら、掛井さゆりに会えるよ」

わたしはその場で静止した。一美はゆっくりと続ける。

「〈死刑囚との対話〉って、法理学や刑法学、犯罪心理学の専門家によるヒアリングの場があってね。少人数だけど、一般市民も傍聴できるの」

ガラス越しの見学だし、質問や発言をすることはできない。

「だから会うというよりは見るって感じだけど、それでもよければ」

「なぜ一美がそんな伝手《つて》を持ってるの？」

「受験生のあたしは、勉強だけじゃなく大学訪問もしてるからよ。高校の部活の先輩がいろいろ親切にしてくれて」

その先輩は一美の第一志望の大学の法学部にいて、ゼミの教授がこの国の死刑制度の歴史を研究している法理学者なのだという。

「その先生は、今の死刑制度は密閉性が高くていけない、もっと国民に情報公開されるべきだと主張していて、ずっと議会に意見書を提出したり、陳情活動をしてきたそうなんだけど」

〈死刑囚との対話〉も、そうした活動の一端が実ったことで、全国で定期的に行われているのだという。

「弁護団が彼女を説得したらしいよ。そういう活動に参加すれば、執行を引き延ばせるからでしょうね」

わたしは目を細めた。「何か話が上手《うま》すぎる感じ」

澄まし顔の一美が、ここでやっと薄く笑った。「タイミングがね。でも、掛井さゆりが対話に出ることは、三ヵ月前から決まってたんですって」

「あたしが見たときには、弁護団のサイトにもそんなこと書いてなかったけど」

「一般傍聴者の募集が始まってなかったからでしょ。抽選があったのは、つい先週だっていうし」

抽選しなければならないほど、希望者が多いのか。何を聞きたいのか、何を見たいのか、わたしにはその気が知れない。

「先輩のゼミ仲間の全員で応募して、三枚当たったんですって。だけど先輩以外のメンバーは土壇場《どたんば》で怖がっちゃって、二枚余ってるのよ」

切れ長の目がわたしを見つめる。

「高校生でも、希望するなら譲ってもいいって。教授が引率してくださるそうよ」

若者にとって貴重な経験になることだから。

「その対話、いつなの？」

「来週の土曜日」

天の配剤。神様のお引き合わせ。わたしは何にも予定がない。

「一般市民の傍聴者は約百人。身分証明書持参で、手荷物検査と身体検査を受けなくちゃならない。会場ではおとなしく座って、騒いだり立ち上がったりしないこと。掲示物は持ち込まないこと。録音・録画は絶対禁止。そのへんも裁判の傍聴と同じね」

わたしの心が波立ち騒ぐ。だけど、口をついて出てきたのは気弱な問いかけだった。

「二枚あるってことは、一美も一緒に来てくれるんだよね？」

「当然よ」

わたしの美人の姉さんは、凛《りん》として言った。

死刑囚が身柄を拘束されているのは刑の執行ではないので、刑務所ではなくて拘置所にいるのだということを、わたしは初めて知った。

片道三時間かかる場所なので、グランドホームには外出願いを提出した。一美が目指している大学の先輩たちとハイキングに行くのだと言ったら、担当者は「楽しい一日を」と笑って送り出してくれた。

「素敵なボーイフレンドに出会えるかもしれないわね」

ゼミの教授が自家用車で来て、先輩とわたしたちを乗せてくれた。道中では〈死刑囚との対話〉の趣旨と、建物内に入るための手続きについて説明があり、

「直前でも、気分が悪くなったり、気が進まなくなったりしたら、遠慮しないで言いなさい。無理をさせたくないからね」

「はい。ありがとうございます」

教授は銀髪の紳士だった。自分の研究や活動について演説することはなかった。

「私はモニタールームで記録係をするので、傍聴席にはいない。カツマタ君、二人をよろしく頼むよ」

カツマタ君というのが一美の先輩だ。風采は残念なタイプだけど、どっしりと大柄で頼りがいはありそうだ。

「責任を持って、僕が付き添います」

必要な説明が済むとクラシック音楽をかけてくれて、教授は運転に専念した。カツマタ先輩と一美は大学対抗のラグビーの試合の話ばかりしていた。一美がラグビー好きだなんて、わたしは全然知らなかった。ラグビーじゃなく、カツマタ先輩が好きなのかもしれない。あとで追究してやろうと思った。

拘置所は深い森のなかにあり、二重のフェンスに囲まれていた。等間隔に配置された照明灯が、小さな円盤が整列して滞空しているみたいに見える。建物は素《そ》っ気《け》ない四角形のコンクリートの塊で、神様が気まぐれに森のなかに転がした巨大なブロックのようだった。

銀色のフェンスの内側に一歩入ると、玉砂利《たまじゃり》が白く、乾いてほこりっぽい地面も白い。見ようによっては奇抜な現代アート専門の美術館のように見えなくもない。

建物のなかに入ると、一般傍聴者たちは案内に従って粛々《しゅくしゅく》と手続きを済ませた。手荷物検査と身体検査は、空港で流れ作業的に行われているものと同じで、警備員は柔和で親切だ。

どこもかしこも明るく、蛍光灯の光に均等に照らされている。その光のもとに、傍聴者の人数は予定どおり、ざっと百人。老若男女、身なりも様々だ。死刑反対運動をしている市民活動家が混じっているのだとしても、今は騒ぎを起こす気はなさそうだった。

誰もが緊張していて、口数が少ない。所内を行き来する刑務官たちの姿が大きく見え、それに反比例して、自分たちの存在はどんどん小さくなってゆくような気がする。

高校生は一美とわたしぐらいだろうと思っていたのに、それらしいグループがもう一組いた。男子ばかり四人で、ジャーナリスト風の男性に付き添われている。その男性は教授を知っているらしく、移動中に近寄ってきて名刺を差し出し、挨拶していた。

わたしたちは、対話が行われる小ホールの前のロビーで教授と別れた。

「この小ホール、いつもは収監者の慰問に使われているんだそうだ」

カツマタ先輩が言って、ぐるりを見回した。

だからロビーの椅子やテーブルが簡素なのだろう。しかも備品は全て床に固定されている。ゴミ箱がないし、物を隠せそうな隙間も見当たらない。

「慰問って何をやるのですか」

「落語とかコンサートとか、小劇団の芝居とかだよ」

「そういうのもガラス越しなんですか」

「いや、それはこの対話のときだけ。防弾ガラスを舞台の前面に立てるんだ」

「わあ、手間ですねえ」

ロビーで落ち着くと、傍聴者たちもあちこちで会話し始めた。みんな声をひそめている。誰に遠慮しているのだろう。死刑囚に？　それとも死刑囚の犠牲になった被害者たちに？

ブザーが鳴って、壁のスピーカーからアナウンスが流れてきた。見学者の入場を促している。

「行こうか」

カツマタ先輩が立ち上がり、一美とわたしも続いた。小ホールのロビー側の出入口は一ヵ所だけ。観音開きの防音扉だ。

さっきまでは何でもなかったのに、ちゃんと覚悟しているつもりだったのに、わたしは膝がガクガクしてきた。奥歯を噛みしめ、自分を叱咤《しった》して顔を上げ、列に並んでいるうちにどんどん動悸が高まる。息苦しくなってきて、わたしは手で胸を押さえた。

「二葉、大丈夫？」

一美が腕をとってくれる。カツマタ先輩が振り返り、目を大きく見開いた。

「妹さん、顔色が真っ白だ」

おかしい。こんなはずじゃないのに。

「平気です。すみません」

「そうは見えないよ。いったん戻ろうか」

一美がそろそろとわたしを引き戻し、カツマタ先輩は入場してゆく傍聴者たちに軽く頭を下げた。

貧血を起こしたみたいに、わたしは目が回ってきた。冷汗が出て、ますます呼吸が速くなる。近くにいる人たちの視線が痛い。同情されるのは嫌だ。

「二葉、あたしたちはここにいよう」

一美がわたしの肩を抱きしめる。

「先輩、ごめんなさい。わたしたち遠慮します」

「気にしないで。そうした方がよさそうだ」

大丈夫、行こう、平気だから。言おうとするのに、口がぱくぱくするだけで声が出てこない。頭が逆上《のぼ》せ、瞼《まぶた》の裏が熱くなり、いっそう胸が詰まってきた。考えがまとまらない。断片的な映像が次々と脳裏《のうり》をよぎり、閃光《せんこう》を放って消える。耳が鳴る。吐き気がする。手足が冷たくなる。

これって、記憶沈殿化の揺らぎじゃないのか。あたしは自分の過去に揺さぶられている。そんなはずないのに。マザー法の傘のもと、理想の養家庭で育《はぐく》まれたあたしに、こんなことが起こるはずはないのに。

「先輩は傍聴にいらしてください。もし二葉の気分がよくなったら、遅れて入ってもいいでしょうか」

「問題ないと思うよ。見つけやすいように、僕は最後列にいるね」

先輩が防音扉の向こうに消えると、ロビーにいるのは一美とわたしの二人きりになった。

「座って」

一美が、近くのソファまで、抱きかかえるようにして連れていってくれた。腰をおろすとスプリングが軋《きし》んだ。お世辞にも座り心地がいいとは言えないのに、全身の力が抜けた。

ぴったりと寄り添って、一美が囁きかけてくる。

「ごめんね。余計なことしちゃったね」

二葉の悔しい気持ちを晴らしてあげたかった。アンザイの卑怯なやり口に、偽善者のうわ言なんかには負けないって、二人で確かめたかった——

「本当のことを言うと、先輩と教授には事情を打ち明けてしまったの。掛井さゆりがわたしの妹の実母かもしれない、だから一度会ってみたい、何とかなりませんかってお願いしたの。それでこのヒアリングのことを教えてもらって、席を用意してもらったんだ」

抽選に当たったのでもなければ、ゼミ仲間がドタキャンしたのでもない。そもそも一般傍聴者は広く募られておらず、今日もここに来ているのは、〈死刑囚との対話〉の仕掛け人である学者や有識者が籍を置いている大学や研究所の関係者か、その教え子たちだけなのだという。

「それでも、このタイミングは、やっぱり運命よね」

わたしは息を整えながら、切れ切れに言った。顔を上げるとまた目眩《めまい》がしそうなので、前かがみになったままだった。

一美が優しく背中をさすってくれている。

「そんなのどうでもいい。このまま終わるまで待ってよう」

小ホールのなかの様子はわからない。防音扉のおかげで物音は聞こえず、気配さえ感じられない。わたしと一美が寄り添い合ってうなだれているうちに時が流れ、傍聴者はみんな帰ってしまって、もうここには誰もいないのかもしれない。

わたしはぐるぐる考えていた。咲子ママがわたしのママ。わたしのママは咲子ママ一人だけ。わたしはわたし。咲子ママの娘のわたしには、ママがかくあれと願ってくれた、わたしだけの未来がある。

何も怖くない。こんなところで怯《おび》えてはいられない。わたしは負けない。

絶対に負けたりするもんか。

「――一美」

わたしは半身を起こした。目が回ることはなかった。冷汗も引いた。膝は震えず、脚に力が入る。

「ホールに入ろう」

一美の美しい瞳が、すぐそばにある。わたしが映っている。

「わたしは大丈夫だから、一緒に来て」

手をつないで、わたしたちは立ち上がった。防音扉を引くと、真っ暗な空間があった。内部にもう一対の扉があるのだ。

人の声が聞こえてくる。中扉をそっと引き開けると、それがくっきりした。男性の声だ。「――今ほしいものは何ですか。物質的なものでも、精神的なものでも、どちらでもかまいません」

まず一美が、次にわたしが中扉の隙間をすり抜けた。小ホールの座席はほぼ満員だった。背もたれの列と、並んでいる傍聴者たちの頭。客席の照明もついていて、ぐるりと見回すことができた。

舞台の上、立て回されたガラスの壁の向こう。黄色みを帯びた照明。ロビーにあるのと同じような簡素なテーブルと、背もたれのついたパイプ椅子が三つ。向かって右側の二つをスーツ姿の男性が占めている。一人がワイヤレスマイクを握り、もう一人はクリップボードを手にしている。

テーブルを挟んで左側の椅子には、白っぽいジャージの上下を着てスリッポンを履いた女性が座っていた。膝の上に置いた両手には手錠が掛けられている。彼女の後ろには制帽に制服姿の刑務官が二人、両手を腰の後ろにつけた姿勢で立っていた。

わたしたちの動きに気が散ったのか、何人かの傍聴者がこちらを振り返った。一美もわたしも最後列の後ろに立ったまま、じっとしていた。傍聴者たちはすぐにまた舞台の方を向いた。

掛井さゆりは、三年前の写真よりも痩《や》せていた。写真では肩におろしていた長い髪を、今はうなじのところで一つに縛っている。化粧気のない顔は、照明の下で紙人形のそれのように乾いて見えた。

目が落ちくぼんでいる。質問者の方も、傍聴者の方も見ていない。肩を落とし、上半身をちょっとよじって、爪先《つまさき》がだらしなく開いている。

「ほしいものなんかないです」

抑揚のない声。少し嗄《か》れていた。感情らしいものは伝わってこない。彼女から伝わってくるもの、彼女が発散しているものは、

——疲労だ。

そう思った。ただただ疲れ果て、今にも消えてしまいそうだ。まるで寿命が尽きかけている電球のように。

わたしはその姿を凝視した。すぐ隣で、一美が息を殺しているのがわかった。

見つめる、見つめる。掛井さゆりを見つめる。次の質問が投げかけられる。それでは、支援者や弁護団からの差し入れで、あなたが嬉しいと感じるものは何ですか。

掛井さゆりは小さく息を吐き、椅子の上で尻を動かした。手錠が照明を反射して光る。そのまぶしさから目を背けるように彼女が顔を上げ、会場の傍聴者たちの方へ視線を泳がせた。

最後列の右端で、誰かが腰を浮かせた。カツマタ先輩だ。一美も気づいて、わたしにうなずきかけると、足音をしのばせてそちらに歩き出した。

舞台の上で動きがあった。

マイクがきぃんと鳴った。ハウリングだ。

女性の声が何か言った。聞き取れなかった。

続いて叫び声があがった。

傍聴者たちがざわめく。頭の列が揺れ動く。二人の刑務官が動き、前に出る。質問者の男性が中腰になった。もう一人の方は座ったまま目を瞠っている。

「ユウア?」

掛井さゆりだった。痩せこけた顔に空《あ》いた二つの穴のような目が、こちらを見ている。わたしを見ている。

「ユウアなの? そうよね?」

立ち上がろうとする掛井さゆりの肩を、刑務官が押さえつける。彼女は抗《あらが》い、身をよじって頭を振り立てる。

「ユウアなんでしょ? あたしにはわかるよ。来てくれたのね? お母さんだよ!」

傍聴者たちのあいだに動揺が広がり、座席ががたつく音がたつ。

「掛井さん、落ち着いてください。ヒアリングはまだ終わっていません」

質問者の男性が宥めるように声をかける。でも、掛井さゆりの耳には届かない。

「離してよ! あたしの娘が来てるんだ! あそこにいるの! あたしに会いに来てくれたんだよ!」

しゃがれた声には力が漲《みなぎ》り、痩せこけた身体に血が通い、紙人形が人間になった。激情し、歓喜し、押しとどめようとする刑務官たちを振り払おうと、髪を乱し、頰を紅潮させている。

「ユウア！　ユウア！　会いたかった会いたかった会いたかった。一日だってあんたのことを忘れたりしなかった！　お母さんだよ、ごめんねごめんねごめんね」

母が娘に呼びかけている。

どんな母親でも、母親だから。

でも間違っている。

わたしも間違っていた。掛井さゆりはわたしを見ているのではなかった。

一美を見ている。一美に呼びかけている。

一美が、彼女の娘だと思っている。マザー法に保護される前は「ユウア」という名前だった、不幸な、不運な、親を選ぶことのできなかった子供が成長した姿だと。

どうして？　一美の方が美しいから？　わたしたちはマザーの魔法の力で似ているけれど、それでもやっぱり一美の方が人目にたつ美人だから？

ちゃんちゃらおかしい。

叫びながら暴れる女死刑囚は、百人近い傍聴人たちの前で刑務官に拘束され、舞台の袖へと引きずられていく。舞台の上の男性たちは憮然《ぶぜん》とし、傍聴者たちは騒ぎ、たくさんの視線が交錯し、マイクがキンキン唸《うな》る。

わたしは両手で耳を塞ぐ。この皮肉、この茶番を笑い飛ばしてやりたい。ざまをみろ。何が生みの母の絶対の愛情だ。自分の娘を正しく見分けることもできないくせに。

わたしは大声を出す。喉の奥から奔流のように感情が溢れ出てくる。誰かがわたしの腕をつかみ、身体を抱きしめてくる。

誰が泣いているの？　わたしは泣いてなんかない。笑ってる。バカバカしくて可笑《おか》しくって笑わずにいられないから。

なのに、なぜ一美が泣いてるの？　なぜ止めようとするの？　わたし何してる？

あれが母親だなんて、絶対に認めない。

正しいのはマザー法だけだ。

咲子ママはどこ？　どこにいるの？　ママに会いたい。ママ、ママ、ママ、ママ、ママママママママママママママママ
世界が暗くなる。

# 戦闘員

藤川達三《ふじかわたつぞう》は、毎朝午前四時半に起床する。

起きるとすぐ布団《ふとん》をたたむ。八十歳の誕生日を過ぎたころから布団の上げ下ろしが辛《つら》くなってきたのだが、達三の辞書に〈万年床《まんねんどこ》〉という言葉は存在しない。敷き布団をいちばん下に、枕《まくら》をいちばん上にして、寝室として使っている六畳間の西側の窓際《まどぎわ》に敷いた簀《す》の子《こ》の上に積み上げる。こうしておくと布団によく陽《ひ》があたって湿気が抜けるので、実は押入《おしいれ》に収納してしまうよりも具合がいい。

歯磨きと洗面を済ませると着替えをし、台所に立つ。以前は毎朝きちんと米をといでいたが、現在は無洗米を使用している。無洗米は割高だが上水の節約になるし、冬場は、早朝の寒い台所で冷水に手を突っ込むという健康リスクを避けることができるので、総合的にみれば合理的である。

電気ポットで湯を沸《わ》かし、そのあいだにまず無洗米と水をきっちり量《はか》って炊飯器にかける。ついで小鍋《こなべ》に水三百ミリリットルとひとつまみの煮干しを入れる。

ポットの湯が沸いたら番茶を淹《い》れる。一煎目《いっせんめ》の一杯は、三年前に病没した亡妻の愛用していた湯飲みに容《い》れて仏壇《ぶつだん》に供《そな》え、鉦《かね》を鳴らして手を合わせる。

台所に戻ってスツールに腰掛け、番茶に梅干しをひとつ投じてから喫《きっ》する。冬場はこれで身体《からだ》が温まり、夏場は睡眠中に失った水分と塩分を補給することができる。

それから出かける支度《したく》を調える。冬場は耳あてと軍手を着用、夏場は首にタオルをかける。無洗米にほどよく水が染みこみ、煮干しから出汁《だし》が出るまでの小一時間を利用して、近所を散歩するのが達三の日課なのである。

散歩のルートは三つ決めてある。①は町内北廻《まわ》りルート、②は町内南廻りルート、③は緑道公園周回ルートだ。一年三百六十五日、天候と体調が許す限り、達三はこの三つのルートを毎朝順ぐりに歩いている。

玄関で運動靴を履《は》き、靴紐《くつひも》を締める。妻が元気だったころは、この段階でズボンのベルトに万歩計をさしていたのだが、その万歩計は、妻が亡くなった日の朝に壊れた。以来、新しいのを買ってはいない。

築四十年近い木造モルタル塗りの一戸建ては、その外壁のあちこちに、今やたった一人の住人である達三の目元や口元に浮いた皺《しわ》とよく似たひび割れを生じている。家もまた老いているのだ。

だが、顔も手足も皺だらけの達三が平均値以上の骨密度を保っているように、この家も頑丈にできている。東日本大震災の際、首都圏を襲った震度五強の揺れにもよく耐えた。都心の高層マンション住まいの長男のところでは書棚が倒れ、台所の食器がいくつも割れたというが、達三のこの古い家は小皿一枚損なうことがなかった。

玄関はダブルロックになっている。ピッキング防止仕様の二つ目のロックは、近隣一帯で老人世帯を標的にした侵入盗事件が頻発している旨《むね》の回覧板を読んだ妻が、すぐさま鍵屋《かぎや》を呼んで取り付けたものだ。彼女はその後まもなく入院して不帰の人となったので、達三にとってはこれが妻の形見である。

玄関の鍵をかけると、その場で十回足踏みをして、達三は出発する。六月初めの月曜日、時刻は午前五時を少し回っていた。

昨日《きのう》は①のルートだったので、今朝《けさ》は②のルートをとるべきだ。が、異例の事態なのでもう一度①を歩く。ルートの半ばにある、総戸数五百戸以上の大型マンション〈キャッスルパレス館川《たてかわ》〉の横を通るためである。

昨日《さくじつ》、日曜日の午前五時半ごろ、達三は散歩の途上、〈キャッスルパレス館川〉のそばで、世にも面妖《めんよう》な光景を目撃した。

面妖と言えば、そも〈キャッスルパレス〉というネーミングにまずもの申すべきではある。〈キャッスル〉は城で、〈パレス〉は邸宅の意だ。この二つの言葉を重ねて使うのはおかしい。〈家屋敷〉という表現はあるが、〈城屋敷〉はなかろう。

〈キャッスルパレス館川〉は、建築・分譲されてまだ四、五年の物件である。だからこの命名をしたのは、まぎれもなく二一世紀を生きる現代人であるはずだ。ちょっとパソコンを操れば言葉の意味など容易《たやす》く調べられる現代の企業人が、十人に問うたらおそらく七人までは「おかしいですよね」と答えるであろうネーミングをし、それを周囲の誰も咎《とが》めず、訂正もしなかった。

悲しいかな、社会ではこういうことが起こり得る。東証一部上場の機械メーカーに奉職し、第二制作部長という要職を勤め上げて定年退職した達三は、たとえば午後のある時間帯にスーパーの売り場にエアポケットが生じるように、そうとう以上に有能な企業体の頭脳にもそのような空白が生じてしまう人情の機微と、組織の弱点というものを知っている。だからこれまで声に出して、

――〈キャッスルパレス〉はなかろう。

と主張することは控えてきた。これからも控えるだろう。

昨日、達三が見かけた面妖なものは、おかしなマンションの名称とはまったく関わりがない。ただ、己《おのれ》の目に入る事象に不具合があれば、それがどんな些細《ささい》なもので、自分とは無関係なものであってもクレームをつけずにいられない――というタイプの老人ではない達三が、思わずぎょっとして立ちすくんでしまうほど異様な光景ではあった。

〈キャッスルパレス館川〉の、達三が通行する道の側には、マンション住民専用の駐輪場が設置されている。つまりこちら側はマンションの西側面で、正面ではない。道も狭くて、軽乗用車がぎりぎり通れるぐらいの幅しかない。歩道もなければガードレールも

ない脇道《わきみち》である。

昼間でも、あまり人は通らない。達三も、意識して散歩のルートを開拓するようになる以前は歩いたことがなかった道だ。夜間はもっと人気《ひとけ》がなくなるだろう。

駐輪場とこの脇道のあいだには、〈キャッスルパレス館川〉の敷地全体を取り囲む塀が立っている。身長百六十五センチの達三の臍《へそ》の高さまでは化粧ブロックが積んであり、その上に錬鉄《れんてつ》製の柵《さく》が載っている。駐輪場はおおよそ半分が二段重ねの機械式で、あとの半分が平置きだ。利用者のために、「東棟A1〜50」とか「南棟B30〜90」などの区分表示がされている。

駐輪場には雨よけがついている。無骨な鉄骨の柱を前後に三本ずつ立てて駐輪スペースを囲い、その上をスレートで葺《ふ》いただけのものだ。達三が思うに、この屋根は設計段階では存在せず、追加工事で足されたものだろう。マンション本体の高級そうな外観に比して、見場《みば》がよくない。はっきり言って見窄《みすぼ》らしいのだが、まあ、それもまた本題とは関係ない。

昨今、こうした大型共同住宅の駐車場や駐輪場なら珍しくもないことであり、セキュリティ上は望ましいことであるが、この駐輪場にも防犯カメラがひとつある。達三の進行方向手前から数えて三本目の鉄骨の上部に、ぞんざいな感じで取り付けられている。

防犯カメラのレンズは駐輪場の方を向いているので、鉄柵の外を歩く達三は、もっぱらこのカメラの側面ばかりを眺めている。いや、眺めるというほど注目したことはない。

——防犯カメラがあるな。

と、目の隅《すみ》っこに引っかけるようにしていただけである。

実を言うと、それもここ一年ばかりで怪《あや》しくなっていた。急迫的に命にかかわる持病はない達三だけれども、緑内障を患《わずら》っている。それは市の老人検診で発見され、以来、症状の進行を抑えるために、掛かり付けの眼科医に通ってずっと投薬を受けてきた。

そのおかげでかたつむりのようにゆっくりとしていた達三の緑内障の進行は、しかし止まったわけではなく、近ごろでは折々に視野が狭くなったことを自覚する。特に右目の方が症状が進んでいるようだ。

一男一女の父親である達三は、二人の子供が多感な時期に、「お父さんなんか、家族のことは何にも考えてない会社人間じゃないか！」と罵《ののし》られた覚えがある。反抗期の子供に、「会社から給料をもらっているんだ、真面目《まじめ》に勤めて何が悪い！」と、大人の道理で怒鳴《どな》り返しつつも、内心ではちくりと反省し、〈会社命〉の視野狭窄《きょうさく》な人間にだけはなるまいと、それなりに心がけてきた。それが皮肉なことに、会社とは縁が切れ、子を育てる親の責任からもとうに解き放たれてから、疾病《しっぺい》としての視野狭窄を生きるようになった。

なので、近ごろの達三は、しばしばこの防犯カメラを知覚し損ねる。見えないのだ。昨日の早朝も、ここを通りかかった達三の狭まった視野に飛び込んできたのは、この防犯カメラそのものではなかった。

達三が目撃したのは、十歳かそこらの子供である。白い丸首シャツに運動着のパンツを穿《は》いた男の子だった。この子が目を光らせ顔を引き攣《つ》らせ、右手に持った何か棒のようなもので、かの防犯カメラを鉄骨から叩《たた》き落とそうとしていたのである。

達三はとっさに「こら！」と大声を出したが、男の子はすぐには反応しなかった。それほどこの破壊行為に熱中していたらしい。達三はさらに声を張り上げた。

「こら、何をしてるんだ、やめなさい！」

静かな日曜日の早朝に、達三の怒声が響き渡った。これでようやく男の子は我に返ったらしい。はっと身じろいで破壊行為をやめると、一瞬だけ達三に視線を寄越し、兎《うさぎ》のようにすばしっこく地面に飛び降りて、マンションの建物がある方向へ逃げ去った。

達三は彼を追跡しなかった。鉄柵を乗り越えるのは今の達三には少々難儀だし、子供の足にかなうわけがない。そのかわり、たった今目にした光景の異様さに乱れた動悸《どうき》を宥《なだ》めながら来た道を引き返し、〈キャッスルパレス館川〉の正面ゲートへ向かった。

広い敷地の奥にコの字型に住居棟が建ち、正面ゲートの近くに管理棟があって、植栽に彩られた中庭がある。管理棟出入口のガラス扉は閉まっていた。日曜日は管理人も休みなのかもしれないし、まだ窓口を開けるには早いのかもしれない。

かの防犯カメラは、大人が背伸びしても手が届かない高さに設置されているのだから、あの男の子が何かの上に乗っていたのは当然のことなのだが、いざ現場の駐輪場に行き着いて、ぽつりと置き去りにされた脚立《きゃたつ》を確認すると、達三は思わず目を擦《こす》ってしまった。

——あの子は本当にここにいたんだ。

脚立は管理室の備品らしく、脚の部分に〈管理室 要返却〉と書いたテープが貼《は》ってある。

それにしても、防犯カメラの破壊とは、子供のイタズラにしては突飛《とっぴ》な行為である。防犯カメラの〈目〉を嫌うのは、犯罪者か犯罪者予備軍であろう。丸首シャツに運動着の小学生にはそぐわない。仮にあの子の目的が自転車を盗むことであったとしても、その前段で防犯カメラをつぶしておこうとするなど、周到すぎて面憎《つらにく》いようでもあり、臆《おく》病《びょう》で可愛《かわい》げがあるようでもある。

達三は問題の防犯カメラを仰いだ。小ぶりで丈《たけ》の詰まった望遠鏡のような形で、円いレンズがぽかんとしている。本体は金属製ではなく樹脂製で、くすんだ灰色だ。ボルトで鉄骨に止め付けられている基底のプレート部分と本体をつないでいるところがちょっと細くなっている。男の子が叩いていたのもこの部分であるらしく、うっすらと白い筋がついているように見えた。

緑内障は視野を狭めるだけでなく、視界を全体に薄暗くする。だからその白い筋——破壊工作の痕跡《こんせき》が本当に存在するのかどうか、達三には自信がなかった。それ以上に、さっきの椿事《ちんじ》そのものについても、達三は確かに目撃したけれども、必要にして充分なだけの説得力を持って、それを他者に伝える自信はなかった。

日曜日でも、早起きの人びとはいる。マンションの出入口の方から、リードの先に茶色のぼろ雑巾《ぞうきん》みたいな小犬をつないだ女性が現れた。反対側の植え込みの方からも人声が聞こえてくる。

達三はそっとその場を離れた。自分はここの住人ではない。こんな時刻に、駐輪場に出しっ放しの脚立のそばに突っ立っていたら、こそ泥だと思われかねない。

散歩のルートに戻るころには、動悸は収まっていた。動じてはいないが驚いていた老人は、驚きの原因をじっくりと分析しながら散歩する老人になった。

考え考え歩くうちに、目撃した出来事の異様さ、突飛さの以前に、もっと不審なことに、達三は気づいた。

――音がしなかった。

あの男の子は、手にした棒のようなもので、力いっぱい防犯カメラを叩いていた。達三は目は弱りつつあるが、聴力は衰えていない。静かな早朝に、あの子がしていたような行為がなされていたら、その場を目撃するより前に、まずそうとうな音量の打撃音が耳に入ってきたはずだ。

――だが、何も聞こえんかったぞ。

心を静めて思い出せば、あの子が脚立から地面に飛び降りたときの、どさっという音は聞いた。確かに聞こえた。

さらに訝《いぶか》しいのは、あの子のあの顔だ。

一瞬、達三と視線が合った。あの子の目は飛び出しそうだった。もちろん、達三の大声に驚いたのだ。それが常識的な解釈である。

だが、こうして落ち着いて己の記憶を再生してみると、達三には、あの子が彼の叱責《しっせき》を聞き取る以前、夢中で防犯カメラを叩いているときから、今にも目玉が飛び出しそうな顔をしていたように思われるのだった。

あれはイタズラをしている子供の顔ではなかった。面白がっている顔でもなかった。それよりもむしろ、何か怖いものと対決しているような顔であった。

長男も長女も小学生だったころ、達三の家のささやかな裏庭に蛇《へび》が出たことがある。けっこう大きい蛇だったが、毒は持っていないし悪さもしない、温和《おとな》しい青大将だ。それでも子供たちはきゃあきゃあ騒ぎ、とりわけ長女は怯《おび》えて泣き叫んだ。

長男は妹を背中にかばい、たまたま裏庭で陽に干していた風呂桶《ふろおけ》の木蓋《きぶた》を盾《たて》のように構えて、青大将を追っ払おうと、果敢に立ち向かっていった。蛇の方は眠そうにとぐろを巻き、てんで無関心だった。そのままではどちらも可哀相《かわいそう》なので、妻が蚊《か》取り線香を持ってきて近くで焚《た》いたら、煙を嫌がったのか蛇は逃げていった。それでも、長女はしばらくのあいだ震えが止まらなかったし、長男は木蓋を手放さずに興奮していた。

達三の脳裏《のうり》で、あのときの長男の顔と、防犯カメラを叩き落とそうとしていた男の子の顔がだぶった。

散歩から帰り、家で一人静かに過ごしながら、昼過ぎに一度、夕暮れにもう一度、

〈キャッスルパレス館川〉の管理室を訪ねようかと思い、二度とも思い直した。余計なことだ。よくて困惑され、悪ければ笑われる。

明日、もう一度あの道を歩こう。別段、防犯カメラを見に行くまでもない。ただいつものように駐輪場の横を通って、何事も起こっていないことを確認しよう。それだけでいい。

社会のなかで生きていれば、たまには身近で不可解な出来事が起こることもある。その謎《なぞ》を、必ず解明できるとは限らない。それどころか、解明が必要とも限らない。そういうときは、おかしなことがあったねえと思うだけで、胸にしまっておく。自分は、そういう人生の素《そ》っ気《け》ない真実の一面を充分に弁《わきま》えた老人だ――

という次第で、翌月曜日の早朝に、達三は①のルートを歩いているわけである。

梅雨入《つゆい》りしたばかりで、朝の空気もどんよりと湿っている。リズムよく歩いてゆくと、十分ばかりで達三の乾燥した皮膚《ひふ》にもじわじわと汗が浮いてくる。駅に通じる大通りを歩いているときすれ違った会社員らしい若い女性は、早くも袖無《そでな》しのブラウスを着ていた。

〈キャッスルパレス館川〉に向かう角を曲がる。脇道に入る。駐輪場のスレート屋根が見えてきた。

達三は立ち止まった。

防犯カメラはあった。丈の詰まった望遠鏡のようなあの形は見間違えようがない。

だが、場所が違っている。手前から二番目の柱の上部にくっついている。

さらに、向きが違っている。ぽかんとしたレンズが、達三の歩く道の方を向いている。

達三は、防犯カメラのレンズを見つめた。今朝は自分が昨日の男の子のように、今にも目玉が飛び出しそうな顔をしてそこに映っているに違いない、と思った。


——おかしなことがあったねえと思うだけで、胸にしまっておく。

達三は、それから一週間、この教訓を堅守して生活した。〈キャッスルパレス館川〉の管理室はもちろん、マンションの敷地内に近寄ることもしなかった。

その一週間のあいだに、①のルートを三度歩いた。二度目のときも三度目のときも、あの防犯カメラは手前から二番目の鉄骨の上部に存在していた。

レンズは道の方を向いたままである。外部から鉄柵を乗り越えて駐輪場へ侵入しようとする輩《やから》を警戒するには、この方が適切だ。管理人かマンション管理組合の理事がそのように判断し、場所を移動させたのかもしれない。それは大いにありそうなことだし、現実的な解釈でもある。

だが三度目にこのカメラを仰いだとき、達三はふとあることに思い至った。

この位置にあると、スレート屋根の下にぴっちりと収納されている自転車をすっかり取り払ってしまい、しかる後に空《あ》いたスペースに脚立を据えてそれに乗っかるという面倒な段取りを踏まない限り、この防犯カメラには、下から手が届かない。

当初の位置、三番目つまり端っこの鉄骨の上部にあったときは、一週間前のあの朝、あの男の子がまさにそうしていたように、駐輪スペースの脇《わき》に脚立を置けば、容易にカメラに近づくことができた。

今はそれができなくなっている。まるで、防犯カメラそのものに意思があり、攻撃を受ける可能性の少ない場所に移動したかのようではないか。

そんなことはあり得ない。達三は自分の思いつきを軽く笑った。さらに、「莫迦《ばか》らしい」と声に出して呟《つぶや》いた。

散歩中であろうと、他の用件で他の時間帯に近所を歩いているときであろうと、達三があの男の子と遭遇することはなかった。

あの子はきっと、〈キャッスルパレス館川〉に住んでいるのだろう。探そうと思えば――手間暇《てまひま》をかけた上に不審がられ、迷惑がられながら、関係者の親切と幸運に恵まれれば探し出すことも不可能ではないが、達三の側に、そこまでする意味はない。もしもあの子に、駐輪場の防犯カメラを叩き壊さねばならぬよっぽど切実な理由があるとしたなら、その理由は、赤の他人の達三などよりも、彼のそばにいる親や学校の先生たちによってしかるべく関知され、解決されるべき種類のものであるはずだ。

その日の夕刻、達三がラジオでNHKニュースを聴きながら夕食をとっていると、アナウンサーが、東京都下の大型量販店の屋内駐車場で発生した乗用車の転落事故について報じ始めた。買い物客の乗った車が駐車場の外壁を突き破り、三階の高さから地上に落下して、運転者の男と、助手席に乗っていた彼の妻が死亡したのだという。

オートマチック車にままある急発進事故だろうと思いながら漬《つ》け物を噛《か》んでいたら、アナウンサーが歯切れのいい口調でこう続けた。

「死亡した男性とその妻が車のそばで口論していたという複数の目撃証言があり、地元警察は、駐車場内の防犯カメラの映像を解析するなどして、事故発生前後の状況を調べています」

達三は箸《はし》をとめた。

防犯カメラか。そうか、量販店の駐車場なんかにもあるのだな。

達三がよく行くスーパーの売り場や、掛かり付けの病院の待合室にもあるのだろうか。

これまでまったく意識したことがなかった。

ああいうものは、「ここでカメラが見ているぞ」という威嚇《いかく》効果が必要な場合と、監視対象にそれと悟《さと》られない方がいい場合があるはずだ。その施設を管理する側にとっては切実に設置したい場所でも、利用者からすればプライバシー侵害だからやめてくれ、という場合もあるだろう。

いずれにしろ、あれは〈目〉なのだ。時には公然と、時にはひそかに我々市民を監視し、膨大《ぼうだい》な情報を得ている。

翌朝、②のルートを散歩し帰宅してから朝刊を広げると、その事故の記事が載っていた。

それによると、事故車は駐車スペースから急発進したのではなく、駐車場内の走路に出てからスピードを上げて壁に突っ込んだのだという。事故の前に、死亡した夫婦が何か大声で言い合っていたというのも事実のようで、夫の方がひどく興奮しており、またその顔色が真っ赤で、妻が懸命に宥めているようだったという。夫が鼻血を出していたとか、意味不明のことを喚《わめ》いていたという証言もあるそうだ。だとするとこれは事故ではなく、何かで激高した夫が発作《ほっさ》的に自殺を図り、妻を道連れにしてしまった可能性も出てくる。

会社員の夫は四十三歳、妻は四十歳。子供が二人いて、夫婦仲もよく、近隣の評判はよかったという。悲劇だと、達三は思った。

変化の起きようがない暮らしをしている達三だが、それ以来、どこかへ出かけると防犯カメラを探すようになった。散歩の途中でも、いくつか見つけた。コンビニでは、探さなくても見えるところに設置されている。

——こりゃ、たまらんわな。

こんなにあっちこっちに〈目〉があった日には、ある時うっかり、けっして他人には見られたくない瞬間を見られてしまい、あのカメラがあると生きている心地がしないと思い詰めて、どうしてもあれを叩き壊してしまおうと決意して実行に移す——ということがないとは限らないぞ、と思う。

つまり、何だかんだいっても達三は、〈キャッスルパレス館川〉のあの男の子のことが気がかりなのであった。あの子の顔が忘れられない。思い返せば返すほどに、あれは〈必死の形相《ぎょうそう》〉だったと思えてくる。

③の緑道公園周回ルートを歩くときは、一周八百メートルの公園内を三周する。他のルートと違って信号待ちがないので、達三はときどき小休止をとる。毎回、だいたい同じポイントで足を止めることになる。

その朝もそうだった。達三が個人的に〈家出老女の砦《とりで》〉と呼んでいる場所だ。

緑道公園内の一角に、市の公園管理事務所が設置したプレハブの道具小屋があって、その脇に、しばしば一人の老女が居留している。大きな買い物カートを持参し、そのカートに荷物でふくらんだビニール袋や紙袋をいくつかぶら下げて、四角い一斗缶《いっとかん》（肥料の空き缶だ）に小さな座布団を載せて腰掛けている。

達三の早朝散歩歴はもう十年以上になるが、老女がここに居留するようになったのは、去年の春先からである。最初は、

——年配の女性のホームレスか。

と気の毒に思ったが、ほどなくして違うとわかった。

あれは朝の散歩中ではなく、昼過ぎのことだった。公園に隣接する市役所に用があって、達三が園内を突っ切って歩いてゆくと、いつも老女が居留しているポイントのそばに、自転車が止めてあった。甲高《かんだか》い女性の声もする。

老女が誰かと揉《も》めているのだったら心配だと思い、少し足を速めて近づいてみると、いつものように一斗缶に腰掛けた老女の前に、痩《や》せぎすの中年の女性が、両手を腰にあてて立ちはだかっている。そして、〈ぎゃんぎゃん〉という擬音がふさわしい音調で、老女に向かってまくしたてていた。

「ねえ、いい加減でうちに帰ってきてよ。あたしの身にもなってちょうだい。ご近所の手前、みっともなくってしょうがない」

二人の距離は一メートルもないのに、老女はどこ吹く風のふうである。

「悪うございましたって、何度も謝ってるじゃない。もう気が済んだでしょう。あんまり娘を困らせないでよ、お母さん」

達三は驚愕《きょうがく》した。見れば老女は薄笑いしている。「お母さん」と呼びかけた中年女性、娘の方は、頭から湯気を立てているのに。

これだけでも事情の一端は知れた。老女は家が無いのではなく、娘と喧嘩《けんか》をして家出していたのである。

このやりとりで、老女と娘との（あるいは娘一家との）あいだに和睦《わぼく》が成立したのかどうか定かではないが、以来、老女はときどき公園のこのポイントから姿を消すようになった。おや、いないな――と思うと、次に来たときにはまた悠然と一斗缶に座っている。老女は家出をやめる気はないが、少しは娘の心情を汲んだのだろう。

老女は孤独な家出人ではない。彼女がよく餌《えさ》をやるので、園内をうろつく猫たちや、雀《すずめ》や鳩《はと》が彼女に寄ってくる。早朝の公園というのは意外に賑《にぎ》やかな場所で、ランニングやウォーキングや犬の散歩で集《つど》う人びとは多い。老女はそうした人びと——主に同年配の男女と交流している。傍目《はため》にも、それはけっこう楽しげである。

達三自身は老女やその仲間たちと交流したことはないし、そのつもりもない。老女老女と呼んではいるが、それは彼女が一般的にはそう称されるべき年齢に見えるからであって、彼女は達三より年下のはずだ。たぶん、十歳は若い。達三が老女と仲間たちに近づかないのは、世代差があるからだ。小学生たちが群れて遊んでいるところに、高校生が一人だけ交じるのはおかしいのと同じである。

ただ達三も、一度だけ老女と会話したことがある。今年の三月半ば、朝方に近所でボヤ騒動があって散歩に行き損ね、夕方この公園に来たときのことだ。

その日は、ラジオでもテレビでも、気象庁が喧《やかま》しかった。今夕、首都圏に「かつて経験したことのない大雨が降ると予想されます」「外出を控えてください」「停電に備え、水や電池を買い置きしてください」等々の注意を促し、記者会見までやっていた。

空模様は確かに怪しく、夕方になって急に風も強まった。不穏な色合いの雲が流れてゆく。今日は園内を一周するだけで帰ろうかと思いつつ、達三が老女の砦にさしかかると、彼女は一斗缶に座り、園内でよく見かける三毛猫を膝《ひざ》に乗せて撫《な》でていた。足元には彼女の手荷物が広げてある。

他に人はいなかった。気象庁の警告を聞き入れて、みんな家にいるのだろう。それで達三もふと心が動き、立ち止まった。

「こんにちは」と、老女に声をかけた。老女もひょいと頭を下げる。

「今日はこれから、だいぶ天気が荒れるらしいですよ」

達三の言葉に、老女は飄然《ひょうぜん》とうなずいた。

「ああ、ラジオで騒いでますねえ」

知っているのか。

「ここにいたら危険かもしれません。お帰りになった方がよさそうですよ」

「そうかしらねえ」

また飄然と言い、老女は膝の上の三毛猫に話しかけた。「じゃあ、うちに帰ろうかね、マチコ」

達三は驚いた。第一に、猫にマチコという名前は珍しい。第二に、こいつは野良猫《のらねこ》じゃなかったのか。

「おたくの飼い猫なんですか」

「ええ、いつもあたしにくっついて来るんですよ」

この猫は、家出老女の従者だったのだ。

「どうもご親切さま。ほらマチコ、片付けるよ」

老女が一斗缶から腰を上げたので、達三も歩き出した。その夜、首都圏には本当にとんでもない暴風雨が到来した。

それだけのことである。その後、達三と老女の距離が縮まったわけではない。老女はいつも悠然と砦にいるし、散歩中の達三は黙ってそのそばを通り過ぎる。ただ、園内で単独行動しているマチコに行き合うと、「ご苦労さん」と労《ねぎら》うようになった。

さて、話はその朝――〈キャッスルパレス館川〉での椿事から十二日後の早朝に戻る。

梅雨らしいじとじとと雨が続いたあと、久々に朝から晴れた。今日は③のルートの日で、達三は緑道公園内を歩き、家出老女の砦にさしかかった。

老女は一斗缶に座っていなかった。プレハブの道具小屋の前に立ち、その屋根を見上げている。いつか彼女の娘がやっていたのと同じように、両手を腰にあてて険《けわ》しい顔をしていた。マチコもその足元に控えており、やはり道具小屋の屋根を仰いでいる。

様子がおかしい。

「おはようございます」

歩み寄りながら、達三は声をかけた。

「どうかなさいましたか」

老女はこちらを振り返ると、口をへの字に曲げたまま、手をあげて道具小屋の屋根を指さした。

「これ、何だろうねえ」

老女の指し示すものと、それが存在している位置を認識すると、達三の胸はざわりと騒いだ。

防犯カメラだ。

道具小屋の庇《ひさし》の下というか、屋根の出っ張った部分の裏側というか、そこに唐突な感じで取り付けられている。形状は〈キャッスルパレス館川〉の駐輪場にあったものと似ているが、ひとまわりサイズが大きい。レンズも大きい。

「こんなもん、昨日はなかったのに」

老女は不満そうに口を尖《とが》らした。

「夜、あたしがいないうちにくっつけたのかしらねえ」

そう言ってから、老女は達三のために説明を足してくれた。「あたしも、さすがにしんどくてねえ。夜はうちに帰るんですよ」

それは老女のためにも、彼女の娘のためにも幸いである。

「昨日は何時ごろまでこちらに？」

「八時過ぎだったかねえ。ねえ、マチコ」

老女は足元の猫に問いかけた。達三もマチコに視線を落とし、今度は心臓がどきりとするのを感じた。

マチコは防犯カメラを睨《にら》みつけている。その背中の毛が逆立っている。瞳《ひとみ》は細くなり、耳がピンと立っている。

達三はまた防犯カメラを仰いだ。こんなものが、猫が警戒し、威嚇するべき要素を持ち合わせているだろうか。

——確かに薄気味悪い。

初めてそう感じた。

これを指して〈取り付けられている〉と表現するのは違うような気がする。このくっつき方、この存在感は何かに似ている。

ちょっと考えて思い当たった。蜂《はち》の巣だ。

「管理事務所が、夜間にこんなものの取り付け工事をするとは思えませんね」

「じゃあ、誰かが勝手にくっつけたのかねえ。イヤらしい。これ、人のことをのぞき見するカメラでしょうが」

その理解は完全には正しくないが、ニュアンスは合っている。

達三は少しずつ移動し、視点を変えて防犯カメラを観察した。コードが見当たらない。電池式なのか。

ぽかんとしたレンズを見つめる。すると、レンズが瞬《まばた》きした——ように見えた。

達三はゆっくりと後ずさりした。

「こんなもんに見られていちゃ不愉快でしょう。離れていた方がいいですよ」

いつもの一斗缶に座っていれば、老女はカメラの死角に入る。

だが達三の脳裏には、面妖で不穏な映像が浮かんできた。一斗缶に腰掛け、道具小屋の側壁にもたれている老女の頭上に、防犯カメラが移動してくる。屋根の裏側を伝い、異形《いぎょう》のかたつむりのようにじわりじわりと——

身震いすると、その映像は消えた。

「嫌な世の中だね、ホントに」

腹立たしそうに言って、老女はかがんでマチコの頭を撫でた。

達三は散歩に戻った。二周目に老女の呰に通りかかると、ジョギングウェア姿の老人が、道具小屋の前にいて防犯カメラを見上げていた。威勢のいいガラガラ声で、老女に話しかけている。

「市役所も、つまんないことをやるねえ。税金を無駄遣いしやがって」

この老人も老女と親しい仲間の一人だ。達三は会釈して通り過ぎた。つい早足になってしまうのを、自分でもおかしいと思いながら。

達三は記録をとることにした。

毎朝の散歩の際、鉛筆付きの小さなメモ帳を持参して、①から③のルート沿いに防犯カメラを発見すると、その位置と形状とレンズの向きを書き留めるのだ。

コンビニや銀行のATMコーナーなど、屋内のものは除外した。それでもけっこうな数を発見することになった。一般家庭でも、四、五軒に一軒程度の割合で、玄関ドアの上部や駐車スペースに防犯カメラを付けている。事務所やオフィスビルは、正面出入口ではなく通用口に付けている場合がある。コインパーキングにはほぼ確実に設置してある。②のルート上にある広い青空駐車場は、二ヵ所に付けていた。そこには〈車上荒らしにご注意ください〉という警告の表示もあった。

そうやって記録する防犯カメラの形状は、全体に似通ってはいるが、微妙に異なってもいる。弁当箱のようなもの、ハンディビデオのようなもの、ゴーグルのようなもの、マイクのようなもの。色は黒か灰色が多いが、外壁の色に合わせてきちんと塗装されているものもあった。稼働中であることを示す赤いライトが点灯するタイプのものと、そうでないものがある。
①から③のルートを二回ずつ踏破するあいだ——つまり六日間は、達三のこの記録行為はただの酔狂で、何ということもなかった。〈キャッスルパレス館川〉の駐輪場の防犯カメラも、緑道公園の道具小屋のそれも、あれから変化はない。家出老女も、あれきりカメラの存在を気にしてはいないようだから、達三も強《し》いて注意を喚起しなかった。「何となく変な感じのするカメラだから気をつけて」なんて言っても、こっちが変だと思われるだけだろう。
だが八日目に、②のルートの終盤で、ひとつ変事が起こった。

場所は、達三の家から信号二つ分離れたところだ。角地《かどち》に、緑に溢《あふ》れた前庭に門扉のついた二階建ての住宅がある。いつ見ても季節の花々を咲かせている綺麗《きれい》な家だ。

この家の二階正面の窓の手すりの下部に、防犯カメラがぶら下がっていた。くすんだ灰色の、箱型のボディにレンズがひとつ。

前回と前々回、達三がここを通ったときにはなかったと思う。記録にもない。しかし、昨日か一昨日か、他のルートを散歩している日に新設されたのだろう——と納得してしまうにしては、位置が変だ。庭の手入れのいいこの家の住人が、あんなところに無造作に防犯カメラをぶら下げるだろうか。

毎朝このあたりまで来ると、午前六時になる。達三は迷った。近所付き合いのある家ではない。「通りがかりの者なのですが」と訪《おと》なうには、まだ早すぎる時刻だろう。

メモ帳を手にぐずぐずしていると、天の助けか、家の玄関が開いて女性が出てきた。大きなゴミ袋をさげている。そうか、今日は燃えるゴミの回収日だ。彼女が門扉を開けて歩み出てくるのを待って、達三は近づいて声をかけた。

「おはようございます」

女性はこの家の主婦だろう。歳《とし》は四十前後か。Tシャツと短パンの上にエプロンをつけている。目をしばたたきながらこっちを見た。

「朝早くに申し訳ありません。私はこの近所の者で、散歩の途中なのですが」

女性は「はあ」というような声を出し、訝しそうに達三の顔を見る。達三はできるだけ愛想良くにこにこした。

「私はこの歳で一人住まいをしておりまして、昨今何かと物騒ですから、いわゆる防犯カメラというものを付けようと思っているのですが、ああいうものを設置してもらうには、どこに頼めばいいのかわかりませんで……」

女性ははっきり眉根《まゆね》を寄せて「はあ」と言った。

達三は続ける。「困っておったのですが、今朝ここを通りましたら、お宅様の防犯カメラが目に入りましてね。たいへん不躾《ぶしつけ》なお願いではありますが、お使いになった業者を教えていただけないかと思いまして」

女性はしかめっ面のまま、達三からちょっと身を遠ざけた。

「何ですって？」

その声は、明らかに警戒に尖っていた。そして彼女はこう言った。

「うちには防犯カメラなんかありませんよ」

達三はたじろいだ。一歩後ろに退いて、この家の二階正面の窓を指さした。

「いいえ、ありますよ。ホラあそこに」

そして絶句した。二階の窓の手すりの下には、何も存在していなかった。さっき見かけた防犯カメラは、跡形《あとかた》もなく消えていた。

達三は掛かり付けの眼科医に行った。

受付の看護師は訝った。「藤川さん、次の診察日はまだ先ですよ」

「はい、わかっております。ちょっと調子が悪いので診《み》ていただこうと思いまして」

繁盛している医者で、予約していても一時間以上待たされることがある。ふりで行ったらなおさらだ。結局、半日近くをつぶして、達三の両目には、じわじわと進行中の緑内障以外の疾病も異常もないとわかった。

翌朝、達三は日課を変えた。散歩に行かず、午前八時まで待って、きちんとワイシャツを着てスラックスを穿き、革靴を履いて、〈キャッスルパレス館川〉の管理室を訪ねた。通りがけに確認すると、あの防犯カメラはちゃんと二番目の鉄骨の上部にくっついていた。

応対してくれた管理人は、三十代半ばぐらいの髭《ひげ》の剃《そ》り跡の濃い男だった。

達三は、話が通りやすいよう、事実に多少の粉飾をほどこして、彼に語った。今朝早く、そこの脇道を通りかかったら、不審者がおたくの駐輪場の防犯カメラを壊そうとしていた。あるいは取り外して盗もうとしていたのかもしれない。私はこのような老体だから不審者を咎めて追い払うのが精一杯で、捕まえることはできなかったから、お知らせしておこうと思いまして。

管理人は大いに驚いたふうだった。

「それはご親切にありがとうございます」

そしてちょっと首をひねると、

「藤川さん――でしたか、お手数ですが、その場所を確認していただけますか」

達三に否《いな》はない。作業着姿の管理人に従って、中庭を横切った。

「駐輪場をカバーする防犯カメラは、一台しかございませんのですが」

なぜかしらまだ首をかしげながら、管理人は歩いてゆく。そして、中庭の通路を挟んで駐輪場の手前にある植栽の前で足を止めた。

「この照明灯の下に取り付けてあるんです」

植栽のなかの立木にまぎれて立つ、行灯《あんどん》に長い脚を生やしたような照明灯である。ライトのカバーの部分がボックス型になっている。そしてそのカバーの下部に、カバーのデザインにまぎれて目立たないように、防犯カメラがくっつけてあった。円いレンズが見える。

照明灯のカバー部分もこの防犯カメラも、地上からざっと三メートルの高さにあった。それを仰いで、また首をひねり、管理人は申し訳なさそうに呟く。

「壊すにしろ盗むにしろ、ちょっと高いところにありますから――」

そのへんにある脚立では用が足りない。

「確かに、ここで間違いありませんか」

その問いには答えず、達三は念を押した。

「駐輪場の防犯カメラと言ったら、これだけなのですか」

「駐輪場をカバーする防犯カメラは、です」と、管理人は几帳面《きちようめん》に言い直した。「設置場所はちゃんと記録してあります。図面もございますからね。私らは、勝手に付けたり外したりできませんし」

そうですかと言って、達三は駐輪場の方を振り返った。つられたように、管理人もそうした。

二番目の鉄骨の上部から、あの防犯カメラが消えていた。

達三は驚かなかった。動揺を抑えるために、ひとつ息をついた。

「あちらの雨よけを支えている鉄骨には、防犯カメラは設置されていなかったのですか」

「ええ、はい」

「しつこくお尋ねして申し訳ない。私は場所を見間違えたようです」

お騒がせしましたと、達三は頭を下げた。

「いえいえ、とんでもない。わざわざお知らせいただいて恐縮です」

管理人は、達三自身が件《くだん》の〈不審者〉なのではないかと疑い始めている目つきで、口調だけは丁寧《ていねい》に言った。

「敷地内のセキュリティのことですから、大事をとるようにいたします。住民の皆さんに回覧を出して、不審者への注意を呼びかけますよ」

達三は、少なからず怯えた。

私はボケ始めているのか。

常識的に考えたら、ひとりでに現れたり消えたり移動したりする防犯カメラなど、この世に存在するはずがない。

私はボケ始めているのか。

妻を亡くし、一人暮らしが三年を越えた。それでもきちんと健康的に、規則正しく暮らしてきたつもりだ。市の老人福祉センターから連絡が来るたびに、まだ介護ヘルパーのお世話になる必要はないと断ってきた。

しかし、私はボケ始めているのか。

ずっと一人きりでいて、自分自身の感覚以外の物差しがないから、それと自覚できないだけだったのか。

散歩に行くのが怖くなった。近所の防犯カメラについて記録したメモは、破って捨てた。出かけて、記録して、また新しい防犯カメラを発見したり、メモしておいた防犯カメラが失《な》くなっているのを見つけたりしたら、もう完全に駄目だという気がした。

家にこもっていると、梅雨時の雨音が単調に軒《のき》を打ち、一人住まいの静寂《せいじゃく》をいっそう際立《きわだ》たせる。達三は黙然として座り込み、ぼんやりと数日を過ごした。

そのうちに、買い置きの食材が尽きてきた。買い物ぐらいしないと、蟄居《ちっきょ》したまま栄養失調になってしまう。

土曜日だった。新聞の折り込みチラシを見たら、緑道公園の先に新しく開店したスーパーが、週末恒例のポイント還元セールと産直物の特売をやるという。

――出かけるか。

行きは緑道公園を抜けていけば近道だし、帰りは、荷物が重かったらタクシーに乗ればいい。そうだ、スーパーの店員やタクシーの運転手と話をしてみよう。ちゃんと会話が成立するかどうか、自分で確認するのだ。

防犯カメラのことは、もう気にするまい。

幸い、傘を持たずに出られる空模様だった。首に汗取りのタオルをかけ、入念に運動靴の紐を締めて、達三は出発した。

そして、緑道公園の〈家出老女の砦〉で、あまりにも思いがけないものを見た。

老女はいない。彼女が園内で親しくしていた仲間の男女が数人、集まって話をしている。彼らの輪の中心には、家出老女が腰掛けていた一斗缶があった。

その上に、白い小菊《こぎく》をさした空き瓶《びん》が載せてある。どう見ても弔花《ちょうか》である。そういえば、話に興じているように見える老女の仲間たちも、何となく元気がない。

達三の胸の底がひやりとした。足が止まる。

老女の仲間の一人、あの日、防犯カメラを税金の無駄遣いだと怒っていた老人がこちらを振り返った。今日もまたジョギングウェアを着ている。

「ああ、どうも」

達三の顔を覚えていてくれたらしい。

「ばあさん、亡くなったんですよ」と、ジョギング老人は言った。

「もうこの公園には来ないんだ。淋《さび》しくなりますよ」

自分でもどうしてそれができたのかよくわからないのだが、達三は努めて冷静に、穏やかに、家出老女の仲間たちの輪に入って、彼女の死にまつわる事情を聞き出した。

老女の様子がおかしくなったのは、二、三日前からのことだという。

「頭が痛いって言ってね。あと、目がチカチカするとかって」

老女の娘は、母親を救急病院に連れていった。が、目立った異常は発見されず、老女の頭痛も治まったので、家に連れて帰った。

「ところが今度は、何だか耳がおかしいって言い出したんだそうですよ。変な声が聞こえるって」

老女は落ち着かず、眠りも浅く、そのうちにまた頭痛を訴え始めた。感情的になり、急に大声を出して怒鳴ったり、娘に向かって手近なものを投げたりする。かと思えばにわかに腑《ふ》抜《ぬ》けたように温和《おとな》しくなり、明るい光を嫌がって、押入やトイレなど狭いところに入り込もうとする。

「もしかするとボケの始まりかもねって、娘さんたちも様子を見てたんだそうだけど」

昨日の朝、起き抜けに何か些細なことで、老女は急に怒り出し、朝食のテーブルをひっくり返すと、拳《こぶし》を固めて娘に打ちかかった。手でぶつだけでは足らず、台所から包丁を持ち出して振り回した。そのあいだじゅう、わけのわからない怒声をあげていた。

驚いた娘婿《むすめむこ》と、中学生になる孫の男の子が二人がかりで老女を押さえつけ、娘が救急車を呼んだ。老女は驚くほどの力で抗《あらが》いながら、息を荒らげて喚き、叫び、

——痛い、痛い、助けて！

興奮状態で泡を吹き、やがてうう、ううと呻《うめ》くだけになって、救急車が駆けつけたときには息が絶えていた。

死因はまだわからない。

「亡くなる前には形相が変わっていたっていうし、両目が充血して真っ赤でさ、目尻《めじり》から血が出てたんだって。だから、脳出血じゃないかねえ」

ジョギング老人の言葉に、やはり老女の仲間の一人の、化粧の濃い老婦人もうなずく。

「うちの父は脳梗塞《のうこうそく》で死んだんだけど、あれって麻痺《まひ》が起こるから、顔つきが変わるのよね。ろれつが回らなくなるから、おかしなことを言ってるみたいになるし」

彼女に寄り添う、胸に狆《ちん》を抱いた茶髪の老婦人も言う。「トミ子さん、娘さんとはずっと仲悪かったからねえ。そういうストレスがいけなかったんじゃないのかしら」

家出老女の名はトミ子というのだ。

「やっぱり、いくら家に居づらくたってさ、公園にばっかりいちゃいかんよなあ。もう歳なんだから」

「無理が重なってたんだよね」

「娘さんも寝覚めが悪いだろうねえ」

達三はその場で固まったようになったまま、プレハブの道具小屋を見遣《みや》った。

案の定、防犯カメラは消えていた。

脳裏に、またあの映像が浮かぶ。一斗缶に座っている老女に、道具小屋の屋根の裏側を伝って、防犯カメラが近づいていく。その動きはかたつむりのようだが、その正体は毒蜂《どくばち》の巣だ。あの防犯カメラは、人間を害するものなのだ。

達三ははっと思い当たり、くちびるを噛んだ。似たような事例がほかにもある。都下の量販店の駐車場で起きた、乗用車の転落事故だ。車に乗り込む前、ひどく興奮していたという夫。顔が真っ赤で、鼻血を出して、意味不明のことを喚いていた。妻が宥めるのも空《むな》しく、夫は車を暴走させて、二人は死んだ。

そしてあの現場にも、防犯カメラがあった。

まっとうな防犯カメラにまじって、まっとうではないものもあったのではないか。不運な男の脳にダメージを与えて失調させ、その効果のほどを確かめると、その場から消えてしまった防犯カメラが。

そのレンズに見つめられると、人間の脳は変調を来《きた》す――

達三は冷汗をかいていた。

そういえば、猫はどうしたろう。

「マチコはどうしているかご存じですか」

達三の問いに、老女の仲間の老人たちは、顔を見合わせた。

「ああ、あの三毛猫ね。いつもトミ子さんと一緒にここに来てた猫」

「それがねえ――」

腕のなかの狆に頬《ほお》ずりしながら、茶髪の老婦人がため息まじりに言った。

「トミ子さんが死んでバタバタしてて、娘さんたちもみんな猫のことなんか忘れてたんですって。一段落して探してみたら、縁の下で丸くなって死んでたんですってよ」

家出老女の忠実な従者、いち早く、あの防犯カメラが〈まっとうなものではない〉と喝破《かっぱ》したマチコも、共に斃《たお》されてしまったのか。

あてがあったわけではない。

算段があったわけでもない。ただ、達三はもうじっとしていられなかった。事が起こったのと同じ日曜日、同じ時間帯に現場を訪ねてみよう。ただそう思っただけだ。そして、それは正しい判断だった。

〈キャッスルパレス館川〉の駐輪場横の脇道に、化粧ブロックの塀に尻《しり》をくっつけるようにして、その子は立っていた。今日も丸首シャツに運動着のパンツ姿だ。

顔を合わせると、すぐに達三を、「あのとき僕を怒鳴りつけたおじいさんだ」と認めたようだ。ぱっと目を見開いた。

達三も同様だった。すぐにあの男の子だとわかった。

男の子は鉄柵から離れると、こちらに向き直ってちゃんと姿勢を正した。顔が青白い。もう少し陽に当たった方がよさそうな子だ。

「――おはようございます」

幼い声だ。先に声をかけられるとは思わなかった。

「この前のおじいさんですよね？」

男の子は怖がっているようにも見えたし、緊張しているようにも見えた。

思った。

「おはよう」と、達三も応じた。「私は藤川達三といいます。君のお名前は」

「ヤナイシンゴです」

箭内信吾と書くという。

「中央小学校の六年生です。ここの十一階に住んでます」

マンションの方を指さしてみせる。達三はうなずいた。六年生にしては小柄だな、と
思った。

そこでちょっと沈黙がきた。達三と同じく、箭内少年も、この先をどう続けたらいい
か迷っているようだった。

「今朝は私に用があって、ここで待っていてくれたのかな」

箭内少年はほっとしたようにうなずく。

「はい。あの、えっと、回覧板が回ってきたんです」

「管理室からの回覧板かな？」

「はい。中庭や駐輪場に不審者が出たって。防犯カメラを壊そうとしていたみたいだっ
て、書いてありました」

「私が管理人さんにそう報《しら》せたからね」

髭の剃り跡の濃い管理人は、ちゃんと約束どおりに注意喚起してくれたのだ。

箭内少年はくるりと目を瞠《みは》り、あらためてしげしげと達三の顔を見た。

「でも、僕が――あんなことをしたのは、もうけっこう前です」

「そうだね」

「あのとき、すぐ言いつけられると思いました。だから僕、あの」

「私と会わないように用心していた？」

「――はい」

素直《すなお》な子だ。

「けど、今ごろになって――それに僕だってことじゃなくて、不審者だっていうふうに言いつけて」

「通報して、だ」と、達三は言った。「この場合は、単に〈報せて〉でいいかな」

少年は俯《うつむ》くと、気まずそうに指をいじる。

「だから――よくわかんないけど、僕、おじいさんに会ってみたくなりました」

そうかと、達三は言った。

「ここで待っていたら、また私と会えると思ったのかね」

「わかんないけど、もしかしたらって思って。お年寄りのヒトは朝早起きだって、前にお父さんが言ってたから」

達三は微笑《ほほえ》んだ。「その見解は正しいね。それに老人は、一度決めた習慣を守るものなんだ」

箭内少年は顔を上げ、おずおずと微笑んだ。

「はい、そうですか」

「君も、いつも早起きなの？」

「そうじゃないですけど、あんなことをするには、夜遅くか朝早くじゃないとまずいって思って」

「ちゃんと考えている。

けど僕、夜は勝手に外に出れないから」

「出られない、だ」

「はい、出られないから」

「朝は平気なの？」

「日曜日は、おじさんもおばさんも朝寝坊なんです。お昼ごろまで寝てる。管理人さんもお休みだし」

両親ではなく、〈おじさんおばさん〉だ。

「ちょっと歩こうか」

達三は箭内少年を促《うなが》した。

「我々の話は、ここでしない方がいいと思うんだよ」

それがある種の合い言葉であって、ようやく認め合えたとでもいうかのように、少年の表情が緩《ゆる》んだ。

「はい」と言って、駐輪場の屋根を振り返り、仰ぎ見る。そして固い口調で言った。

「あれはいなくなったけど、きっとまた戻ってくるから」

昨年九月、箭内少年は父親を喪《うしな》った。

彼は両親と三人家族で、都内の繁華な街中《まちなか》で暮らしていた。父親は建築士だった。友人と二人で興《おこ》した設計事務所を経営していた。仕事は忙しく、父親は、箭内少年の表現では「ちょっとデブってきていた」けれど、健康で明るい人だった。

箭内少年は父親と仲良しだった。父はよく彼に、現在手がけている仕事の話をしてくれた。父親の話は、少年にはいつも興味深く、楽しくて面白かった。

少年が最初にその話を聞いたのは、一年ほど前のことである。

「管理会社が勝手に防犯カメラを付けたって苦情がきたんだよ」

父の事務所が設計監理を手がけた中規模のマンションで、落成後半年も経《た》ってから、そんな訴えがあったという。

「住人のなかに、プライバシー保持にうるさいタイプの人がいてね。分譲前に販売会社から聞いた説明と違う、けしからんって」

セキュリティ設備は父の事務所の管轄《かんかつ》ではないが、施工監理者であることは間違いないので、父は現場を調べに行った。その住人に立ち会いを請《こ》い、「ほらここですよ」と指し示してもらった場所に、防犯カメラはなかった。玄関ロビーの一角である。

当の住人は宝石商を営む中年女性だったが、気の毒になるほど困惑した。勘違いだろうということで話を収めて、父は事務所に戻った。

——そいつはパラノイアだよ。

共同経営者の友人は、そう言った。

それからほどなく、父親は建築士の会合に出席した。そこで、最近湾岸に建った新しい超高層マンションで、住民の合意抜きで管理会社が勝手に防犯カメラを増設したと問題になり、設計監理会社も巻き込んで揉めているという話を聞いた。管理会社の側は、無断でそんなことはしないと抗弁しているという。

——変な話だろ。

父親は笑って、箭内少年に話してくれた。

——防犯カメラが、ネズミみたいに繁殖しちゃってたりしてな。

少年は、面白いけど気持ち悪いと言った。

——そんなの、放っておいていいのかな。

だからだろう。その後も父親は多忙だったが、何かの折に用があって、先に苦情を言い立てられたマンションのそばに行ったので、管理室に寄ってみた。

すると、玄関ロビーにありもしない防犯カメラがあると騒いだ宝石商の女性が、あれから急死したと聞かされた。自身の経営する店舗内で倒れて死んでいるのを、出勤してきた店員が発見したのだという。

——何にも盗《と》られてないし、店のなかも荒らされてなかったから、事件性はないんです。まあ、病死でしょう。

急死する前の女性宝石商は、しきりと頭痛を訴えていたという。そのうえ、商売柄、入念に設置してある店内や事務所の防犯カメラを嫌がるようになり、自分の頭痛はあのカメラのせいだ、あれから電磁波が出ているんだと訴えるので、いったいどうしたのだと店員たちは心配していたのだそうだ。

——また変な話だよなあ。

箭内少年の父親は、その話も笑って語った。少年の母は苦笑いしていたが、少年はもう笑うことができなかった。怖いと思った。

——お父さんの事務所にも防犯カメラがあったっけ？

——あるよ。大事な設計図を保管しているからな。

——それ、ちゃんとお父さんが付けた場所にある？

少年の父は愉快そうに笑った。

——決まってるじゃないか。

話はそれきりになった。というのも、父親がその話題を避けるようになったからだ。ただ、母親とはひそかに話していた。少年は、そのすべてではないけれど、いくつかの会話を聞き取っていた。

——おかしいんだよ。

——西側の側壁に付いてるんだ。誰も付けた覚えがないのに。

——外してよく調べようと思って工具を取りに行って、戻ってみたら無くなってたんだ。

父親はときどき難しい顔をするようになり、ちょっとずつ痩せてきた。そして、しばしば耳鳴りがすると訴えた。

二学期の初め、少年が教室で算数のテストを受けていると、担任教師が机のそばにやってきた。お母さんが迎えにきているので、急いでうちに帰りなさいという。

父親が亡くなったのだった。交通事故だった。依頼者との打ち合わせに行くために自分で運転していて、信号を無視して交差点に突っ込んだのだ。

葬儀のとき、少年は父の亡骸《なきがら》と対面することができなかった。遺体はそれほどひどい状態だった。

共同経営者の友人は打ちひしがれていたが、

——正常に運転できなかったんだよ。

少年と母親に、そう言って慰《なぐさ》めようとしてくれた。

——信号無視なんかする男じゃなかった。具合が悪かったんだ。あの日は朝から、耳鳴りがして頭が痛いと言ってたし。

きっとそうだろうと、少年も思った。だけど、具合が悪かったのは病気のせいじゃない。防犯カメラのせいだ。

いや、防犯カメラのふりをしている、何か悪いもののせいだ。

「お父さんが死んで、お母さんもすっかり弱っちゃって」

達三は箭内少年と、近くの児童公園にいた。カラフルなベンチに並んで腰掛けている。狭い公園だし、遊具が古びているので人気《ひとけ》がない。それに何より、植栽のひとつもなくて殺風景だから、見通しがいい。安心して話し合うことができた。

「今、入院してるんです。だから僕、親戚《しんせき》のおじさんとおばさんのとこにいるんです」

三月の末に、勉強道具と着替えだけ持って移ってきた。学校は転校した。

「おばさんが、お母さんはウツなんだって言ってます」

いつになれば、また母親と一緒に暮らせるようになるかわからない。

「お父さんが死んでから、僕、防犯カメラにはうんと気をつけるようになって」

どこにいても探してしまうし、見つけるとなかなか目を離せない。

「二つ、見つけたんです。絶対にヘンだ、あれは本物じゃないってわかるヤツ。でも、誰も信じてくれないんだ」

もとの学校ではスクールカウンセラーに引き合わされ、こちらの学校に来てからは、もう二度も児童相談所へ連れていかれたそうだ。

「私は散歩しながら記録をとった」と、達三は言った。「君と同じだ。どこにどんな防犯カメラがあって、レンズがどっちを向いているか。数が増えたり減ったり、場所が変わったりしていないか、気になってね」

少年は救われたような顔をした。

「ホントですか」

「うむ。この近所では、君が〈怪しい〉と気がついたのは、あの駐輪場のだけかい？」

「今のところは」と、少年は慎重な言い方をした。「こっちに引っ越してきてからは、できるだけ考えないようにしてたんだけど、あれを見つけちゃって——」

箭内少年はちょっと身を固くして、続けた。「あ、僕を追っかけてきたんだって、そう思いました」

だから叩き壊そうとしたのである。

「じいっと見なくてもわかるんだ。変だもの。生きものみたいな気配がするんです」

蜂の巣だ——と、達三はまた考えた。

「おじさんとおばさんには話してみたかい」

少年はかぶりを振った。

「管理人さんには？」

「そうやって、僕が人に報せようとすると、あれは消えちゃうんです。こっちの動きを見抜いてるみたい」

狡賢《ずるがしこ》いのだ。

「まわりの人たちが自分で気づいてくれないと、話がややこしくなるだけなんだね」

「はい。でもみんな気がつかない。ふだん、監視カメラのことなんか意識してないから」

達三だって、気をつけて探すようになるまではそうだった。

「あれは――防犯カメラに擬態《ぎたい》している、何か別のものなんだろうな」

少年はちょっとたじろいだ。「そうだと思います」

「君は、正体は何だと思う？」

箭内少年は、答える前に息を整えた。

「エイリアン」

「ん？」

「あ、宇宙人です。宇宙から地球に侵入してきてて、人類を滅ぼそうとしてる」

目が訴えかけてくる。おじいさん、笑いますか。それはないよって、白《しら》けちゃいますか。

達三は首にかけたタオルで鼻の汗を拭《ふ》いた。

「どこから来たのかは特定できないが、〈侵略者〉ということだな」

少年は、ただ救われたというだけでなく、救出されたという顔をした。

「そうですね、うん」

「どういう作用なのかわからないが、あれは人間を錯乱《さくらん》させることができるようだ」

少年は勢いよくうなずいた。「超音波とか、何か目に見えない光線かなんかで、脳波をカクランするんだと思います」

「そして衝動的で暴力的な行為をさせる」

「はい」

「現状では、被害に遭《あ》っているのは一度に一人ずつだけれど、大勢に同じ効果を与えられるようになると、恐ろしいね」

いや、被害者が一人であっても、発電所や化学工場の運転員が狙われたら、大惨事につながる可能性がある。現状でも充分に危険か。

「でも、今はまだ実験段階なんじゃないかな」

大人びた顔をして、箭内少年は言った。

「ああやって観察して、人類の行動パターンを分析して、僕たちの社会をめちゃくちゃにするにはどうしたらいいか、いちばん効果的なやり方を探っているんじゃないかと思います」

達三は少年の顔を見た。「そして、君や私のように、彼らの存在に気づいた人間は、排除する」

少年は学校で、問題行動をとっている（と認識されている）。達三は自分で自分の理性を疑ってしまった。管理人にも不審がられた。お互い、まずい状況に追い込まれている。

こうしてじわじわと弱らされ、やがては、

——始末される。

真の理由を知ってもらえないまま、眼底出血で目を真っ赤にし、暴れまくって。

「これからは、よくよく注意して行動しよう」と、達三は言った。「観察と記録。それが最優先だ。あれを見つけても、すぐ叩き壊したりしちゃいかん。興味を失ったようなふりをしなさい。こちらもあれを騙《だま》すんだ」

箭内少年は「はい」と言った。

「君と連絡をとるにはどうしたらいい？」

少年は運動着のパンツのポケットからスマートフォンを取り出した。

「僕、これ持ってます。おじさんが買ってくれました」

子供用の仕様のものだろう。

「じゃあ、私がこの番号にかけよう」

「おじいさん、メールを打てますか」

メールがどういうものなのかも、達三はよく知らない。

「何とかしよう」と言った。そして思いついて、続けた。「パソコンを習ってみるよ」

②のルートの途中に、窓に〈ご年配の方歓迎します〉のポスターを貼ったパソコン教室があるのを思い出したのだ。

箭内少年の顔が明るくなった。「僕もまだパソコンはよくわかんないんですけど、二学期になると、学校でタブレットを習うんです。インターネットを使えるようになったら、いろんなことを調べられます」

「〈侵略者〉の正体について調べるのかな」

「ていうか、どっかに僕らと同じような人がいて、ネットに書いてるかもしれません」

それは達三にはない発想だった。この世の中に、誰かほかにも、防犯カメラに擬態した悪しきものの存在を感知している人びとがいるかもしれない。

「そうだな」

力強くうなずいて、達三は少年に握手を求めた。箭内少年はちょっと面食《めんく》らったようにまばたきしてから、きちんと背筋を伸ばして達三の手を握った。その手はほの温かい。

「まずは我々二人からだ。助け合って、力を尽くそう」

「はい！」

ほの温かい手をした子供は、初めてその瞳にもほの温かい色を浮かべた。

新聞の折り込みチラシを調べると、件のパソコン教室のチラシもあったし、家電量販店のチラシもごっそりあった。今まで、みんな右から左に資源ゴミにしていたものである。

チラシの内容はちんぷんかんぷんだ。達三はまずパソコン教室へ足を運び、講師と話して体験入学の手続きをした。それから家電量販店のパソコン売り場に行き、店員と話し込んで、山ほどパンフレットをもらった。図書館に移動してパソコン入門書を調べ、書店に行ってよさそうなものを一冊買った。

仕上げに、駅ビルの総合案内所で、どの売り場に行けば杖《つえ》を売っているか教えてもらい、売り子に相談しながらじっくり吟味《ぎんみ》し、握り具合がしっくりきて、相応の重さがあるものをひとつ選んで購入した。

達三は、歩行に杖を必要としない。だが、自衛のための武器は要る。こちらから攻撃を仕掛けなくても、今後、身を守る必要が生じることはあるかもしれない。

妻が亡くなって以来、こんなふうに外出したことはなかった。蕎麦屋《そばや》で昼食をとり、休憩のために喫茶店にも入った。夕方になって帰宅するころには疲れきっていた。

これからは、健康状態にもいっそう留意しなくてはならない。他の同志を見つけないうちに達三が寝込んでしまったら、箭内少年はまた独《ひと》りぼっちだ。

入浴は明日にして、早めに就寝することにした。西側の六畳間に入る。

朝、窓のカーテンを開けたきりになっていた。昼間のうちに、布団に陽があたったろう。

その窓の向こうに、赤い光点がぽつりと浮かんでいた。

たっぷり十数えるあいだ、達三はその光点を睨みつけて立っていた。そしてそろそろと引き返し、玄関へ行って、買ったばかりの杖を取ってきた。

息を止めて、一気に窓を開ける。

窓枠のすぐ上から、防犯カメラがぶら下がっていた。ゴーグルのような形のタイプだ。レンズの奥に赤い光が灯《とも》っている。

達三はそれを睨みつけた。

それも達三を凝視している。

箭内少年の言うとおりだ。こうしていると、まざまざと生きものの気配が伝わってくる。

杖のグリップをしっかりと握って、達三は声を出した。

「私を脅《おど》かそうというのか」

赤い光点が瞬《またた》いた。

「老人だと思って舐《な》めるなよ」

外の通りを、しゃべりながら通り過ぎてゆく人声がする。

「おまえたちは、どのくらいの数がいるんだ？」

防犯カメラは答えない。

「今はまだ、大軍じゃないんだろう。もしかすると、おまえたちは斥候《せっこう》なのか？」

達三は不敵に笑ってみせた。

「それなら、本隊の連中に報告しろ。我々は戦う。手強《てごわ》いぞ。そう簡単に、いいようにされてたまるか」

人類は〈侵略者〉に抵抗する。

つけっぱなしにしてあったラジオが、時報を鳴らした。その一瞬、達三の注意が逸《そ》れた。

窓の外の防犯カメラは消えていた。

達三は杖を手にしたまま窓を閉め、鍵をかけた。

動悸は鎮《しず》まっている。呼吸も規則正しい。達三は落ち着いている。だが、士気は高い。

会社から離れ、子を守る親の責務を終え、伴侶《はんりよ》を見送り、地域社会では弱者として保護されるのみで、貢献を求められることはない。孤独で単調で変化のない日々に、達三は己を見失っていた。己が何者であるかを問う必要のない暮らしのなかに埋没していた。

今はもう違う。守るべきものができた。敵も見えている。箭内少年の父親と、家出老女のトミ子と愛猫マチコの仇《かたき》を討《う》ってやる。

傍目にはそのように見えなくとも、ただの老人にしか見えずとも、藤川達三は覚醒《かくせい》し、自覚した。

私は戦闘員だ。

# わたしとワタシ

よく晴れた日曜日の朝、実家に行ってみようと思いたったのは、ほんの気まぐれだった。強《し》いて言うなら、先週のなかごろに首都圏一帯を大きな低気圧が通過して、五月の初めだというのに台風みたいなお天気になったから、古い木造二階家がどっか壊れてるんじゃないかって、ちょっと心配になったってこと。

母の一周忌が済み、同居していた兄一家も引っ越したので、家は空《から》っぽだ。もしもガラスが割れたり雨漏りがしていたりしても、何かが傷《いた》む心配はない。どのみち近々取り壊して、更地にして売ってしまうのだし。そのへんの手配は兄に任せっぱなしだけど、万事にそつのないヒトだから、うまくやってくれるだろう。

実家は東京二十三区の北の端っこにある。今のわたしは、山手線《やまのてせん》の輪の東側の街にある大きな賃貸マンションに住んでいる。間取りは１ＬＤＫで、同居しているのはカナリアのピピネラ。レモンイエローの可愛子《かわいこ》ちゃんだ。

今の住まいから実家までは、片道一時間半以上かかる。直線距離だとそんなに遠くないのだけれど、二点間を真っ直ぐ結ぶJRも地下鉄もないもんだから、うねうね迂回《うかい》していかなくちゃならないのだ。

でも休日のわたしはまるっと暇だし、天気はいいし、お給料が出たばっかりだし、もともとそういう電車乗り継ぎちょこっと遠出が好きだから、苦にならない。まずはピピネラのカゴを掃除して、きれいな水とエサをたっぷり用意した。それから外出用の帆布《はんぷ》製リュックを取り出し、手回り品を詰めてから身支度にかかる。動きやすくてカジュアルに、好きなものを好きなように着る。

両親の仏壇の鉦《かね》をち〜んと鳴らして、麻のショートブーツを履《は》いて出発。駅までぶらぶら歩いても行けるけど、ちょうどバスが来たから飛び乗った。バス通りには桜並木があり、葉桜の新鮮な緑がまぶしい。

シートに座ってスマホ検索。実家から便のいい場所で、おいしいランチが食べられそうなお店を探す。帰りに買って帰るものもメモした。洗濯槽洗いの洗剤が切れてるし、ピピネラのエサもそろそろ買い足しておこう。ランチをがっつり食べれば、夕食はお茶漬けでいい。一人暮らしはホントに気楽だ。

うちの父は、わたしが専門学校に通って秘書検定に合格し、学校推薦で就職できると、それを待っていたみたいに亡くなった。脳溢血《のういっけつ》だった。働きバチのサラリーマンだったから、ほとんど過労死だったような気がする。兄は仕事の関係で地方にいたので、その後は母と二人暮らしをして、やがてわたしに結婚を考える相手ができたので、その人と同棲するために実家を出た。当時わたしは二十三歳、彼は二十五歳。職場の先輩の紹介で知り合って交際を始め、すぐお互いに結婚を意識するようになった。

でも、いざ同棲してみたら一年と保《も》たなかった。いちばんの原因は価値観の相違――つまり性格の不一致だったのだろうけど、わたしがいちばん嫌だったのは、彼の浪費と借金癖だ。「節約」「貯金」という言葉を知らない人だった。わたしにも「ちょっと貸して」とよく集《たか》ったし、友人同僚からもこっそり借金を重ねていた。そのうち友人の一人と返済のことで揉《も》め、隠されていたあれこれを知ったわたしが咎《とが》めると、彼は最初は鼻で笑った。真面目に忠告すると「年下のくせに生意気だ」と怒り、わたしが引かないと叩《たた》いてきた。そして、「俺《おれ》たちには君のお父さんの遺産があるんだからいいじゃないか」と言い放った。わたしは百分の一秒で別れを決断した。

もっとも、彼は何年かして大学の同窓生と結婚し、子供も生まれてマイホームパパになったから、ただわたしとの相性がよくなかっただけなんだろう。うちの父は現役で亡くなったから退職金が多かったし、実家のローンも保険でカバーされて消えたし、傍目《はため》には「ひと財産」残したように見えたのだろう（実際、その後の母の暮らしに経済的な不安はなかった）。若かった彼がそれをあてにしてもしょうがなかったのかもしれない。

でも、わたしの心には何とも言えない澱《おり》が残った。大好きな人とお金のことで揉めるのは辛《つら》かった。その記憶を振り払うことができなくて、彼のあと、誰と付き合っても長続きしなかった。わたしのそういうグズグズしたところを押し切ってくれるほど、わたしを好きになってくれる男性と出会えなかった——と言った方がいいのかな。

兄の方は順調に結婚して一男一女に恵まれた。兄嫁は管理栄養士で、時間をやりくりしながら仕事もずっと続けている。兄が都内の転勤のない部署に異動したのをきっかけに、実家で母と同居を始め、最期《さいご》まで看取ってくれた出来たお嫁さんだ。小姑《こじゅうと》のわたしは、あんまり邪魔しないよう気を遣ってきたつもりだけど、明るくてさっぱりしている兄嫁とは気が合うし、甥《おい》も姪《めい》も可愛い。父に先立たれて寂しい母に寄り添い、孫と一緒に暮らさせてくれてありがたいとも思っている。

三十代のうちは、わたしもいつか兄夫婦のような結婚がしたいなあ……という憧れを抱いていた。四十になったら、それを諦めるというより、「あ、自分にはああいう縁はないんだ」と悟ってしまった。

わたしが勤めている文具会社は、老舗《しにせ》ではあるけど大手ではなく、給料はそこそこだ。でも(既婚・未婚にかかわらず)永く勤め続けている女性社員が多く、居心地は悪くない。わたしはキャリアウーマンではないし、この先も目覚ましく出世する立場でもないけれど、つましく暮らしていく分には充分だ。就職が決まったのがバブル崩壊前で、本当に運がよかった。わたしには結婚運はなかったけれど、就職運はあったんだ。

母を見送った後、当初は、兄一家はそのまま実家に住み続けるつもりでいたのだけれど、母の生前から何かとゴチャゴチャうるさかった父方の親戚がまたぞろ図々《ずうずう》しく口を挟んできたので、新居を構えることになった。そもそも実家は父がローンを組んで買ったときから中古物件で、リフォームにお金をかけたから見た目はよかったけれど、けっこうガタがきていたしね。

兄たちが実家を引き払う前に、わたしも招いてくれて、みんなでささやかなお別れパーティをした。今じゃむくつけきティーンエイジャーの甥は照れくさいのか素《そ》っ気《け》なかったけれど、兄嫁さんと姪っこは涙、涙で、たくさん思い出話をした。

兄一家の新居は、兄嫁の実家から徒歩五分ほどのところにある。ずっとうちの母を優先してもらってきたのだから、今後は兄嫁の親御《おやご》さんにたくさん孝行してほしい。うちの両親の法事については兄に任せ、仏壇はわたしが引き取った。

最寄り駅から実家までの道のりは、わたしが通勤・通学で自転車を飛ばしていたころとは様変わりして、とても賑《にぎ》やかになっている（それで地価が上がっていることもあり、父方の親戚がうるさかったのだ）。また新しいお店ができていて、ウインドーショッピングをしながら楽しく歩いた。

で、実家に到着してみると、玄関前のステップに、女子高生が一人でぽつんと座っていた。膝の上に通学鞄《かばん》を載せている。

なぜ女子高生だと言い切れるのか。それは、彼女がわたしの高校の制服を着ていたから。プリーツスカートのチェック柄と、ブレザーの襟《えり》の形に特徴があるので、すぐ見分けがつくのだ。

でも、ちょっと待ってよ。わたしの母校は公立高校なんだけど、十年ほど前に制度改革があり、単位制になったついでに制服が廃止されたはずだ。最近、ティーンの女の子たちのあいだで古着の制服を着るのが流行《はや》ってたりして？なんて思いながら近づいていくと、女子高生がこっちを見た。そして、すごい勢いで立ち上がった。

三メートルぐらいの距離を隔てて、わたしたちは顔を合わせた。

女子高生はわたしだった。正しく言うなら、三十年前のわたし。七月の誕生日が来たら十六歳になる十五歳のわたし。高校一年生のわたし。

クセの強い髪をショートカットにして、ムースでしっかり撫《な》でつけてある。鼻のまわりにそばかすがいっぱい。十代、二十代のわたしを死ぬほど悩ませたこのそばかすは、今ではただのシミになってしまって、本人もさほど気に病まなくなったかわりに、「そばかすって可愛いね」と言ってもらえることもなくなった。

女子高生は目を瞠《みは》って、わたしを指さした。それからがくがくと口を開いて、ティーンエイジャーのわたしの声でこう言った。

「――やっぱり、あたしタイムスリップしちゃってる！」

三十年前なら、実家はリフォームしたばっかりだった。両親が、わたしが通う高校が決まってからマイホームを買ったので、転居と進学はほとんど同時期だった。

だけど今、二階家は見る影もなく古びている。人が住まなくなった家は急速に老《ふ》けてしまい、はっきり言ってみすぼらしい。十五歳のわたしはまずそれが大ショックで、途方にくれていたのだという。

「とにかく家に行ってみようって、家族の誰かに会えれば何とかなると思ってたのに、誰もいないし」

わたしたちは駅の近くのスタバに落ち着くことにした。十五歳のわたし――面倒くさいから以下ワタシと呼ぶけど、ワタシには当然スターバックスコーヒーが珍しくて、やたらと長い飲み物のメニューも面白くて、

「すごいすごい！　未来の日本には、こんなアメリカ映画に出てくるようなコーヒーショップがあるんだ」と、ひと騒ぎしたけど。

「うん。あと、今じゃ普通はコーヒーショップって言い方はほとんどしないよ。〈カフェ〉か、チェーン店だとお店の名前で言うの。スタバもそうだし、ドトールとかベローチェとか」

過去から来たワタシも、過去の自分に来られちゃったわたしもあんまり取り乱していないのは、一冊の青春小説のおかげだ。わたしはその本のことをちゃんと覚えていたし、ワタシの鞄のなかにも入っていた。

『あたしが小悪魔だったころ』

当時人気のあった女性作家の作品で、タイムスリップもののラブコメだ。主人公はま

さに十五歳の女子高生。通学の途中で偶然タイムホールに落ちてしまって、二十年未来の世界に飛ばされる。そこで平凡なOLになっている三十五歳の自分が年下のハンサムな彼氏にうまいこと騙《だま》されて貢《みつ》がされていることに気づき、何とかして別れさせようと、小悪魔風の女子高生に変身して二人のあいだに割り込んでゆく。

この小説のミソは、主人公が過去から未来へ飛ばされているので、いわゆるタイムパラドックスが起こる心配がないという設定にある。だから主人公は未来の自分に会っても全然かまわないし、実際に一度会って「彼氏はお金目当てで、あなたのことなんか愛してないよ！」と説得するんだけど、彼氏にくびったけな上に結婚を焦っている未来の自分は聞いちゃくれない。で、やむを得ず小悪魔ちゃんになるわけだ。もともと本命の彼女が他にいる上に、オンナにだらしない浮気者の彼氏はたちまち小悪魔ちゃんを追っかけるようになるけど、金づるである未来の自分とも別れようとしない。クズ男を懲《こ》らしめ、未来の自分を幸せにするために、主人公は一生懸命頑張る。でもそのうちに、

——ここでジタバタしなくたって、あたし自身がこの先、このクズ男と付き合わないように気をつければ済む話じゃない？

——ていうか三十五歳まで独身で、こんなクズ彼に食い物にされてる未来のあたしって惨《みじ》めすぎない？

という根本的な疑問を抱くようになる。

——もう未来のあたしのことなんか放っておいて、早く自分の時代に帰ろう。それに

はどうすればいいの？

クズ彼をうまいこと丸め込んで生活の面倒をみてもらい、タイムホールの出現場所を探して、未来の自分の大学時代の同級生理系秀才（今でいえばオタク）が勤めている量子物理学研究所のなかにタイムホール生成装置が存在することを知る。ならばこの理系秀才に助けてもらおうと接近すると、彼が未来の自分に片思いしていることがわかる。

——よし、だったらこの二人をくっつけちゃえ。そしてあたしは過去へ戻るんだ！

というストーリーだ。

カフェラテとドーナツを買って、わたしとワタシは向き合って腰掛けた。ワタシはお腹《なか》がすいていたらしく、美味《おい》しそうにドーナツを頬張《ほおば》る。

「どんな状況でタイムスリップしたのか教えてくれない？」と、わたしは切り出した。

「これが手の込んだ詐欺《さぎ》だとかいう可能性もないわけじゃないから」

くちびるに白砂糖をくっつけ、ワタシはむすっとする。

「詐欺？　おばさん、そんなにお金持ってるの？」

過去の自分からおばさん呼ばわりされるとは思わなかった。

「真面目に働いてきたから、そこそこ貯金は持ってるよ。親が遺してくれたお金もあるし」

なんてことを無防備に言っちゃうわたしは、目の前のワタシが過去の自分だと、もう納得してるんだろうな。どんなに親しい友達とでも、お金の話はしない。最初の彼と別れて以来、それがわたしの人生の鉄則なんだもの。

ワタシは別のところに反応した。「親が遺してくれたお金って――」

頬張っていたドーナツを慌てて飲み下すと、

「お父さんとお母さんは死んじゃってるってこと？」

今度はわたしが笑っちゃった。「そりゃそうよ。わたしは四十五歳だもの。まあ、お父さんもお母さんも平均寿命よりは早死にだったけどね」

「四十五歳……」

ワタシの目のまわりから血の気が引いてゆく。何がショックなのかと思えば、引き攣《つ》ったような顔でこう言い出した。

「四十五歳のあたしって、おばさんみたいになるの？」

今にも泣きそう。わたし心外。

「誰だって歳《とし》をとるのよ。それにわたし、肌チェックでは実年齢より十歳若いって言われてるんだけど」

「シミだらけじゃん」

「あなたはそばかすだらけよね」

何で口喧嘩《くちげんか》してるんだ、わたしたち。

「おばさん、もちろん結婚してるよね？」

おそるおそるのご質問だ。

「ううん、独身よ」

食べたばかりのドーナツを戻しそうな勢いで、ワタシは「げげげっ」と呻《うめ》いた。

「売れ残りなの？　信じらンない！」

「この時代では、今の発言はセクハラ、モラハラになるのよ」

「なにハラ？」

モラハラはともかく、三十年前だって、セクシャルハラスメントという言葉はあったはずなんだけど(だってわたしは記憶しているもの)。調べようと思ってバッグからスマホを取り出すと、

「それ何？　電卓？」

そっか。スマートフォンはもちろん、携帯電話もない時代から来たんだよね、ワタシは。

「あのね」

わたしはテーブルに身を乗り出し、ワタシの目を見つめて言った。

「わたしは独身だし、結婚したこともない。ていうかプロポーズされた経験がない。子供もいない。地味な文具の会社に勤めて、お局様《つぼねさま》やってる。年収はそこそこ。賃貸マンション暮らし。カナリアを飼ってる」

ワタシはカンペキに青ざめた。震えている。

「これがわたし。あなたの未来」

容赦なく、わたしは続けた。

「あなたは不満かもしれないけど、わたしは今の暮らしに満足してる」

ちょっとのあいだ、二人で固まっていた。

やがて、ワタシは砂糖まみれの手の甲でゆっくりと顔を拭《ぬぐ》った。冷汗をかいている。

「──ブスだから？」と、低く訊《き》いた。

「え？」

「ブスだからモテなかったの？　誰とも付き合ったことないの？　フラれてばっかり？」

わたしが何も言わないうちに、声を殺して泣き出した。「死にたい」

「死なれちゃ困るわ。生きていて」

「ヤダ。こんな干からびたおばさんになるくらいなら、とっとと死ぬ」

べそべそ泣き続けるので、近くのテーブルの人たちがこちらを気にしている。

「早く帰った方がいいわね」と、わたしは言った。「あなたの時代に戻って、このことは悪い夢だと思って忘れなさい」

一日、一日を積み上げていつか四十五歳になるころには、今の自分を受け入れることができるだろう。

──高校一年生のわたしは、こんな女の子だったのね。

高校時代の記憶はある。仲が良かった友達との思い出や、ブラスバンド部で頑張ったこと。倫理の先生がちょっぴり好きだったこと。二年生のときのクラスに女王様気質の女子がいて、わたしは反《そ》りが合わなくて、半年ぐらいイジメっぽい扱いをされたこと。わたしは美少女じゃなかったし、飛び抜けて優秀でもなかった。でも学校生活は楽しくて充実していたはずだ。悩みはそばかすと、身長の割には足のサイズが大きくて、気にいる靴がなかなか見つからないこと。それから、それから――

もっといろいろあったはずだ。

そうなのだ。あのころは不満と不足の塊《かたまり》だった。日々が充実しているということでは埋め合わせのつかない種類の不満と不足。どうしてわたしは色白じゃないんだろう。華奢《きゃしゃ》じゃないんだろう。美少女じゃないんだろう。この不格好な顎《あご》の形を直すには整形するしかないのか。

友達に「口が悪い」と言われたこともある。何でもはっきり言い過ぎて、性格がキツいって。直そうと思って温和《おとな》しくしていたら、「このごろ陰険になった」って陰口をかかれていた。

それらの不満や悩みは、いつも血を流している傷口だった。その血はいつ止まったのだろう。いつ塞《ふさ》がったのだろう。傷跡は残っているし、今も目に見える。でも、痛かったときの記憶はおぼろだ。

歳をとるというのは、こういうことなのだ。

時は優しい。だから、今のわたしも優しい。自分自身にも周囲に対しても。

わたしは言った。「ひとつだけ忠告しとく。お金にだらしない男の人には気をつけてね」

ワタシはびっくりしたように顔を上げた。

「どういう意味？」

「そのときが来たらわかるよ」

にっこりして言ってから、急に心配になった。今わたしがワタシにアドバイスして、ワタシがあの彼ではなく別の男性と付き合ってうまくいって結婚するとしたら、今のわたしは存在しなくなっちゃう？ それもタイムパラドックスじゃないのかしら。

「どうやってここへ来たの？ 小説と同じで、やっぱりタイムホールに落ちたのかしら」

ワタシは紙ナプキンで顔を拭い、鞄のなかをごそごそ探った。そして取り出したのは、何と缶コーヒーだ。

「部活の自由練習に行くんで、うちから出たの。駅まで歩いてるときに飲み物を買おうと思ったら、自動販売機に珍しい缶コーヒーがあって」

珍しいはずである。この缶コーヒーは、今さかんにテレビやネットで「新発売！」と宣伝されているものだ。つまりワタシの三十年先の未来の品物なのである。

「この缶コーヒーを手にとった途端、くらっと目眩《めまい》がして――」

気がついたら、周囲の町の様子が一変していたのだという。

「空き地がなくなってマンションが建ってて、歩いてる女の子たちの髪が栗色で、みんなこの電卓みたいなものを持ってて」

わたしがテーブルの端に置いたスマホを指さして、顔をしかめる。

「これホントに何？」

「すごく進化した電話で、コンピュータでもあるもの。あのころはマイコン――じゃなくて、もうパソコンって呼んでたかなあ」

呟《つぶや》いて、わたしは笑った。「いつかはあなたも普通に使いこなすようになるわよ。それまでのお楽しみ」

さて、どうしよう。

「自動販売機は同じ場所にあったの？」

「うん。向きが変わってたけどね」

「じゃ、そこへ行ってみよう」

ワタシにとっては「未来から来た缶コーヒー」がタイムスリップのキーアイテムになったのならば、もとの時代に戻るためのキーアイテムも、同じ場所にあるかもしれない。

「家から駅に行く途中でよかった。学校まで行っちゃってたら、もっと戸惑ったでしょう」

我が母校は制度改革のときに建て直されて、見た目も変わってしまっている。

「場所は覚えてる？」

ことある？

「道は変わってないから」

だけど、なんでこんなにマンションがいっぱい建ってるの？　コンビニって、うちの方にはできないと思ってた。あのお洒落《しゃれ》な美容院はいつできるの？　おばさんは行ったことある？

マシンガントークで尋ねるワタシは、だけど家族のことは詳しく訊こうとしない。

「お父さんもお母さんも死んだ」ということに、もう触れたくないのだろう。

兄貴のことは気にならないのかな？　と思って、

──そっか。あのころのわたしは、兄貴なんてむさくて臭くてきったなくて嫌いだったもんね。

一人で納得して、わたしは微笑を隠した。

「部活の自主練って、ブラスバンドよね？」

「そう」

「楽しい？」

「まあね。入ったばっかりだから、まだよくわかんないけど」

いろいろ教えすぎてはいけない。

不安そうにわたしに身を寄せ、きょろきょろしているワタシ。汗の匂いがする。ああ、若いんだと思った。

ワタシが指さした自動販売機は、わたしが実家に来るとき、たまに利用したことがあるものだった。日本中のどこにでもある、何のへんてつもない機械だ。

ざっと十五種類の飲み物を買うことができる。ひとつひとつチェックしてゆくと、見つけた。

「あった」

とっくに製造中止になり、今のわたしがいる世界では手に入れることができない缶コーヒーが、ボスやジョージアにまじって並んでいる。

ワタシはその缶コーヒーを指さした。

「あたし、いつもはコレ買ってるの！」

知ってる。というかわたしも覚えてる。

「ミルクたっぷりで、コーヒーは香りだけのお子様用よね」

だけど、好きだったんだよなあ。だからこそ製造販売中止になった時期も、その理由も知っているのだ。使われていた添加物に発がん性があると判明したとかで、だから二度と世に出てくる可能性はない。

「小銭ぐらい、わたしがカンパしてあげる。こっちに忘れ物はない？」

反応がないので振り返ると、ワタシは鞄を胸に抱えて、なんだかもじもじしている。

「どうしたの？」

「そんなに早く追い返さなくてもいいじゃない」

何を言い出すかと思えば。

「だって、ぐずぐずしてたら帰れなくなっちゃうかもよ。この缶コーヒーは今のこっちの世界には存在してないものなんだから、いつ消えてもおかしくない」

「……そっか」

「ほら、百三十円。今は缶コーヒーも百円じゃ買えないのよ」

小銭を手に握って、ワタシはまだためらっている。

わたしはテキパキと言った。「あのラブコメとは違って、わたしには年下のイケメン彼氏もいないし、量子物理学研究所に勤めてる知り合いもいない。三十五歳じゃなくて四十五歳で、この十歳の差は大きいの。わたしはもう恋愛よりも、平穏で楽しいシルバーライフのことを考えて仕事したり貯金したりしているの」

過去の自分に小悪魔ガールになってもらい、人生を変えてもらう必要はない。

ワタシはわたしの顔を見ると、小さくため息をついた。ティーンエイジャーの女の子にしかできない、異性の目には微妙に魅力的なんだろうけど、同性（しかも年長者）の目にはとことんウザいため息。

「あたし、決めた。絶対におばさんみたいにならないように生きていく」

何か枯れちゃってて、くすんでるもの――と言う。

「あたしはもっと幸せになるの。ばっちり恋愛して、もちろん結婚するし。おばさんとはサヨナラね」

わたしはまたちらっとタイムパラドックスのことを考えた。この娘《こ》が変われば、わたしは存在しなくなる？　わたしはサヨナラ？

——存在しなくなったら、そもそも自分が存在していないことに気づかないのでは。

それとも、わたしたちのいる世界が分離して、互いにパラレルワールドの住人になるのだろうか。

過去の自分が未来の自分の恋の仲立ちをすることに終始していたあのラブコメでは、そこまでの説明がなかったから、わからない。

だけど今、ワタシと向き合っていて、ひとつだけはっきりわかったことがある。

わたしは、今の自分を否定する過去の自分と仲良くするつもりはない。

「そう。じゃあサヨナラ」

わたしが突き放すと、ワタシはくるりと背を向けて、存在しないはずの缶コーヒーを買い、身をかがめてそれを手に取った瞬間に、陽炎《かげろう》がゆらめくように消失した。わたしも一瞬目眩《めまい》を感じ、とっさに自動販売機に手をついて身体を支えた。

まばたきして顔を上げると、あの缶コーヒーの見本が並んでいた場所には、ジャスミン茶のペットボトルが入っていた。これ、わたしがときどき買う銘柄だ。

わたしとワタシだけの、小さなタイムスリップは終わった。

急に、今の自分の家に帰りたくなった。ピピネラを鳥カゴから出して、小さな黒いダイヤモンドのような瞳《ひとみ》を覗《のぞ》き込みながら、そっと撫でてやりたい。

それからは何事もなく、梅雨《つゆ》が来て猛暑が来て去って、鰯雲《いわしぐも》が空に流れる秋が訪れた。わたしの身辺の変化と言えば、職場の先輩が病気でしばらく休職することになり、彼女の業務を分担したので、残業が増えたということぐらいだ。

ある日、兄から、実家を取り壊した後の更地に買い手がついたという連絡があり、「いろいろ説明することもあるし、飯でも食おう」

会社帰りに銀座で待ち合わせすることになった。むくつけき無愛想なティーンエイジャーの甥は面倒がって来ないけれど、兄嫁さんと姪っこは一緒だという。

二人にちょっとしたプレゼントでも買おうかと、わたしは早めに銀座に着いた。改札を抜けて地下鉄のコンコースを歩いていて、清涼飲料の自動販売機の前を通り過ぎ、ふと目に入ったものにぎょっとして、足を止めた。

ボスやジョージアや伊右衛門にまじって、奇妙な缶飲料がひとつある。

色合いから推すと、たぶんコーヒーなのだろうけど、缶に印刷されている文字が変なのだ。日本語じゃない。英語でもない。ハングルでもフランス語でもロシアのキリル文字でもない。アラビア文字とも違う。ともかく、わたしがこれまでの人生で見たことのない文字だ。

これもまた未来から来た缶飲料であるのなら、

——どういうこと？

数十年先の未来、この国で使われる文字が変わってしまうということ？

エスペラントだっけ。世界共通語。ああいう地球の共通文字が誕生するの？それとも、ただこの国がこの国ではなくなるということ？

自動販売機から目を背《そむ》けて、わたしは歩き出した。だんだん小走りになる。わたしは知らない。そんな未来のことなんか知らない。誰か物好きな人がタイムスリップしてみればいい。わたしには関係ない。

とうぶん、自動販売機には近寄らないようにしよう。コンビニで用が足りるもの。

# さよならの儀式

五番ブースのなかには、若い娘が一人で座っていた。

比較対照する年長者がそばにいなくても、〈若い〉と表現することができる。そういう年代の人間がここに来ること自体が珍しいが、一人で来ているのはもっと珍しい。

「お待たせしました」

カウンターの前に座りながら声をかけると、急にスイッチが入ったみたいに身じろぎして、娘は顔を上げた。おとなしやかな容貌で、おとなしやかな服装で、おとなしやかな髪型だ。

「よろしくお願いします」

声もおとなしやかだった。

「すみませんが、カードを」

娘がきょとんとしているので、俺《おれ》は、彼女が首にかけているストラップにくっついているICカードのことだと教えた。

「あ、ごめんなさい」

デスクの上の読取機のスロットを、彼女の方に向けてやる。そこにカードを通すだけの作業に、娘は三度失敗した。一度目はカードが裏返しだった。二度目は速く動かしすぎて、三度目は遅すぎた。ごめんなさいと、彼女はまた謝った。

人類は進歩しつつ、確実に不器用になりつつある。ロボットのおかげで、日常の雑務を自分でやらなくて済むようになったからだ。

まあ、この娘《こ》の場合は単に緊張のせいだろう。三度とも手が震えていた。

ここでモニターに表示されるのは、数時間から十数時間前までこのICカードで個体識別されていた汎用《はんよう》作業ロボットの情報だ。製造会社、製造年月日、型番、人工知能のバージョン、そのバージョンアップの履歴、固定動作パターンの習熟度、オプション装備や故障と修理の履歴もわかる。

表示を見て、俺は驚いた。とんでもなく古いブツだ。一般家庭向けのロボットとしては、最古の型番である。古代魚みたいなシロモノだ。

「これは——」

娘はまた身じろぎした。「はい？」

「現物は回収済みですよね」

「はい。今朝《けさ》、こちらの回収車に乗せていただきました」

「何時の便でしたか」

「八時です」

モニターに表示されているデータに、〈未詳〉のタグがちらほらある。こいつの情報があまりにも古いので、この端末からアクセスできるデータベース——つまり、俺ぐらいの技師のアクセス権限でも自由に使えるデータベースでは確認できないという意味だ。

「ずいぶん古いものを持ってたんですね。ご家族のどなたかの趣味だとか？」

この世には、中古ロボットの収集家というものがいる。近ごろでは〈アンティーク・ロボ〉なんて表現もある。

「ハーマンは、ずっとうちで働いてくれていました」

おとなしやかな声音《こわね》で、若い娘はそう答えた。そうですか失礼しましたと、俺は型どおりに応じた。

ハーマン。このブツの製造元の社名である。株式会社ハーマン。汎用作業ロボット黎《れい》明期《めいき》にはトップランナーだった国策企業だが、とっくの昔に同業大手に吸収合併されて、今はもう存在していない。五年ほど前まで、介護ロボット専用の販売・リース会社に〈ハーマン&盛田《もりた》商会〉というところがあったが、あれがその残滓《ざんし》だったのかもしれない。グローバリズムに呑《の》み込まれ、噛《か》み砕かれて吐き出されたハーマンの最後のひとかけらだ。

ともあれ、製造元以上に長生きした製造物を、この娘はその社名で呼んでいる。ホンダ製のロボットをホンダと呼ぶように素っ気《そけ》なく聞こえるが、古いタイプの機体だと、こういう例は多い。昔は、ロボットの胸部に製造元のロゴが大きく記されていることが多かったからだ。まるで名札をつけているように見えるので、それがそのまま個体の名前として馴染《なじ》んでしまうわけだ。

彼女はハーマンを「使っていた」のではなく、ハーマンが「働いてくれていた」と言った。今、（俺の感覚では必要以上に）緊張し、身構えているように見えるのも、慣れ親しんだ老いぼれロボットが、ここでこれからどんな扱いを受けることになるのか心配しているからだろう。

使用者の作業ロボットへの感情移入——擬人化は、ごく普通の現象だ。家庭用の場合は好ましいことで、ロボットとその使用者とのあいだに一定範囲内の擬人化という〈了解〉が存在しないと、労働力としてのロボットが人間の日常生活のなかに定着するのは難しい。

アジア市場では、二足歩行型の人間に似ているロボットがよく売れる。欧米では四足歩行型が人気だ。どちらの形態でも擬人化は起こる。欧米のそれは、ペットや家畜の擬人化と同じなのだろう。面白いことに、ロボットの擬人化は、その地域や民族の文化的な特徴、お国柄とでも言うべきものをよく反映する。宗教上の理由や経済力不足でまだロボット市場が形成されていない旧第三世界でも、いずれは同じ現象が起こって、その地域の特色を露《あら》わにすることだろう。

機体回収時の申請データを見ると、ハーマンは個人の持ち物ではなく、〈野口奉公会《のぐちほうこう》〉という団体の所有物だった。この娘は会の代表者からの委任状を手に、老朽化したロボットの処分手続きをしにきた一職員なのだ。

添付されている本人のIDによれば、彼女はまだ老朽化ハーマンの五分の一の年月しか生きていない。汎用作業ロボットが存在しない社会生活をまったく知らない世代だ。

モニターを眺めている俺の前で、彼女は息をひそめている。医者の診断を聞こうとしているかのように。自分自身にではなく、親しい誰かの身に下される、望ましくない診断を。

彼女はまだ、ハーマンと別れる心の準備ができていないのだ。

そういうケースはいくらでもある。だからこそ、我が社でもロボット回収業務を行うセンターにこんなブースを設け、普段は生産ラインに閉じこもっている俺たち技師を交代でそこに座らせて、「ユーザーからの血の通った声」に耳を傾けさせようとするのだ。

「なにしろ古いものなので、手続きがややこしいかもしれません。回収係は何か言ってませんでしたか」

若い娘は、怯《おび》える小動物のように素早くかぶりを振った。

「いいえ、何もうかがってません」

「申請を拝見すると、廃棄処理機体の基礎記憶の保存と、新規購入機体への移植をご希望ですよね。部分的でも可、と」

「はい、できるならそうしていただきたいんです」

「ですが、この製造会社はとっくに失《な》くなってまして――」

彼女はうなずいた。「ハーマンを造ったのは、昔の会社だって聞きました」

「ええ。ですから、この型番の機体の約款《やっかん》が残ってるかどうか怪しいんですよ。つまり、廃棄回収時に、製造元がお客様に基礎記憶のコピーをお渡ししてもいいと約束しているかどうか、その基礎記憶の他の機体への移植の可否も含めてですね、確認できない可能性があります」

若い娘は、何が何だか理解していないのだろう。金魚みたいにぼんやりしている。

俺はぼんやりした生きものが嫌いだ。

営業職ではないから、仕事用の親切心の発露の仕方の訓練を受けていない。私用の親切心を持ち出していいと思うほど、目の前の娘は魅力的ではない。せいぜい機械的に説明することにした。

「ご存じかもしれませんが、こうした家庭用の作業ロボットにプリインストールされている動作ソフトは、著作権で保護されているんです。ロボットごとお買い上げいただいて、あるいはリースでも、使用していただいているうちはいいんですけどね。そのソフトによって生じた機能、ですから記憶とか動作フローとかをですね、ロボット本体から切り離して利用なり保存なりする場合は、著作権者の許諾が必要になるんです。約款にはその手続きが記されているので――」彼女の表情が動き、泣きべそ顔になったので、俺は途中で言葉を切った。

やれやれ、だ。我が社のお偉いさんたちも、いっぺんここに来て座ってみればいい。

ごめんなさいと、これで三度も謝ってから、若い娘はこう言った。

「ハーマンは、歳《とし》をとりすぎてしまったんですね」

いささか情緒的な表現だが、理解としては正しい。

「人間の年齢にあてはめると、二百歳ぐらいかな。ですが、ロボットは人間じゃなくて機械《マシン》ですからね」

正しく使用できる期限があるし、種々の規制に縛られる。造った側が製造物責任を負う以上、製品としての期限を越えたら廃棄されるしかない。人間とは違うから、歳をとって角《かど》がとれて丸くなったり、何かに熟練したり、その豊富な経験を尊ばれたりすることはない。

「機械だから、壊れるんです。融通の利かない壊れ方をするんですよ」

ロボットは容赦なく壊れる。プログラミングの進化のおかげで感情らしきものを表し、知性らしきものを備えているように見えるし、そのように行動するが、ロボットには心がない。だからその存在には弾性というものがない。壊れているかいないか、正常か異常か、どちらかしかない。

「こんな古い機体を、今まで支障なく使ってこられたということが驚きです。僕は技師ですが、まだ駆け出しなので、こういう例は初めて見ました」

若い娘はちょっと目を丸くして俺を見た。

「ロボットを造っておられるんですか」

「はい。プログラムじゃなく、本体の方ですけどね」

心らしきものの容《い》れ物の方だ。

「ここは――」

彼女は急に心許《こころもと》なさそうにそわそわして、まわりを気にした。

「廃棄手続きの窓口だってうかがったんです」

そのとおり。心理的に、または経済的な理由で、当該のロボットと別れ難いというユーザーにご納得いただくための場でもある。だから、順番にここに送り込まれる俺たち技師のあいだでは、ひそかにカウンセリング・コーナーと呼ばれているのだが、俺はもっと適切な表現があると思う。もう使用できないロボットに引導を渡すための場所。

「てっきり、そういう専門の方がおられるんだと思っていました」

「僕らが専門家です。ロボットが機械以外の何ものでもないってことを知り尽くしていますからね。この手で部品を組み立てて造ってるんだから」

ついでに言うなら、ただ造るだけなら大した能力は要らない。ロボット製造ラインは、かつての自動車やテレビのそれよりも少し込みいっているだけの根仕事《こんしごと》に過ぎない。きつい研修を乗り越える体力と集中力、それと、切実に仕事がほしいという欲があればいい。俺たちが〈工員〉ではなく〈技師〉と呼ばれるのは、ロボットという存在そのものが、今はまだ、自動車やテレビにはなかった――またはそれらがある時点で失ってしまった科学的畏怖《いふ》のオーラに包まれているからであって、俺たちが上等な存在だからではない。

「もともとは部品を組み立てて造られるものであっても、完成して動き出せば、ひとつの個体になるんじゃありませんか」

弱々しい声で、若い娘は言った。

「人間に交じって働いているうちに、個性や人間味が出てくるってこともあるでしょう」

「皆さん同じことをおっしゃいますが、それは使用者の錯覚に過ぎません」

もしくは願望だ。

「わたしは――」

「これを見ると、過去三年のあいだに、ハーマンは何度か深刻な動作不良を起こしてますね」彼女の発言を遮り、モニターに表示されているその部分を指で示して、俺は言った。

「今年の二月には、温感センサーが故障している。レベル2のエラーと記録されてます。これって、家事をするロボットには大事《おおごと》ですよ。誰か火傷《やけど》しませんでしたか？」

調理中にグリルから火を出したとか、子供や老人の入浴の介添えをしていて熱い湯を浴びせてしまったとか、そういうレベルの誤作動だ。

今まではただおどおどしていた若い娘が、はっきりと逃げるように顔をうつむけた。それでわかった。怪我人《けがにん》が出たのだ。

「よく回収されなかったもんですね」

俺の言葉が雨粒みたいに降りかかるのを避けるように、彼女は片手で顔を隠した。

「――ってことは、事故報告をしなかったんですね?」

返事なし。図星なのだ。

本気で腹が立ってきた。こういう、ロボットへの愛情過多な連中ほど、自己流の解釈で危ないことをやるのだ。

「隠したって、カードにはすべて記録が残るんですよ。ロボットはそのように造られているんですから。ロボット使用規制法違反の時効は二年ですから、二月の件は立派に処罰の対象になる」

うつむいたまま、彼女は言った。「みんなで話し合って、もう少し様子を見ることにしたんです。ハーマンにいてほしかったから」

事故報告を上げれば、ハーマンが回収されると承知していたのだ。

「みんなって? 野口奉公会って、どんな団体ですか。宗教団体かな」

そう訊《き》いたのは、やたらとロボットを〈保護〉したがる人びとに宗教家が多いからだ。一方でロボットを排斥したがる連中にも宗教家は大勢いて、いったい、神様とやらはロボットの存在をお許しになるのかならないのか、信仰心のない俺にはさっぱりわからない。

「宗教とは関係ありません。寄付金で成り立っているボランティア団体で、救護院を運営しています」

キュウゴインというところを、妙に窮屈そうに発音した。

「ハーマンも、昔、ある篤志家《とくしか》の方が寄付してくださったものなのだそうです。古い話なので、当時の記録は残ってないいんですけど」

「どっちにしろ、ロボットを管理する責任は、現在使用している人間が負うんです」

「わたしたち、ハーマンと仲良く暮らしてきました」

責任というのはそういうことじゃない。

「うちの施設では、保護者を失った行き場のない子供たちが大勢暮らしています。わたしも昔はその一人でした」

自分は孤児でしたと言っている。その程度のこと、今日日《きょうび》の不安定な社会で、ちっとも特別な要素じゃない。

「ですからわたし、ハーマンに育ててもらったようなものなんです。うちの子供たちはみんなそうです」

ハーマンを廃棄したくない理由といったら、それで充分だろうと言わんばかりだった。

「ロボットに子育てはできません」

俺は彼女の発言を訂正した。

「人間とまったく同じことはできない。とりわけ、創造的なことはできないんですよ。今のあなたは野口奉公会の職員なんですよね。だったら、ちゃんと覚えておいた方がいい」

若い娘のおとなしやかな顔に、初めて、

――うるさいわね。

とでも言語化すべき表情が浮かんだ。ムッとしたのだ。そして、このうるさい担当の技師とやらと、長くやりとりしても無駄だと判断したらしい。

「ハーマンのこと、検討していただくのに、どれぐらいかかりますか」

切り口上で問いかけてきた。

「さっきも申し上げましたが、基礎記憶の保存はできない可能性もありますよ」

「正式に、できないと決定するまでどれくらいかかりますかとお尋ねしてるんです」

「上に諮《はか》ってみないとわかりません」

普段なら、無茶な要求をしてくる客を煙《けむ》にまくのに便利な返答だが、今はこんな言い方をするのが悔しかった。いかにも下っ端らしい逃げ口上に聞こえるから。

「そうですか」

若い娘は、くちびるの両端に力を込めて、口をへの字に結んだ。怒って文句を言うのかと思ったら、また泣くのを堪《こら》えているのだ。

「じゃ、それまでは、ハーマンは生きていられますね」

その声は湿って、震えていた。

「会えますか？　こちらの施設案内には、回収後も、四十八時間以内に一度だけなら面会権があるって書いてありました」

その面会権とやらは、ロボット製造会社とロボットへの愛情過多な顧客との妥協の産物だ。

「ハーマンの場合はそれも無理ですか。約款を確認できないから」

彼女がもうちょっと意固地な顔つきをしていたら、これは質問ではなく当てこすりに聞こえたろう。

「正式にはそうです」

「あなたはたぶん、ハーマンが生きていられるという表現も正しくないとおっしゃるんでしょうけれど」

いかにも、泣き出さないように一生懸命早口でしゃべっていますというふうだ。

「わたしはそう言いたいんです。わたしにとってはハーマンは生きてるから」

俺はいくぶん、戦闘的な気分になってきた。めそめそされるのは苦手だし、やたら怒られるのも筋違いで腹立たしいが、こういう挑戦的なことを言われると、夢とは違う現実を見せてやりたくてワクワクしてくる。

「そのカードを」

俺が指さすと、彼女は首からさげたカードに触った。

「もう一度スロットに通すまで、ここでの〈相談〉は終了してないことになるんです。で、〈相談中〉なら、当該のロボットの状態確認に、お客様に同行していただくことも可能です」

彼女は指先でカードに触り、目をぱちぱちさせながら俺の顔を見て、またカードに目を落とし、それから心底驚いたように瞳《ひとみ》を大きくした。

「──いいんですか」

「ちゃんとした面会じゃありませんから、あんまりお勧めしませんけどね」

わざとらしくため息をつき、俺は椅子《いす》から立ち上がりながら、自分と彼女のあいだを隔てているカウンターの天板の端を持ち上げた。

「こちら側からどうぞ」

俺がブースの後ろのドアを開けると、このセンターの心臓部で、社会にとって必要な役割を果たしているからこそ生じている騒音が、身体《からだ》に感じる振動も伴って、かすかに聞こえてきた。

ここはもともと、外部に開かれた施設ではない。ブースと、その順番待ちをする客たちのための待合スペースは、あとから設けられた添え物だ。本体の部分はオフィスではなく、回収してきたロボットを分類・一時保管する倉庫と、そいつらを解体処分する工場そのもので、頑丈で機能的で無機質だ。

それが彼女を驚かせたらしい。延々と続くのっぺりした通路と、そこに沿って並ぶ防音扉。どの扉にも大きくナンバーを表示してあるが、それ以外の装飾はない。天井にはダクトと導管が剝《む》き出しで走っている。

先に立って歩きながら、俺は施設内通信専用の端末で必要事項をチェックした。指で画面に触れるたびにピーピー音がして、通路の天井や壁に反響する。勤務中は従業員全員が携帯を義務づけられているこの端末は、作業服のポケットの縁に引っかけられるほど軽量で小さい。なのに耳障りな音が出るのは、経営者側が望まない使い方をされるのを防ぐためだ。小は仕事時間中にサボることから、大は機密事項の盗み出しまで。

いつの時代でも、科学技術は、すべての分野で均等に進歩するものではない。その時その社会で必要性の高いものが選ばれ、人材と資金が投入され、抜きん出て進歩する。二〇世紀末から二一世紀初頭、もっとも隆盛を誇り、優秀な人材を集めて大きな金を動かしていたのは情報通信業界だった。そのおかげで、（少なくともいわゆる先進自由主義諸国の）人びとは、少子高齢化の進行により、社会を支え得る働き手の絶対数がどんどん減ってゆくという現象を、日進月歩する高機能な通信機器を使い、座っておしゃべりするだけで見過ごしにすることができた。社会学と心理学が大好きな情報通信業界は、社会を改革することはできないが、社会改革について語るおしゃべりを増やすことはできる。それは一見、社会を豊かに、知的にさえしているようにも見えるところが曲《くせ》者《もの》だった。

通信機器というハードウエアを造ることで、このおしゃべりビジネスに参加して食いつないでいた製造業界が、社会の土台を支えるものを造るという本来の役割に目覚めたのは、正確にいつのことだったのか。何を以《もっ》て一般向け汎用作業ロボット時代黎明期の始原とすればいいのか。

そのあたりは後世の科学史家の分析に任せるしかない。誰にでもわかりやすいスターの登場はなかったし、カリスマ経営者が音頭をとったわけでもなく、華々しく目立つひとつの発明がきっかけになったわけでもない。ハーマンくらいの初期タイプの作業ロボットに関係している特許だけでも、数え上げれば二桁《けた》になる。

〈一家に一台〉の作業ロボットの開発にエネルギーが傾注され、少しずつでも目に見える成果が上がるようになると、社会の流れは変わった。人びとはおしゃべりを止《や》めはしなかったが、より速くおしゃべりを届け合うためだけに貴重な資源や人材が浪費されるのは勿体《もったい》ないということに気づいたのだ。

というわけで、汎用作業ロボットの働きに支えられている今日《こんにち》の社会で、一般市民が日常的に使う通信機器は、二一世紀初頭のそれと、ほとんど同じレベルの機能に留《とど》まっている。外見もそう大きく変わってはいない。俺たちが持たされているこの端末をタイムマシンに乗せ、たとえば二〇一〇年あたりに送り返したとしても、誰も驚かないだろう。

だが、同じ端末をロボットが使いこなしているところを見せたら、きっと腰を抜かす。

奔放で無責任な空想力ではなく、石を積み上げるように地道な技術開発が切り開く未来というのは、そういうアンバランスな部分を抱えているものだ。

個々のロボットの機体情報管理をいまだにICカードに頼っているというのも、アンバランスさの表れのひとつだろう。このシステムを頻繁に刷新すると利用者がついてこられなくなるので、あえて古いまま残してあるという説と、部分的にこういう単純なやり方が残存している方が、〈ロボット活用社会〉が柔軟になるという説がある。俺はどちらもあまり信用していない。単に、現況ではICカード製造業界のロビイストがタフだ、というだけのことだろう。

このセンターの管轄《かんかつ》区内で、午前八時便回収の機体は、第五ブロック南東の檻《ケージ》に収容されていた。ハーマンもそこにいる。最寄りの扉はナンバー8だ。

「こちらです」

振り返ると、野口奉公会の若い娘は、ナンバー3の防音扉の前で立ち止まっていた。何かを警戒するように耳を澄ましている。

「この音、何ですか」

「ロボットたちが動いてる音ですよ」

防音扉を通すと、遠くで無数のピンがかき混ぜられているみたいな、奥歯に響く微音になって聞こえる。

「回収のとき、ハーマンはもう動いてませんでした。スイッチを全部切られて」

「ここではもう一度動かすんです」

「バッテリーを抜いてしまったのに？」

「バックアップ用の補助バッテリーが残ってますからね。あれが切れるまでは、自然に放置して動かした方がいいんですよ」

若い娘は、何か言いたそうな顔で俺を見た。が、黙ったまま歩き出した。

俺は訊いた。「一月にハーマンが誤作動したときには、どうやって停めたんです？」

彼女は答えない。ナンバー5のドアの前を通過してから、俺はまた質問した。

「緊急停止レバーを使ったんですか」

緊急停止レバーは機体の背面に取り付けられていて、普段はカバーに覆われている。もっとも、これを使ってロボットを停めることができるくらいの事故ならば、結果がある程度まで深刻でも、大事故とは見なされない。使用者がロボットに近づけるのだから、最悪でもレベル2で、これらはすべて故障による動作事故だ。回収点検、修繕、修繕不可なら廃棄と交換で片が付く。

より深刻なのは、ロボットの〈動作〉としては誤っていないが、その動きが招来した事態が周囲の人間に危害を及ぼすケース――「ロボット三原則」に背いた場合だ。だからこれらは「原則事故」と呼ばれる。ロボットが制御不能状態になること、究極のレベル1事故つまり暴走もこの範疇《はんちゅう》に入り、その際の停止手段は種々開発されているが、どれもこれも物騒で、行使するには一定の資格が必要になる。

「――停める必要はありませんでした」

足元を見つめて歩きながら、若い娘は答えた。

「ハーマンが自分で気づいたから」

誤った動作をしたとロボットが自分で認識し停止したと、彼女は言いたいらしい。

「それ、どういう意味かわかってますか」

「わかってます」

「使用者の制御を離れてるんだから、一種の暴走ですよ。非常に深刻な事態です」

下を向いたまま、彼女は言った。「ハーマンは、わたしたちに謝ってました」

俺も黙って先を急ぐことにした。

ナンバー8の防音扉の前で、また専用端末を操作すると、金属音をたててロックが解除された。ここでは、何をするにも携帯端末からコントロールセンターへアクセスする必要があり、どこの扉にもゲートにも、それを操作するための独立したパネルや端末は設置されていない。万に一つ、廃棄ロボットが逃走した場合、悪用される可能性があるからだ。もっとも堅固なセキュリティは、ロボットがアクセス可能なものを存在させないこと。

防音扉は重い。足を踏ん張って引っ張り開け、俺は野口奉公会の若い娘を促した。

「さあ、どうぞ」

彼女は、物理的に何かに前を阻まれたみたいにたじろいで、ちょっと後ずさりした。

彼女を阻んだのは実体のあるものではない。ただの騒音と、ただの景色だ。

第五ブロックは満員だった。

毎年この季節になると、新型ロボットの発表会が相次ぎ、それに合わせて各社のディーラーも宣伝を始めるので、利用者のあいだに買い換え熱が流行《はや》る。そのために、旧型の回収依頼が一時的に増えるのだ。昨日《きのう》も一昨日《おととい》も、一日の回収限度ぎりぎりまでのオーダーがあった。

檻のなかのロボットたち。これだけの数が集まると、見慣れている者の目にも、かなり痛烈な光景ではある。

小型のものは体長五〇センチから、大型のもので最大二メートル一〇センチ。重量は三〇キロから上限二五〇キロ。仕様・年式を問わず、二足歩行とそれ以外とに分けて収容されている。

学習機能のある人工知能を取り去り、基礎動作を司《つかさど》る基板だけ残して補助バッテリーが尽きるまで放置すると、ロボットたちはたいてい、立ったり座ったりする動きを繰り返すようになる。それがもっとも始原の、基本の動作だからだ。彼らが製造ラインで完成し、最初に受け取る指令が「立て」だからである。もっと広い場所に置いたら歩き回るのではないかと実験した例がある。が、ロボットはスペースを与えられても、やっぱり立ったり座ったりを繰り返すだけだった。基礎動作の基板にも、安全装置は組み込まれている。ロボットは、命令もなしにやたらと移動しないように造られているのだ。

機体に故障が生じているロボットは、立ったり座ったりできないと、腕を上げ下げしたり、首を回したり、上体だけ前後に動かしたりする。見ようによってはコミカルだが、上体を動かしているロボットがたまたま壁際《かべぎわ》に置かれていると、自分の頭を繰り返し壁にぶつけているように見えることがある。蛾《が》が光に惹《ひ》かれて窓ガラスにぶつかるよりも無意味な行為だとわかっていても、ロボットは蛾と違って人間に似ているので、あまり気分のいい眺めではない。

第五ブロックの南西、防音扉にいちばん近い檻のなかに、今朝はたまたま一体、そういうロボットがいた。バケツ型の頭部に体軀《たいく》は四角く、腕と脚部は蛇腹になっている。これもけっこうな老朽機体だから、実用的な業務をこなしていたとは思えない。ボディに派手なペイントの名残《なごり》がある。どこかの遊園地か移動動物園で、ピエロの真似事でもしていたのだろう。

そいつは蛇腹の脚をたたんで床に座り、腕をだらりと下げ、単調に几帳面《きちようめん》に、一定の間隔で、人間でいうなら額の部分を、無機質な鈍色《にびいろ》の壁にぶつけていた。ロボットたちがたてる金属的な騒音で、顔をしかめたくなるほどうるさいのに、その音は妙にはっきり聞こえてきた。規則的だから、耳が認識しやすいのかもしれない。

ごつん、ごつん、ごつん。

若い娘は顔色を失っていた。

「ハーマンはこんなところにいるんですか」

ハーマンだけじゃない。どんなロボットも、最後はここにたどり着くのだ。

「探すのは、ちょっと手間ですよ」と、俺は言った。「ここにあるロボットはみんなそうですが、音声認識能力も発声能力も失っています。呼んでも応《こた》えないから、外見の特徴を頼りに見つけるしかありません」

人間の創造性というのは凄《すご》いもので、二足歩行型——人間に似ているという土台の上に、呆《あき》れるほど多様なオプション装備やデザインをほどこして、多様なロボットを生み出してきた。その多様さには、意味のあるものも無意味なものもある。だが、廃棄処分が決まってここに集められると、個々のロボットのどんな突飛《とっぴ》な外見も、この場の雰囲気のなかに埋没してしまい、見分けがつかなくなる。すべてが無意味になるのだ。だから正確に言うならば、外見の特徴を頼りに探すのも難しい。

さっきブースで彼女も言っていたが、うちの顧客が面会権を使って廃棄ロボットに会う場合には、もっとずっとましな環境が用意される。それでも、変わり果てたロボットの姿にショックを受けて立ち去る客は多い。そうでもしない限り納得しないんだから、俺に言わせれば自業自得だが。

野口奉公会の娘は、檻の三〇センチほど手前に設けられている手すりにつかまりながら、通路に沿って歩み始めた。

「ハーマンはしゃべれませんし、わたしたちの声をうまく聞き取れません」

その目は檻のなかのロボットたちに釘付《くぎづ》けだ。瞳孔まで開いているんじゃないかと思うほど、目が大きく見える。

「最初からその機能がなかったんですか？　そこまで古いタイプじゃ――」

「壊れちゃったんです」

手すりに沿って両手を滑らせながら、彼女はおぼつかない足取りで進んでいく。

「わたしがまだ子供のころですけど、部品が高価《たか》いので、うちでは修理代が出せなくて」

「じゃ、ずっとそのまま？」

俺の問いに返事もせずに、手すりにすがって、彼女は通路を進んでいく。

修理できないロボットを抱えて、一緒に暮らしていた。

――ハーマンは、ずっとうちで働いてくれていました。

何とバカげた話だ。民間運営とはいえ救護院なら、管轄の役所に申請を出せば、その日のうちに善処してもらえたろう。新品は無理でも、ひととおりの機能が揃《そろ》った使い勝手のいい中古ロボットと取り替えてもらえたはずだ。

汎用作業ロボットの製作・供給とリサイクルは、今やこの国の経済界の根幹を支える一大産業になっている。それは完璧なループを描いており、このループが切れたり緩んだりしないよう、政府は毎年膨大な財政支出を行っている。血税を注ぎ込んでいるのだ。

だからこそ、この社会の隅々までロボットは行き渡っている。社会的弱者には、ロボットは生きるために必須のアイテムであり、社会的強者には、ロボットの働きに支えられている社会を維持してゆく崇高な義務がある。この国を成り立たせるためには、ロボットを造って使って壊して買い換えるというループを守らねばならない。税金を払って済むのなら、安いものではないか。それによって、ついでに、神話に登場する巨人でさえもまたぎ越えることができないほどの経済的格差が生み出す一抹の罪悪感も拭《ぬぐ》い去ることができて、一石二鳥だ。

ロボットへの思い入れが過ぎる人びと——擬人化が行きすぎて愛情過多になってしまう人びとが現れたことも、このループの副作用みたいなものだ。症状の出る人間の数が多すぎるのは確かなので、対症療法的に様々な方策がこうじられている。

汎用作業ロボットの一般消費者向け販売を認可するとき、時の政府は製造販売会社に厳しい制限をかけた。その最初の条項がこれだ。機体の大きさだけでなく、合成音声の音色、特徴的な動作、人型ロボットの顔の造り、すべてにおいて〈児童〉を連想させる機体を製造してはならない。言うまでもなく、人型二足歩行ロボットを子供として扱おうとする人びとを生み出さないための予防措置である。当時の経済産業大臣が、「国内法だけでなく国際法によっても児童労働が禁じられているように、児童型ロボットの製造は禁じられるべきだ」とコメントしたことを、俺はよく覚えている。

バカだな、と思った。形がバケツみたいなロボットでも、子供のように可愛《かわい》がろうと思う者は可愛がるし、働かそうとする者は働かせる。虐《いじ》めようとするヤツは虐めるだろう。

研修で必ず見せられる過去の映像に、自動走行型小型掃除ロボットの黎明期のものがある。円盤みたいな形をしていて、自動走行といってもいちいちリモコンで操作しなくてはならず、稼働状態を示す数種類のピー音を発することができるだけの機械だというのに、そいつに名前をつける利用者がおり、そいつが内蔵ブラシをしゃかしゃか動かし埃《ほこり》集めをしている後をくっついて歩く利用者がいた。掃除機なのにペット化していたのだ。

愛情や共感は、人類の宿痾《しゅくあ》だ。

「ハーマン！」

叫ぶような声が聞こえて、俺は我に返った。野口奉公会の娘の姿が見えない。通路を走って南東の檻まで行くと、彼女は手すりから身を乗り出して、両手を伸ばしていた。

「手を出しちゃいけません！」

俺が急いで近づくと、彼女は逃げるようにぱっと身を翻《ひるがえ》した。目は檻のなかの一点に釘付けだ。両手を広げて振っている。

「ハーマン、ハーマン！　こっちを見て」

上ずったような声で呼びかける。

「わたしよ、ハナよ。こっちを見て、ハーマン」

彼女の視線の先には、四、五体のロボットが輪になっていた。補助バッテリーが切れるまで無意味な動きを繰り返しているロボット同士のあいだで、たまに〈同調〉という現象が起きることがある。ロボットAが立ったり座ったりしているリズムに、隣のロボットBが同調する。ロボットCが腕を上げ下げしていると、後ろのロボットDが、それまでは首をぐるぐる前後に回していたのに、一緒に腕を上げ下げするようになる。そういう現象だ。数が揃うと、ロボットたちがちょっとしたマスゲームでもやっているみたいになる。

そこに固まっている複数のロボットたちは、なぜか両手の五指を固めて拳《こぶし》をつくり、同じリズムでその拳を上げたり下げたりしていた。ついでに膝も曲げ伸ばししている。バーベルを持っていたなら、ロボットの筋トレに見えるだろう。

ただ、それらのロボットの輪の真ん中に、一体だけ静止しているものがいた。クッシヨン付きの三点関節仕様の二本脚を床に投げだし、疲れたみたいに尻餅《しりもち》をつき、背中を壁にもたせかけている。頭部も胴体も筒型。眼窩《がんか》はなく、ライトが二つ並んでいるだけ。鼻梁《びりょう》もなく、口唇にあたる部分にはスロットがついていて、たぶんその内部に灯《あか》りが点《つ》くことで稼働状態を示すようになっているのだろう。まさに古代魚。旧式中の旧式ロボットだ。

「ハーマン」と、彼女がもう一度呼びかけた。

ハーマンは軽くうつむき、首を右にかしげている。その姿勢のせいなのか、移送の際に頭部の接続がずれてしまったのか、どっちだろう。

まわりで拳を上げ下げしているロボットどもの、ちょうど肘の部分が、ハーマンの肩にぶつかる。そのたびにハーマンのずんどう鍋《なべ》みたいな身体《からだ》と頭が揺れるのが見えた。

「ハーマン！」

聞こえないと言っているのに、彼女は呼びかける。

するとハーマンの頭部が動いた。ゆっくり持ち上がり、軋《きし》みながら彼女の方を向いた。二つ並んだライトが彼女の目をとらえた。

野口奉公会の娘は、また手すりから半身を乗り出して、忙《せわ》しなく両手を動かし始めた。手と指を動かし、何か訴えかけている。

何やってんだ――

それは、俺には理解できないけれど。

手話のように見えた。

目を疑った。この娘は手話でロボットに話しかけている。音声認識機能も発声能力も失われているロボットと、手話でやりとりしている。

――ずっと働いてくれていました。

ずっと、ハーマンとこうしてコミュニケーションしてきたというのか。

「ハーマン」

手話を続けながら、彼女はロボットに笑いかけている。うなずきかけている。

ハーマンがその不恰好な右手を持ち上げた。そばのロボットの肘が、ハーマンの持ち上げた右手首にあたった。

ハーマンの左右の手は、ごわごわした強化ゴムの軍手を嵌《は》めた人間の手にそっくりだ。その手と指が動いた。

野口奉公会の娘は手話をやめ、手すりにすがってハーマンを見つめる。

ハーマンは右手を顔の前に持ってくると、掌《てのひら》を立てて、右から左へ動かした。次に左の掌を自分の胸にあてた。

檻の外で、手すりの前で、野口奉公会の娘がうなずいて応じる。

ハーマンは、今度は両手を胸の前で合わせた。それからゆっくりと、極めてゆっくりと手を開いて、左右の掌をこちらに見せた。

それで終わりだった。ハーマンの手がごとんと落ちた。頭部もまたうなだれた。やっぱり右にかしいだままだった。

囁《ささや》くような声がした。野口奉公会の娘だ。何を言ったのか、俺には聞き取れなかった。

彼女は手すりから離れた。彼女の両腕も身体の脇《わき》に落ちた。

泣いていた。檻の内部を照らす黄色い光に、彼女の頬が濡れているのが見えた。

「――なんて言ってたんです？」

どうして、俺はこんなことを訊くのだろう。どうでもいいじゃないか。

「いつもああやって、手話でハーマンと話してたんですか」

そんなあり得ないことを、どうして俺は質問するのだろう。

「帰りなさいって」

小声で答え、野口奉公会の娘は、手の甲で自分の頬を拭った。

「それだけですか」

彼女は返事をしなかった。ハーマンを見つめたまま、また新しい涙で頬を濡らしながら、言った。「基礎記憶の保存は諦めます。もう、ハーマンを逝《い》かせてあげてください」

「何でまた急に」

「本人がそう望んでいます」

彼女は俺に顔を向けると、両手を動かし、さっきハーマンがやったのと同じ動作をしてみせた。

「ハーマンはこう言ったんです。わたしを、死なせて、ください」

――ワタシヲ　シナセテ　クダサイ
突然、耳障りな金属音が響いた。ハーマンを囲んで拳を上下させていたロボットのうちの一体が、全身を激しく震わせ始めたのだ。

しまった。同調という現象は危険なものではないが、それが当該のロボットに物理的な刺激を与えるものである場合は、早く止めないといけない。このロボットは、たまたまハーマンに肘打ちするような動作を続けていたものだから、エラー反応が出てしまったのだ。

このブロックの通路の天井で、急を告げるライトが点滅し始めた。ブザーが鳴る。すぐにも、ばたばたと監視員が駆けつけてきた。

「なんだ、またおまえか!」

第五ブロックの監視員は巨体のおっさんで、俺とは不愉快な意味合いで顔見知りだ。ちらっと若い娘を見やると、

「また客を連れてきて、何やってたんだよ」

監視員の怒り声が終わらないうちに、檻の内側にシールドが下り始めた。暴れているロボットも、まだ同調反応を続けている他のロボットも、座ってうなだれているハーマンも、シールドの向こうに隠れて見えなくなった。

ここでも、監視員だけは無線機を使う。うるさそうに短くやりとりすると、スイッチを切り、とってつけたような愛想笑いをして、野口奉公会の娘に声をかけた。

「すみませんね、お客様。この後の手続きは別の者が担当します。すぐ迎えに参りますので」

シールドには防音効果もある。件《くだん》のロボットの振動音は聞こえなくなった。

ブザーが止《や》んだ。ライトの点滅も止んだ。落ち着きが戻った第五ブロックの南東通路で、若い娘が上着のポケットから取り出したハンカチで目を拭い、涙をすっかり呑み込んでしまうのを、俺は黙って見ていた。

ナンバー8のドアが開いて、作業服ではなく事務方の制服を着た女性社員が入ってきた。小走りで近づいてきて若い娘に挨拶《あいさつ》し、すみませんすみませんと繰り返しながら、彼女を檻の前から連れ出した。

野口奉公会の娘は振り返らなかった。ハーマンのいた場所にも、ハーマンを見せにその場所へ連れてきた俺にも、もう一瞥《いちべつ》もくれなかった。

「おまえさあ、趣味が悪《わり》ぃぜ」

二人になると、監視員のおっさんは途端にくだけて、ニヤついた。

「面会権を使えないお客に便宜を図ってやるってのは、いいことだよ。でも、おまえのはそういう親切じゃねえだろ。それでなくたってロボットとサヨナラしたくないって悲しんでるお客をいたぶって、どうすんの」

おっさんはやたら巨体なので、目を逸《そ》らしても見えてしまう。それがひどく不愉快だった。回収され、檻に閉じ込められ、補助バッテリーが切れるまで単純運動を繰り返している廃棄ロボットたちを背景に、人間だからこそなり得るぶよぶよの肥満体を見るのが厭《いと》わしかった。

「ああいう手合いは理性がないから、俺、嫌いなんですよ」

「しょうがねえだろ。さっきの客は女の子じゃねえか。ロマンチストなんだよ。捨てられるロボットが可哀相《かわいそう》だって、ちっとばかりゴネるくらいは勘弁してやれよ」

「──新しいのに買い換えりゃ、半日で忘れるくせに」

そうトンがるなと、監視員のおっさんは笑う。

「可愛い娘《こ》だったじゃねえか。ああいう客が来たら、せいぜい親切にして慰めてやって、ついでにお茶でもどうですかぐらい言ってみるもんだ。ブース勤めをさせられるときは、それぐらいのお楽しみをめっけねえとな。おまえだって若いんだから」

若い、か。ロボット社会が到来して以来、人間の実年齢に意味なんかなくなったのに。

「何で——」

ここで、こんなおっさんに問いかけたって詮無《せんな》いことなのに、俺は訊いた。

「何で、人間型のロボットなんか造るんですかね」

「その方がみんな親しみやすいからよ」

「何で、人間型のロボットだけはロボットに造らせないで、技師が造るんでしょう」

それがロボット製造業界の鉄の掟《おきて》だった。二足歩行・人間型の汎用作業ロボットの最終組み立てラインでは、ロボットに作業させてはならない。他の製造物のラインでは、ありとあらゆる局面で、ありとあらゆる形態のロボットが作業しているのに。

「まあ、俺らの感覚じゃピンとこねえが、海の向こうじゃうるせえからな」

国際協定さと、監視員は厳《いか》めしく言った。

「人間に似たものを造っていいのは、神様に造られた人間だけだって、ご大層な教義を守ってる大国があるからよ。しち面倒くさいが、宗教ってのは理屈抜きだから」

大きなマーケットを持っている大国の意向には逆らえない。それで回っている社会を維持していくためには。使い、壊してリサイクルして、また造る。それで回っている社会を維持していくためには。

「どうしても我慢できねえっていうんなら、おまえも組合活動してみちゃどうだ？　連中は、国内販売分だけでも、人型ロボット作業員を導入しろって運動してるだろ」

そしたら残業が減って楽になると、監視員は言う。

「残業が減って楽になったら、空いた時間で何をやればいいんでしょうね」

「もっと実《み》のあることをやるのさ」

巨体のおっさんは、下卑《げび》た笑い方をした。

「子供をつくるとか、な」

どこか栓の抜けたような笑い声がしたと思ったら、俺自身の声だった。

「嫌ですよ。俺、組合のその運動には反対なんだから」

「何で」

「うちのラインに人型ロボットが入ってきたら、俺たち、ロボットと見分けがつかなくなっちゃうでしょ」

俺は監視員を置き去りにして、第五ブロックを出た。ブースには戻らなかった。通路を歩いて、センターの裏口から外へ。途中で俺の携帯端末が、まだ勤務時間中であることを知らせるビープ音を発したので、肩越しに後ろへ投げ捨てて、従業員専用のだだっ広い駐車場に出た。

駐車場は車で満杯で、空は灰色の雲で満杯だった。空気には錆《さび》の臭いが混じっていた。ひとつ深呼吸すると、野口奉公会のあの娘に言ってやりたかった言葉が、ようやくひとまとまりになって浮かんできた。

俺も孤児だった。

大規模な自然災害と、テロと内戦の絶えない今の世界では、保護者を失う子供は大勢いる。家庭どころか、落ち着いて暮らせる地域社会を丸ごと失ってしまう子供だって珍しくない。

俺は救護施設を転々として育った。国家は、あるいは法律は、行き場のない子供の受け皿を作ることはできる。できることはそこまでだ。組織や機構や条例には限界がある。成人し、ここで職を得るまで、俺は〈個人〉にさえなれなかった。肝心なときにはいつも登録ナンバーで認識される、要保護児童か要保護青少年だった。

俺は人見知りの激しいガキだったから、どこに行っても嫌われた。そのせいで転々とした。別段、転がるのは平気だった。でも行く先々に、俺と違って名前で呼ばれ、その施設の一員になっている作業ロボットがいることには、腹の底からムカついた。

いつも、いつもムカついた。

だから、あいつらを組み立てる側の人間になってやろうと思った。

そうして技師になったら、慣れ親しんだ作業ロボットと別れるのが辛《つら》いと嘆く客たちを相手にしなくてはならなくなった。

ロボットを組み立てながら、自分が、組み立てたロボットよりも必要とされず、愛されることも、気遣われることもない人間であることを思い知る身の上になった。

あの若い娘に、親切にしてやることだってできたかもしれない。慰めてやることだってできたかもしれない。

ハーマンのロボット人生はいい人生だったと言ってやることだって、できたかもしれない。長いこと大事にされて、幸せだったと。そうやって、いい人になることだってできたかもしれない。

でも、俺はそんなのが嫌なのだ。いい人間になんかなりたくない。優しい人間になんかなりたくない。面倒な仕事をロボットに任せて、「もっと実のある」ことをやる人生なんか欲しくなかった。

それより、俺はロボットになりたい。

ああいう可愛い娘と手をつないで歩くより、あの娘が両腕いっぱいに抱えた洗濯物を片付けるのを手伝う、金属でできたロボットになりたい。あの娘が小さかったころ、よちよち歩く彼女を後ろに従えて、掃除をしたり荷物運びをしたりしたかった。

あの娘が話しかけてくれる声を聞き取れなくても、その声に声で応えられなくてもいい。あの娘と手話でやりとりをするおんぼろロボットに、俺はなりたかった。

重たげに垂れ込めた雲から、雨が降り始めた。空気にこもる錆の臭いはこのせいだったのだ。今朝は予報を聞き損ねてしまった。いつからだろう、天気予報が告げる項目のなかに、酸性雨の濃度の数値が入るようになったのは。

この世界で、俺はもう人間でいたくない。

この世界には、人間よりロボットの方がふさわしい。だってそうでなかったら、みんながあんなふうに、あの娘のように、ロボットのために泣き、ロボットのために心配し、ロボットと心を通わせようとするはずがない。

ひとつロボットを組み立てるたびに、俺は人間から離れてゆく。それでいて、どうしてもどうしてもロボットにはなれない。それが歯がゆくて、悔しくて。

俺はときどき、大声で泣き叫びたくなる。

それは実に人間らしく、ロボットはけっしてやらないことだけれど。

# 星に願いを

三時間目の授業が終わり、木崎《きざき》先生が教壇から降りると、教室の前のドアからメガネの事務職員が顔をのぞかせた。二人で短くやりとりし、先生はさも億劫《おっくう》そうに、深山秋《みやまあき》乃《の》を手招きした。

「深山ぁ、おふくろさんから電話だぞ」

メガネの事務職員は、その奥から睨《にら》むような視線をこちらに投げかけて、すぐ消えた。

秋乃は席から立ち上がった。まわりのクラスメイトたちが数人、（またぁ？）という呆《あき》れ顔をしている。

英語の教科書と、さっきの授業で秋乃たちが提出した小テストの束を小脇《こわき》に抱え、のしのしと廊下を歩きながら、木崎先生も言う。

「おまえさぁ、いい加減におふくろさんと話し合えよ。これじゃあおまえの学校生活はめちゃめちゃだし、こっちの授業妨害にもなってんだよ」

前者は大きなお世話だし、後者は事実と異なる言いがかりである。わざと前を塞《ふさ》ぐように歩く、縦にも横にもLサイズの先生が邪魔だ。秋乃は焦《じ》れて「すみません」と言うが、先生は気づかないふりをしている。

「ホント、困るよなあ。深山のおふくろさんもさぁ、働く女性の鑑《かがみ》でご立派だけども、オンナなんだからさぁ、自分の子供の面倒ぐらい自分でちゃんとみれなきゃなあ」

母には深山静子《しずこ》という名前がある。おふくろさんおふくろさんと連呼されるのは、毎度のことながら不愉快だ。秋乃は、担任の男性教師に〈おまえ〉呼ばわりされるのも嫌いである。そもそも「オンナなんだから」とは言語道断だ。

いちいち抗議したって時間の無駄。こういうバカは放っておくしかない。でも、嫌悪感の一端がつい顔に出たらしい。木崎先生は薄笑いする。

「悪い悪い。おまえにとっちゃ自慢のおふくろさんなんだもんな。なにしろ食品ビジネス界の女傑《じょけつ》なんだから」

吹き抜けの階段に、〈女傑〉という言葉が妙によく響いた。そこに込められた皮肉なおちゃらかしのトーンが、残響のなかにくっきり浮かび上がった。

先生は、しぶとく秋乃の前に立ちふさがる。

「いいな。おふくろさんに、こんなことはもうやめてくれって言うんだぞ」

「はい、話し合います」

「電話を使う前に、ちゃんと事務の人に挨拶《あいさつ》しろよ」

にやつきながら説教して、やっとこさ脇にどいた。正面玄関ロビーの脇にある事務室へ、秋乃は廊下を駆け出した。

「こら、廊下を走るなあ」

笑いながら、木崎先生が呼びかけてきた。

事務室に飛び込むと、手前の机の上、いつもの電話機に、保留のランプが点《つ》いていた。伝言を持ってきたメガネの事務職員も含めて、室内の誰も秋乃には目もくれない。

こういう取り次ぎがそんなに面倒くさいのなら、校内でも生徒にスマートフォンや携帯電話を持たせておいてくれればいいのだ。毎日毎日、下校時間まで取り上げられて、こっちだって不便でしょうがない。

失礼しますと声だけかけて、秋乃は受話器を持ち上げた。

「お待たせしました、秋乃です」

まず秘書が出て、短い機械音を挟み、母・静子の声が聞こえてきた。

「秋乃？　ああ、ごめんね」

「こっちこそごめん。だいぶ待った？」

その質問には答えず、静子は急《せ》き込んで続けた。「また春美《はるみ》の具合が悪いの。いつも本当に申し訳ないんだけど、迎えに行ってやってもらえるかしら」

今日も、学校からは了解をもらってあるという。

「すぐ行く。春美は保健室にいるのね？」

「うん」

「着替えは要《い》る？」

「今日は吐いたりしてないから、いいみたい。病院に連れていく必要があるかどうかは、養護の先生に訊《き》いてみて」

「わかった」

ちょっと黙ってから、静子は言った。「あなた、勉強の方は大丈夫？」

「大丈夫よ。無理なときには、あたしもそう言うから、心配しないで」

ごめんね——と、静子は小声になった。

「家政婦さんのこと、ちゃんと頼んであるんだけど、なかなかいい人が見つからなくて」

「お母さん、先月来た人は、あたしが嫌だから断ってもらったのよ。忘れた？」

「だからって、秋乃が責任を感じることはないのよ」

「そんな意味で言ってるんじゃないんだってば。じゃあね」

受話器を置くと、五分後には荷物を手に、正門の前でつかまえたタクシーに乗っていた。

単位制の高校を選んでおいてよかった。勉強の方は大丈夫だと言ったのは、嘘《うそ》でも強がりでもない。秋乃は成績優秀なのだ。

Tシャツにジーンズ、履《は》き慣れたスニーカー。容量と使いやすさを最優先にした頑丈なリュック。リサイクルショップで見つけた、ゴムバンドの緩んだ古い腕時計。薄いリップクリームと日焼け止め以外、顔には何もつけていない。秋乃の外見を構成する要素で十七歳の女の子らしいのは、シュシュでポニーテールにした長い髪ぐらいのものだ。

七月半ば、関東地方はようやく梅雨《つゆ》のトンネルの出口が見えてきて、でも今日は出口前の渋滞に引っかかったという感じだ。空は重たく曇り、今にも泣き出しそうな気配。

——春美もきっと、こんな感じだ。

秋乃は小さくため息をついた。

秋乃と春美の姉妹は誕生日が同じ、八月十日だ。年齢はちょうど十歳違う。

八月生まれの娘たちに、秋乃と春美。理解に苦しむ命名だが、つけたのは父だ。姉妹どちらのときでも三十時間以上かかった難産で、産後しばらく母はぐったりと寝込んでおり、特に春美のお産は年齢的にも大変だったから、あれこれ意見を言う余裕はなかったろう。

秋乃には、春美が生まれてくるまで十年ばかりは〈一人娘〉の時代があり、何度か両親に訊いてみたことがある。わたしはどうしてアキノって名前なの？

父はこう答えた。「パパの好きな名前だったからだよ」

母はこう答えた。「パパが好きな名前をつけたのよ」

春美が生まれ、一年間の産休で母が家にいるようになり、それと入れ違いに父がしばしば家を空《あ》けるようになってから、秋乃はその質問への真の解答を得た。教えてくれたのは母・静子の母親、秋乃の祖母である。

「あんたのパパが、あんたが生まれたとき付き合ってたオンナの名前をつけたからだよ」

好きな名前というのはそういう意味だ。

「あんたのときはアキノ。今はハルミって女。あんたのパパは女癖《おんなぐせ》が悪いんだ」

幸いというべきか、不幸にもというべきか、秋乃はほとんど驚かなかった。

あのころ、父はまず週末しか家に帰らないようになり、やがてそれが一週おきになり、一ヵ月おきになり、それと同じサイクルで乳飲《ちの》み子《ご》を抱いた母・静子と大喧嘩《おおげんか》をし（静子が一方的に電話で怒り狂う場合を除く）、産休が明けて彼女が職場復帰する前日に、父はハルミと暮らすために家を出ていった。

以来、両親はずっと別居している。本格的な協議から口喧嘩の延長線上のものまで、離婚話は何度もあった。いつも、娘たちの親権と養育費をめぐって父が勝手なことばかり言うので（パパは大事な君たちと離れたくないけどパパ一人の収入では君たちを養えない）紛糾し、静子が怒って話し合いが途絶してしまうのだが、五年前に一度だけ、ほとんど協議離婚が成立しそうになったことがある。

つくづく惜しい。元気でぴんぴんしていた母の母——耳を傾けてくれる人がいるならいつでも、とうとうと、娘婿《むすめむこ》の人間的な欠陥とそんな男に引っかかってしまった娘の落ち度について語ることを趣味にしていた祖母が倒れて急死し、気落ちした祖父も病みついて亡妻の後を追うように死去する——という激動がなかったら、あのときたぶん、首尾よく別れられていたはずだ。

このとき母と別れ損ねて、父はハルミをも失うことになった。必ず離婚すると言いながらぐずぐず踏み切れない男に、愛人の方が愛想をつかしたわけだ。

これはさすがに堪《こた》えたらしく、父は意気消沈していたが、半年ほどして新しい（そしてより若い）女性に巡り合って復活した。それ以降は、〈ハルミ時代〉よりもっとお盛んになったほどだ。こういうのを「箍《たが》がはずれた」というのかもしれない。

秋乃も春美も、父親とは年に一度会うだけだ。姉妹の誕生日に、市内の豪華なレストランで夕食を食べ、事前にメールでリクエストしておいたプレゼントをもらう。父はメール好きで、折々に姉妹に送ってくる。

〈パパだよ。今日はいい天気だね〉

〈パパだよ。元気かい？〉

言葉を解するならペットの犬猫でも送れるような内容の短文だ。

そんなこんなではあるが、秋乃の暮らしは意外と平穏だった。経済力がないくせに女好きの父親という不安定なバラストを下ろして、深山家という船はかえって安定したのである。

母娘《ははこ》三人が暮らすこの町は、静子が勤める大手食品会社中心の企業城下町であり、学園都市でもある。保育園や児童館や図書館がよく整備されているし、治安もいい。環境には恵まれている。

木崎先生の言葉を借りるなら〈女傑〉の母・静子のおかげで、深山家は経済的にも余裕があった。だから家政婦も充分に雇える。深山母娘にとっての家政婦は、仕事のできる人は性格が意地悪で、仕事ができない人は人柄だけはいいのは何故《なぜ》だろう？　という大いなる謎《なぞ》の根源的存在で、だからいたりいなかったりが忙しく、トータルではいない月日の方が多いということは、さておき。

大きな問題はない。いや、なかった。

秋乃自身がそうだったように、春美も一歳から保育園に預けられ、小学校にあがると、放課後は学童保育のお世話になった。姉妹の違いは、秋乃には母が仕事を終えるまで〈お迎え〉が来なかったけれど、春美は秋乃が迎えに行ってやれるということだ。帰宅途中に春美を迎えに行き、スーパーで買い物をするのが秋乃の習慣だった。

高校では部活に入らない帰宅部だから、授業が終わったらすぐにも春美を迎えに行くことができる。一人で帰宅させるのは心配だから、その方が秋乃も安心だ。が、春美の方が、お友達や先生と遊びたいからと、いつもの退所時刻まで居残ることが多かった。

それが、今はこんな状態だ。春美は学校にいられない。学童保育所にもいられない。しばしば心身の不調を訴え、怯《おび》えて顔色を失い、涙目で家へ逃げ帰ってくる。多忙な母に代わって秋乃が妹を迎えに行くのは、今日で何度目になるだろう。

春美は元気いっぱいに新学期を迎えた。五月半ばの体育祭でも楽しそうだった。おとなしいけれど内気ではない、可愛《かわい》い子だ。目立つ人気者にはなれそうにないが、けっして嫌われ者になるタイプでもない。なかよしの友達もちゃんといた。成績もよかったから先生との関係も良好で、学校生活を楽しんでいたのだ。

そんな子が、先月の初めから――七日だか八日だったか、最初に具合が悪くなったのはそれくらいだ――五、六週間のあいだに、こんなにも弱ってしまった。

やっぱり、いじめのせいだろうか。

母・静子は最初からその意見だった。しかも強硬だった。なにしろ、当の本人である春美が、「誰にもいじめられてなんかないよ」と言って聞かないのだから。

「いじめられてる子は、自分でそう認めることができないのよ。親が察してやらなくちゃいけないの」

確かに、一般的にはその傾向があるのだろう。だからこそ学校内のいじめは悲劇的なのだ。被害者の子供が、親に心配をかけないように、自分自身のプライドも傷つかないように、必死になって事実から顔を背《そむ》けるからである。

だが秋乃には、どうもピンとこなかった。証拠などなく、姉としての勘としか言いようがないが、ともかくしっくりしない。だから何度か機会をつくり、春美の気持ちを傷つけないよう慎重に言葉を選んで、

「ホントのところ、何を悩んでるの？」

聞き出そうと試みてはみたのだが、今のところ不首尾に終わっている。

――お姉ちゃん、ごめんなさい。

話が核心にさしかかると、春美は決まってこう言って、口をつぐんでしまうのだ。

身体的な病気の検査なら、いくつも受けた。結果はどれも異常なし。そして内科でも神経内科でも脳神経外科でも、心理カウンセリングを勧められた。

そのすべてを、静子は撥《は》ねつけた。春美は心の病気なんかじゃありません。わたしは母親ですから、わかります。

タクシーの窓に、雨粒がくっつき始めた。大粒だ。ばらばらと音もする。秋乃は運転手に声をかけた。

「すみません、学校に着いたら、ちょっと待っていてもらえますか。早退《はやび》けする妹を迎えに来たので、すぐ戻ってきます」

「いいですよ。降ってきちゃったねえ」

だいぶ年配の、嗄《か》れた声だった。制帽の下からのぞく短髪もほとんど白髪だ。

「妹さん、どっか具合が悪いのかな。病院に行きますか」

「いいえ、うちに帰ります。二番町の、税務署の近くです」

はいはい了解と、運転手は答えた。

「学校、昼間は正門が閉まってるでしょう。東側の通用門に着ければいいですかね」

「はい、お願いします」

東側の通用門にはインタフォンがついていて、事務室に通じている。

「運転手さん、よく知ってますね」

「私の孫、三人いるんですけどね、みんなこの学校なんですわ」

一年生と三年生と六年生だという。

「うちの妹は二年生なんです」

雨の向こうに、小学校の煉瓦《れんが》色《いろ》の校舎が見えてきた。よく整備された森と緑地に囲まれ、古風な時計塔を戴《いただ》く三階建てだ。

「三人いたって、孫ですからねえ。私ゃ普段は学校にゃ縁がないんだけども、ホラ先月の、あの騒動ね。あのときは慌てましてねえ、すっ飛んできたんですわ」

ああ、なるほど。秋乃は大きくうなずいた。

「わたしもそうです。ホント、死にそうなほどびっくりしましたよ」

白髪頭の運転手は苦笑した。「めったにないことだそうだけど、えらいものが落ちてきちゃったよねえ」

あれはそう、六月三日の午後一時過ぎのことだった。梅雨入り直前のよく晴れた青い空から、その〈えらいもの〉は落ちてきた。

この地球という惑星には、宇宙から、平均して年に二百個ぐらいの隕石《いんせき》が落下してきているのだという。その九十九パーセントは大気圏突入時に高高度で燃え尽きてしまい、仕事や趣味で天体観測している限られた人びとの目に触れるだけで終わってしまう。

だが残りのごくわずかな例外は、派手な空中ショーを披露して、地上の一般人を驚かせる。秋乃たちの住むこの地域の上空へ飛来し、春美の小学校のほぼ真上を通過した隕石も、そのごくわずかな例外だった。

この隕石の本体は、どうやら塵《ちり》で汚れた氷の塊《かたまり》だったらしい。大気圏を通過するあいだに摩擦熱で溶け、空中分解してしまったので、地表に衝突することはなかった。それでも、まったく地上に影響を及ぼさなかったわけではない。

秋乃は直《じか》に目撃できず、あとでニュース映像を見たのだけれど、独特な甲高い摩擦音を発しながら、長い尾を引いて低空を横切るその姿はまさしく帚星《ほうきぼし》そのものだった。それの放つ衝撃波は、スーパー台風級の突風となって、手荒に地上を掃《は》いた。

隕石の軌跡に沿った場所では、市内のあちこちで建物の窓ガラスにひびが入り、突然の突風に煽《あお》られて転倒した怪我人《けがにん》も出た。一時的に難聴状態になった人たちもいる。

とはいえ、より厄介だったのは、運転手が言うとおり、この空中ショーが巻き起こしたその後の騒動の方だった。ともかく情報が錯綜《さくそう》して、どれが事実でどれがデマなのか見分けがつかなかったのだ。秋乃が青くなって春美の安否を確かめに向かったのも、ツイッターで、隕石は小学校の校舎をかすめて近くの森に落下し、火災が発生して燃え広がっているという書き込みを見たからである。

「私はあのとき、空から落っこちてきたのは隕石なんかじゃない、円盤だって噂《うわさ》を聞きましたよ」

通用門に向かってゆっくり右折しながら、運転手は可笑《おか》しそうにくつくつ笑った。

「すぐに宇宙人が攻めてくるってね。うちのいちばんチビの孫なんか、真に受けちまって泣くほど怖がっていました」

春美はあの日、泣いてなどいなかったし、それほど怖がってもいなかった。クラスメイトたちと一緒に、希有《けう》なアクシデント――というかイベントに興奮して、面白がっていた。家に帰って落ち着いてから、流れ星より、お姉ちゃんがユーレイみたいな顔してたからびっくりしちゃったよと、笑いながら言った。

さて、秋乃がタクシーを降り、通用門へ走ってインタフォンで事務室に連絡し、校内に入れてもらえるまで、二分三十八秒かかった。時計を見ていたのだから正確なはずだ。おかげでたっぷりと雨に濡《ぬ》れた。

ただ母からの電話を取り次ぐだけの高校の事務職員でさえ、（余計な仕事を増やしやがって）とばかりに、あんな意地悪な目つきをするのだ。こっちの事務員が、しばしば手間をかけさせる深山姉妹が疎《うと》ましくて、より積極的な嫌がらせをしたくなったとしても不思議はない。心の動きとしては、わかる。

それでも、ひどい。大人げない仕打ちではないか。

Tシャツは濡れて色が変わり、ジーンズは重たく脚にまといつき、スニーカーは雨が入ってぶかぶか音がする。案内してくれる（というか監視のために付き添っている）いつもの女性事務員は、保健室の前に着くとこう言った。

「あなたのせいで床がびしょ濡れだから、帰る前にちゃんとモップで拭《ふ》いていってね」

そして、口元にあるかなきかの薄笑いを浮かべた。悪魔だ。

養護の先生は秋乃を労《いたわ》り、すぐにバスタオルを貸してくれた。濡れた顔を拭き、秋乃は自分を叱咤《しった》した。しっかりしろ、あたし。春美に暗い顔を見せちゃいけない。

「お待たせ。お姉ちゃんただいま到着よ」

陽気に声をかけて仕切りのカーテンをめくると、春美は保健室のベッドの上に、毛布にくるまり膝を抱えて座っていた。こけた頬。痩《や》せた肩。黄色いボーダーのシャツのなかで、身体が泳いでいる。もともと華奢《きゃしゃ》だった体格が、このひと月ほどでさらに細くなった。

なのに今、春美はもっと小さくなろうとしている。限界まで身を縮め、誰にも気づかれないくらい小さくなれれば、ようやく安心できるとでもいうかのように。

血の気の抜けた顔に、目ばかりが満月のようだ。口元が動いたが、聞き取れるほどの声は出てこない。でも、わかる。春美は(お姉ちゃん、ごめんなさい)と言ったのだ。

秋乃は立ちすくんでしまった。

――この子、難民みたい。

学校ばかりかこの現実に住まうことすらできなくなり、逃げ出して、どこへ行くあてもなく途方にくれている。

どうしてあげたらいいんだろう。あたしにできることなんかあるんだろうか。もしかしたらこの子は本当に、何か得体の知れない、重い病気なんじゃないだろうか。泣きたくなってくる。

いけない。あたしがくじけててどうするのよ。ほかに誰が春美を支えてやれるんだ。

秋乃は肩にかけていたタオルをすっぽりと頭からかぶり直し、歪《ゆが》みそうになった顔を隠した。ぞんざいに髪を拭きながら、明るい声を出す。

「いやぁね、ずぶ濡れになっちゃったの。春美は傘を持ってる?」

だから、秋乃には見えなかった。養護の先生も、秋乃が着替えられそうなTシャツやシャツを探していて、ベッドの方には背中を向けていたから気づかなかった。きわどいタイミングで、二人とも目にしなかった、

そのとき春美がぶるりと身震いし、懸命に自分を鼓舞するように、叱咤するように、小さな手を胸にあててこう呟《つぶや》いたのを。

――怖がっちゃダメ、怖くない。お姉ちゃんだもの、怖くないよ。

「春美を転校させるわ」

今夜も静子の帰りは遅く、夕食は外で済ませていた。

「明日、午後休をとって学校に相談しに行ってくる」

母娘はカフェインレスのコーヒーを飲みながら、キッチンのカウンターに並んで腰掛けている。秋乃は母の横顔に笑いかけた。

「そんなおっかない顔して行ったら、相談じゃなくて談判になっちゃうよ」

「あら、あたしはそのつもりよ」

静子は半身をよじって秋乃の方に顔を向けた。春美に向かっては常に「お母さんはね」と語りかける母は、秋乃に向かっては、ときどき「あたし」と自称する。

「先生たちは、春美があんなに弱っちゃうまでほったらかし。事務員の女は秋乃に嫌がらせ。どうなってるのよ。学校ってのは公共機関じゃないの？」

「学校は教育機関よ。公共機関なのは公立学校だけ」

「雑《ま》ぜっかえさないでちょうだい。教育者や教育機関で働く人間には、生徒たちの模範であろうとする矜持《きょうじ》がなくちゃ」

清く正しく、美しいかどうかはどうでもいいが、公正で親切な人間になるべし。

秋乃は鼻先で笑った。「あの人たちはただの人間なのよ、お母さん。矜持なんか持ち合わせてないし、煩《わずら》わしいことが嫌いで、できるだけ楽をしたいの。で、その二つの前提に矛盾しない限り、気に入らない相手には意地悪をしたいの。それだけよ」

静子は秋乃の顔を見る。「ずいぶんシニカルなことを言うのね」

「そう？　あたしが本当にシニカルになろうと思うなら、まず、お母さんがその日の朝に申請して午後休をとるなんて、絶対に不可能だってことを指摘するよ」

「アラ大丈夫よぉ。開発プロジェクトがひとつ完了したからぁ」

母が秋乃の前でふざけるのは珍しい。

「ホントぉ？」

「本当ですとも。だからこんなに遅くなったんだし、ちょこっと酔ってるの。ワイン飲み過ぎちゃった」

そしていかにも酔っ払いじみた、浮ついた鼻息を吐いた。

「明日、行くから学校。がんがん文句言ってきてやる」

「わかった、それなら任せる。春美は休ませるの？」

「ええ。もうあんな学校には行かせない」

「じゃあ、明日はあたしも休んで二人で留守番する」

静子が何か言う前に先んじて、「単位の取得状況をチェックして、補習プログラムの登録とか、じっくり考えたいの」

「だったらなおさら、学校に行かないといけないんじゃないの」

「お母さんてば、その程度のこと、みんなネットでできるのよ」

酔っ払い母を寝かしつけてから風呂に入り、自室に戻ると、父のメールが来ていた。

〈今夜は久しぶりに夜空が晴れて、星が美しいよ。パパのスターも元気でいるかい？〉

読まずに消してしまえばよかった。

狭い廊下を挟んで、姉妹の部屋は向かい合わせになっている。春美の部屋のドアは少し開けてあるので、机の上で学習用タブレットのメール着信表示が光っているのが見えた。

春美がどんどん元気を失っていることも、秋乃の不安も、ぜんぜん知らないくせに。たとえば姉妹が事故か何かで急死してしまっても、静子が報《しら》せなければ、きっと気づかないだろう。それくらい、普段は娘たちのことなんか忘れているくせに。

何がパパのスターだ、こんなバカくさいメッセージ、春美が見る前に消してしまおう。すり足で室内に入り込み、机に近寄る。そのとき強烈な視線を感じた。まるでピンライトをあてられたみたいな、ぎょっとするほどはっきりした視線だ。

ベッドの上の春美は眠っている。大きな枕《まくら》に顔を埋め、薄い肌掛けは足元にくしゃくしゃと丸まっている。

春美は俯《うつぶ》せに眠っている。熟睡している。規則正しく深い呼吸。

春美はこっちを向いてさえいない。今の視線の主《ぬし》は誰だ？

秋乃は思わず両腕で身体を抱いた。室温が上がったのか、停まっていたエアコンが自動で動き始めた。さらりとした冷気が吹きつけてきて、春美の机の隅に置いてある折り紙のキリンとライオンをかさこそ動かす。

忍び足で後ろに下がり、秋乃は妹の部屋を出た。廊下から自分の部屋に入るにも、まだ後ずさりをしていた。

――ヘンなの。

ちょっと笑ってみたりしつつも、背中を向ける気にはなれなかったのだ。

昨夜の母・静子の言葉は、酔っ払いの安請け合いではなかった。出勤すると間もなく、こんなメールを送ってきた。

〈午後休ゲット。春美の担任と学年主任の先生と、三時に約束しました。校長先生にも会うつもり。行ってきます〉

秋乃と春美は、朝から学校サボタージュを満喫した。意外と寝坊はしなかった。秋乃が作ったフレンチトーストを、春美は喜んで食べた。こんなに美味《おい》しそうに何かを食べる妹を見たのは久しぶりで、秋乃の胸も晴れた。

「お昼は春美のリクエストにお応《こた》えするよ。何がいい？」

春美はちょっとはにかんで、「ピザ」と言った。大いに結構。

「了解！　夕飯はお母さんに奢《おご》ってもらおう。〈ブルーラグーン〉、予約しちゃうから」

市内で人気の高級レストランだ。

「いいのかな」

一人前に、春美は母に気を遣う。もともとそういう賢い子だ。

「平気よ。お母さん、プロジェクトがひとつ終わったんだって。昨日はその打ち上げで遅くなったみたい。お母さんが忙しいあいだ、いい子にしていた春美も、御褒美《ごほうび》をもらったっていいわよ」

「お姉ちゃんは？」

「もちろん、あたしにも御褒美。特上リブステーキを食べようっと」

掃除を済ませ、洗濯機を回しながらスニーカーを洗う。春美は小さな庭に並べてある植木に水をやって、雑草取りをしてくれた。フレンチトーストがよかったのか、気分がよさそうで、顔色も悪くない。

それから二人で買い出しに出かけた。買い置きの食材と今日のおやつを詰め込んだ大きな買い物袋を提げ、春美が好きなチーズたっぷりの熱々のピザの箱を抱えて、おしゃべりしながら帰ってきた。

春美が家にいるうちは、あたしもずっと休もうか。ふっとそう思った。家で頑張って勉強すればいいんだし、こんなふうに春美と過ごせるのなら、いっそ一年ぐらい留年したってかまわない。通学しないなら、家政婦に頼らなくても、秋乃が家事を全部引き受けることができる。春美にもお母さんにも、ちゃんとした食事を作ってあげられる。

キッチンに入り、カウンターの端に置いた小型テレビのスイッチを入れた。お昼のニュース番組の時間帯だ。天気予報はどうだろう。

すぐに、緊迫した口調の女性アナウンサーのしゃべりが聞こえてきた。

「――繰り返しお伝えしております。本日午前十一時ごろ、西東京市にあるJR中央線十丈町《じゅうじょうちょう》駅の構内で、無差別殺傷事件が発生しました。犯人は現在、犯行に使用した刃物を持ったまま逃走中です。目撃者の証言によると、大型のハンティングナイフのようなものだそうです」

十丈町駅は、ここから路線バスで十分ほどのところにある、JRでは深山家の最寄り駅である。

　地元で通り魔事件が起こるなんて。秋乃は手を伸ばしてテレビのボリュームを上げた。お菓子をしまったストック棚の前で、春美も振り返る。

　画面には駅前の地図が映し出された。赤い矢印が記してある。それを指し示しながら女性アナウンサーが続ける。「犯人はこの矢印の向き、駅から南西の方向に逃走したと思われます。二十代から三十代の男で、身長は百七十センチ前後、黒いスエット服の上下に黒い目出し帽をかぶっていました」

　十丈町駅から南西方面。深山家のあるこのあたりの町筋だ。

　画面が切り替わり、事件現場の様子が映った。秋乃は思わず目を瞠《みは》り、春美は秋乃に身を寄せてきた。

「ひどいね……」

　十丈町駅の駅舎はかなり古く、コンクリート打ちっ放しのコンコースは暗くて、しょっちゅうどこかで水漏れがしている。雰囲気としては朝でも薄暗い。そんな場所で、まだ倒れたまま救急措置を受けている人が何人もいた。無機質な壁ににわかに生じた乱雑な模様は、血痕に違いない。

　脱げた靴、踏みつけられたバッグ。骨がねじ曲がった傘。突然の惨事の爪痕《つめあと》である。

「死亡が確認された方が三名、負傷された方が十一名、うち意識不明の重傷者が五名、身元については現在確認中で――」

春美の指が秋乃の手を握った。「お母さんは大丈夫だよね」

「もちろんよ。十一時なら会社にいる。それに、うちはJRを使わないじゃない」

徒歩二分のところに私鉄線の駅があるから、もっぱらそちらを利用している。

それでも秋乃は、ジーンズのポケットからスマホを引っ張り出して確認した。母・静子からの連絡は入っていない。

「お母さん、まだこの事件のこと知らないのかもね」

「そっか」と、春美もやっとうなずいた。

「でも春美、この犯人はまだ逃げてるからね。お姉ちゃん、戸締まりしてくる。春美はここでお片付けしててくれる？」

「うん」

深山家のあるこの町筋は、二十年ほど前に大手デベロッパーに開発された新興住宅地である。人造の町だから区画は整然としている。家の造りはそれぞれに個性的で、開放的な芝生の庭がきれいな家もあれば、四方をコンクリートの塀で囲んだ要塞みたいな家もある。

昼間人口は少ない。住人たちは職場か学校に行っている。深山家の両隣も、裏庭を隔てた後ろの家も、平日の昼間は留守だ。さらにその隣もその後ろも、たぶんそうだ。

件《くだん》の犯人が捕まるまで、用心深くするに越したことはない。秋乃は玄関の鍵を確認してチェーンもかけ、窓をすべてロックし、鎧戸《よろいど》のあるところはそれも閉めた。浴室のスライド窓も閉めた。

キッチンに戻ると、春美がスツールに座ったままテレビに見入っている。

「お姉ちゃん、スマホがずうっと鳴ってる」

友達からのメールだ。みんな、深山家が事件現場の駅から遠くなく、しかも犯人が逃走した先が深山家のある方向だと知って、心配したり興奮したりその両方をいっぺんにしたりしていた。

それらをチェックしているうちに、母・静子から着信があった。

「秋乃？　今どこ？　春美は？」

泡を食っている。

「大丈夫よ、お母さん。春美もあたしも家にいる。ニュースを見て、戸締まりを確認したところよ」

電話の向こうで、母がへたへたとその場に座り込む様子が目に浮かぶようだった。

「後輩の社内プレゼンに立ち会ってて、通り魔のことなんか知らなかったのよ」

「あたしたちも、買い物から帰ってきてテレビを点《つ》けて、初めて知ったんだ」

「近所は騒々しくないの？」

「うん、何も変わったことないよ。静かなもんよ」

「だからって油断しちゃ駄目よ」

「わかってます。二人で家にこもってるよ。春美と代わろうか？」

スツールから離れて、春美はキッチンの小窓の前に立っていた。明かり取りと煙抜きのための小窓で、春美の頭よりもちょっと高いところにあるのを、背伸びして覗いている。

「ごめん、時間切れだわ。これからミーティングなの」

誰かが電話の向こうで、静子にごちゃごちゃ言っているのが聞こえる。

「お疲れさま。お母さんも気をつけてね。春美の学校に行くときは、タクシー使って」

「うん、そうする」

電話を終え、秋乃は妹の小さな背中に声をかけた。「お母さんからだったよ。チョー心配してた」

春美は振り返らない。小窓の縁につかまって、熱心に外を覗いている。

「春美――？」

この窓からは、隣家の灰色の壁が見えるだけなのに。秋乃は春美の背中を抱くようにして、軽く身を折って小窓に顔を近づけた。

いきなり、鼻先を何かがよぎった。

人の手だ！　その指が小窓のガラスをかすめた。秋乃ははじかれたように後ずさりした。小窓のガラスには、指がかすった痕がついている。赤黒い筋――

これ、血じゃないか？

「春美、下がって。見ちゃ駄目」

秋乃は春美を押しのけ、ガラスに額をくっつけて外を覗いた。

この小窓の外、深山家と隣家のあいだは、幅数十センチの隙間になっている。下はコンクリート打ちっ放しの状態だ。隙間の両端に深山家の隣家のガスと水道のメーターが設置されていて、検針員が立ち寄るので、柵は設置されていない。メーターの下をくぐって通り抜けようと思えば、子供なら楽々と、大人でも、スマートな体型の人なら何とか可能だろう。

現に、その隙間に誰かが倒れている。スニーカーの靴底が見えるから、俯せになっているのか。頭は向こう側だ。服装は、だいぶくたびれた感じの黒いスエット――

一瞬、心臓が止まるかと思った。

こいつ、逃走中の通り魔じゃないの？

秋乃はキッチンを飛び出し、リビングの窓際《まどぎわ》に走った。ここから庭へ出れば、隣家との隙間へ行くことができる。

と思って、寸前で思いとどまった。これは罠《わな》かもしれない。あいつは、秋乃がうっかり近づくのを待っているのかもしれない。

踵《きびす》を返して階段を駆けあがる。キッチンの真上にあたるのは母・静子の部屋だ。隣家に面した側の壁に、縦長の押し上げ窓がついている。

そこから真下を見おろして、秋乃は今度は息が止まりそうになった。

窮屈そうに身をよじり、俯せに倒れている若い男。黒いスエットの上下を着たその身体の下には血だまりができている。刃物は左手のそばに落ちている。ごついハンティングナイフだ。目出し帽はかぶっていない。どこかで脱ぎ捨てたのか。

こいつ、駅前で大勢の人たちに斬りつけたとき、自分も怪我をしたのだろうか。そしてここまで逃げてきて、力尽きた？

それとも自分で自分を刺したのか。

ひどい出血だ。頭の周囲にも血だまりが広がっている。もう助かるまい。しかし迷惑な話だ。何でうちの横っちょでこんな真似をするんだよ。

「ごめんなさい」

背後で春美の声がした。秋乃は自分の身体で窓に蓋《ふた》をするようにして、窓外に顔を向けたまま妹に言った。

「春美、怖くないよ。だけど見ない方がいい。すぐ一一〇番するから大丈夫だからね」

どう説明すればいいかわからない。春美には何も教えない方がいいのかもしれない。

「階下《した》に行ってて。ピザ、冷めちゃったかな。温《あった》め直してくれる？」

間近で春美の声がした。「そのヒトがここに来たのは、なかに私の仲間がいるからです。そのヒトへの対処について協議するために、私に会いに来たのです」

春美がしゃべっている。だが、この抑揚を欠いた口調はおかしい。春美の声だけど春美らしくない。だいいち、この角張った物言いは何ごとだ？

「――でも、間に合わなかった」と、その声は続けた。「そのヒトはもう死んでしまいました。ご迷惑をおかけしてごめんなさい」

　ゆっくりと、秋乃は振り返った。

　春美はそこにいた。立ったまま右脚を左脚に絡ませて、背中で手を組み合わせている。七歳ぐらいまでの女の子にしかできない姿勢。ぽつんと一人でいるときの春美がよくとっている姿勢だ。

　その姿勢のまま、落ち着いたあの声音《こわね》、春美のものとは思えない淡々とした口調で、こう言った。

「驚かせてごめんなさい。でもハルミは安全です。アナタも安全です。私も仲間も、アナタたちにひどいことをしようと思ったわけではありません。事故だったのです」

　呼吸を三つするぐらいのあいだ、沈黙。

「——は？」

　我ながら情けないが、とりあえず秋乃はそれしか言葉が出てこなかった。

「どうぞお掛けになってください」

　ちょっと困っている、拗《す》ねている、はにかんでいる、そんなときの七歳の女の子らしく身をくねくねさせて、春美が続ける。

「ハルミの身体を借りてアナタにお話ししている私は、外来者です。外宇宙からこの星域に、調査のためにやってきました。お騒がせしてしまって申し訳なく思っています」

　冷静な口調でやたら謝る、これが——

宇宙人だって？

――空から落っこちてきたのは隕石なんかじゃない、円盤だって噂を聞きましたよ。親切なタクシー運転手のあの話は、円盤＝宇宙人の乗り物と定義するならば、噂ではなく真実だった。

――すぐに宇宙人が攻めてくるってね。

とりあえず、今は攻めてきていない。

春美は所在なげに、ちょっと反《そ》っくり返るような感じで壁にもたれている。これまた七歳の女の子らしい姿勢だ。

が、しゃべりは違う。声は春美だが、しゃべっているのは別人だ。

「あれは小型の探査船だったのです」

新しい惑星航路を開発し、ブラックホール生成の兆《きざ》しを調査する探査船だ。生命体のいる惑星を探していたわけではないという。

「むしろ、行く先々で知的生命体の存在する惑星のそばを通過しても、こちらは生命体として探知されないよう、隕石に擬装してあったのです」

それが機器の故障で墜落し、あんな騒動になった。二名の乗組員は爆発寸前に探査船から脱出し、地上に降り立った。

この星に。この国に。この町に。

よりによって、春美の小学校のすぐ近くに。

「あら、そう」

秋乃は母のベッドに腰掛け、両手を膝に置いてかしこまっている。だって他にどうしようがあるだろう。

「本当にごめんなさい」と、その別人がまた言った。

別人。もしかしたら春美の別人格？　ああ、そんなんだったらどうしよう。

春美のなかの別人が続ける。「私たちは本来、固有の物質的な形を持たない精神生命体なのですが、一人ひとり個体差のある個人であることは、アナタたちと変わりません。性格や思考に違いがあり、従って行動特性も異なるということです」

「あら、そう」と、秋乃は繰り返した。

やっぱり春美にカウンセリングを受けさせるべきだった。いや、いっそ児童精神科医に診《み》てもらうべきだった。

「お姉ちゃん」

ハッとした。今のこの呼びかけは、別人じゃなくて本来の春美だ。

「春美、病気じゃないよ。おかしくなってなんかないよ」

こっちに近づいてこようとする。思わず秋乃が身をすくめたからだろう。春美は動きを止め、泣き出しそうな顔をした。

「本当にそうなんです」

泣き顔のまま、別人の口調が戻ってきて、春美の声で淡々と語る。

「ハルミを信じてあげてください。私がハルミのなかに――彼女の脳が活動することによって生じる電気的エネルギーのなかに居留させてもらっていることで、ハルミに負担をかけていることは知っています。ただ――」

「だったらすぐ出ていってよ！」

スプリングを軋《きし》ませて跳ねるように立ち上がり、秋乃は叫んだ。

「今すぐあたしの妹のなかから出ていきなさい！」

上手に叫ぶのは、意外に難しい。調子っぱずれに裏返った秋乃の声は、滑稽《こっけい》なばかりで緊迫感を欠いていた。

「お姉ちゃん」

今度は用心深く壁際《かべぎわ》に留《とど》まり、けっして秋乃に近づこうとはせずに、春美が言った。

「あのね、おともだちはね、いつでも春美から出ていかれるんだよ。けどね、春美がいてもらってるの。まだ出ていかないでって、お願いしてるの」

この子、聞き捨てならないことを言わなかった？

「春美、何だって？」

春美はすうっと青ざめ、尻込みした。くちびるがあわあわする。

「春美、おともだちがいなくなっちゃったら淋《さび》しいの。一人になっちゃうのイヤだから、おともだちに一緒にいてほしいの」

秋乃はあんぐりと口を開いた。

「あんた、この宇宙から来たとかってワケわかんない精神生命体とかいうものを、何だって？」

「お姉ちゃん、怒らないで」

「言いなさい。今、何て、言った？」

おともだち、だ。しかも、いないと淋しい、と言った。

秋乃の耳に、自分自身の声が震えて聞こえる。怒っている。嘆いている。悲しんでいる。

「あんたおかしいのよ、春美。お医者様に診てもらわなくちゃ。かわいそうに。ごめんね、もっと早くちゃんとした病院に連れていってあげればよかった。でも、専門の先生に診てもらえば、きっとすぐよくなる――」

春美はくるっと身を翻《ひるがえ》すと、あろうことか小さな手で両耳を塞いで、一目散に逃げ出した。

「待って春美！　待って！」

秋乃は幼い妹を追いかける。春美は小兎《こうさぎ》のように逃げる。姉妹は後先になって階段を駆け下りた。

秋乃は声を限りに叫んだ。「待ちなさい！　どうして逃げるの？　お姉ちゃんの言うことが聞けないの？　お姉ちゃんはいつだって春美のために」

そのとき、背中に戦慄《せんりつ》が走った。

寒気ではない。ただ電流のようにくっきりと激しい流れ。それが足元から伝わってきて、頭のてっぺんまで届いた。

秋乃は立ち止まり、よろける身体を支えようと、手近の壁に手をついた。途端に指先から火花が散り、悲鳴をあげて飛《の》び退いた。

(申し訳ない。我々はアナタ方の身体に、静電気と同じ現象を起こすらしい)

頭の奥で声がした。

いや、正確には〈声〉ではない。考えごとをするとき、いちいち頭のなかで「声を出す」人はいない。自分の思考を、声にしなくても声として認識しているだけ。

今のは違っていた。秋乃の思考じゃない。なのに秋乃の〈声〉のように聞こえた。

(我々は、いわゆる肉体を持つ他の生命体のなかに居留した場合、その肉体を操ることはできない)

秋乃は前屈《まえかが》みになり、両手で口を押さえた。

(だからアナタの行動を制御することもできないが、今、ここでアナタに説明を聞いてもらうには、これがもっとも効果的なやり方だと判断した)

あたしのなかにも宇宙人が入っちゃった。

廊下の端から、春美がひょこっと顔をのぞかせた。まだ秋乃を怖がっていて、べそをかいている。が、口から出て来た言葉は落ち着いていた。

「ごめんなさい。アキノ、今アナタのなかにいるのは、外で倒れているヒトのなかに居留していた私のパートナーです」

秋乃は吐いてしまいそうだ。がくりと膝を折り、その場に座り込んで身を丸めた。

「探査船から脱出した後、我々は話し合いました。母星から救助チームが来るまで、この星の数え方で五十日ほどかかります。そのあいだ、どのようにして過ごそうかと」

肉体を持たない精神生命体なのだから、捕獲される心配は少ない。エネルギー補給は電力からできる。

「そして、いい機会だから、この惑星でもっとも繁栄している生命体──〈人類〉と、彼らが築いた文明について、少しばかり調査してみようと決めたのです」

それでも数日間は、用心深く、この町の様子や人間たちの生活ぶりを観察した。

「それから私は、児童──子供に居留することにしました。子供は〈学校〉という場所で基礎的な教育を受けています。私も一緒に、この星の社会の基本的なことを学ぶことができる。それに、子供は一般的に想像力が強く、私のような異質な存在を受け入れやすいのではないかとも期待したものですから」

（私はその点で意見を異にしていてね）と、秋乃の頭のなかの〈声〉が言った。（子供は怖がりだ。感情的で落ち着きがない。居留するなら成人の方が適切だと判断した）

この宇宙人とやらに性別があるのかどうか知らないが、春美のなかの方は女性的で、秋乃のなかの方は男性的な感じがする。

と、すぐ反応があった。(我々に性別はない。我々がアナタと交信する際の言語——言葉使いに性差が感じられるとしたら、それは、私のパートナーは春美から、私は外で倒れているあの男性から言葉を覚えたからだろう)

「——そんなの、どっちでもいいけど」

声に出して呻《うめ》くように言い、秋乃は身を起こした。何とか吐き気はおさまってきた。

「でも結果的には、私の選択の方が正しかったようです」

廊下の端から顔をのぞかせたまま、春美が言う。「私は春美のおともだちにしてもらえましたが、パートナーは失敗しました」

秋乃の頭のなかの〈声〉は沈黙している。

胸の底がぞわりとざわめき、秋乃は寒気を感じた。

「そんなふうに言うってことは、あの外で血まみれになって死んでる男が駅の構内で刃物を振り回したりしたことと、あなたたちの存在は、何か関係があるわけね?」

今度は春美の方も黙っている。

秋乃は声を強めた。「はっきり訊くわ。あんたたちに頭のなかに入り込まれておかしくなっちゃったから、彼、無差別殺人なんかやらかしたの?」

「お姉ちゃん、怖い」

春美が泣き声を出す。秋乃は壁につかまって立ち上がった。

「あたしも怖いのよ、春美。だから訊いてるの」

春美はその場にしゃがみ込むと、両手で頬を押さえた。そして抑揚のない声で言った。

「本当に遺憾《いかん》に思います」

頭のなかに居留しても、身体を操ることはできない。おともだちはそう言った。確かにそうなのだろう。さっきから、おともだちがどんな話をしているときでも、春美は自身の感情のままに、子供らしい仕草をしている。

ならばあの通り魔男も、犯行そのものは自分の意思でやったのだ。そしてその後、自殺したのか。

「私たちは精神生命体なので」と、春美のおともだちは続ける。「アナタたちのように、互いの姿を視覚で認識することがありません。私たちの外界認識システムは、基本的には精神と物質を分けるだけのシンプルなものなのです」

それは理解できる。で？

「ですから、今回のような緊急事態で他の生命体のなかに居留したときは、その生命体が外界を知覚し認識するシステムに、私たちのこのシンプルなシステムを援用する形になるのですが――」

肉体なき〈精神〉であるおともだちが知覚し、居留先の人間の視神経と脳の視覚を司《つかさど》る部位を使って当の人間に視せるものも、また〈精神〉だ。

「簡単に言うと、アナタたち人間の視覚システムに私たちの外界認識システムを上乗せすると、一時的にではありますが、アナタたちは、周囲に存在する他の人間の心性を視覚化して認識するようになってしまうのです」

姿形ではなく、心を視てしまうようになる。

「あの彼の場合もハルミの場合も、そうやって〈視る〉ものは、しばしば非常に恐ろしいものであるらしくて——」

「当たり前でしょ！」

理解と同時に怒りの堰《せき》が切れて、秋乃は叫び立てながら拳《こぶし》で壁を打った。

「春美は学校でいじめられてるのよ！ 先生は冷たくてちっとも頼りにならないし、事務員は意地悪なのよ！」

そんな連中の〈心根〉を視覚化したら、恐ろしいお化けや怪物の類《たぐ》いになるに決まっているではないか。

だから春美はあんなに窶《やつ》れ、弱り果ててしまったのだ。学校にいたら、お化けと怪物の群れのなかに放り込まれているのと同じだから、家に逃げ帰ってくるのだ。

秋乃の頭のなかの〈声〉が言った。（私が居留したあの彼は、以前から多くのストレスを抱えていたようだ。この社会に憤懣《ふんまん》を持ち、暴力的な幻想を抱いていた。だから——）

まわりじゅうに怪物を視てしまい、怯えて混乱して、挙げ句に無差別殺傷事件を起こしてしまったのだ。

（私は説得したのだ。ヒトの心性は固定したものではない。今は怪物に視えるヒトでも、

明日は違うかもしれない。そもそも君が視る怪物は、君自身の心性を反映したものなのだ、と）

人間は目でものを視るのではない。視神経がキャッチした信号を映像化するのは脳だ。そして脳は、その個人の世界そのものだ。脳の外に現れる怪物は、もともと脳のなかにいた怪物の鏡像に過ぎない。

「そんなゴタクを並べるより、どうして早く彼から離れてあげなかったの？」

知らない町の知らない家と家のあいだに挟まり、どくどく血を流して死んでいるあの男は、気の毒な犠牲者だったのだ。

秋乃の頭のなかの〈声〉が、心なし小さく細った。

（彼はあまりにも深く混乱していたので、私が離れても、すぐにはもとに戻らない可能性が高かった。それでは彼を見捨てることになる。私は彼に居留したまま、彼の混乱を沈静化させたいと思って）

「私に引き合わせ、私の口からも彼を説得させようとして、ここへ来るところだったのです」と、春美が言った。

堪《こら》えきれなくなって、秋乃はぼろぼろ泣いた。春美が哀《あわ》れで、痛ましくてたまらない。

「そんなの言い訳じゃない。屁理屈はどうでもいい。お願いだから、早く出ていって」

よろめきながら廊下を戻り、リビングに入る。警察に通報しなきゃ。外で死んでいる男を、いつまでも放ったらかしにしておくわけにはいかない。

「春美から出ていってやって。あたしからも出ていって。救助が来るまで、誰の迷惑にもならないように、野良犬にでも取り憑《つ》いていなさいよ」

庭に出るサッシを開けようと、レースのカーテンを開けた。動揺しているので、すぐには腕に力が入らない。窓ガラスに自分の姿が映った。

そう、秋乃の姿だ。今日は白いTシャツにカットオフのジーンズ。シュシュで束ねたポニーテール。

そのはずなのに、これは何だ？

この、ここに映っているものは何だ？

これが秋乃の心の有り様。

人間になり損ねた醜《みにく》い原形質の群れ。

人間から成り下がったヘドロの塊。

なのに、凄《すご》い牙《きば》が生えている。

なのに、醜い鱗《うろこ》が生えている。

なのに、腕らしいものだけでも何本もある。

「嘘よ！」

打ち消すように叫んで、秋乃は逃げ出した。リビングのソファにぶつかり、壁にぶつかり、廊下で転び、立ち上がって玄関を目指す。ここから出たい。外に出たい。

裸足《はだし》で三和土《たたき》に飛び降りる。シューズボックスの脇の姿見に、自分の姿が映った。

首を後ろに投げ出し、反《そ》っくり返りながら、秋乃はまた金切り声《かなきりごえ》を張りあげた。

玄関のドアがぱっと開いた。誰かが飛び込んでくる。

「秋乃！　秋乃じゃないか、どうした？」

秋乃の両肩をぐいっとつかむ。お父さんだ！　どうしてお父さんがここに？

白いシャツにチェックのジャケット。前髪の一部分だけが白髪になっているのを、本人は気に入っている。日に焼けているのはゴルフ三昧《ざんまい》のせいだけではなく、エステで健康的に焼いているからだ。

だが今は、その顔色がくすんでいる。目元の皺《しわ》が深い。うろたえているみたいだ。

「ニュースを見て、気が気じゃなくって飛んできたんだ。怖かったろう。春美はどこにいる？」

――お父さん。

普通に見える。いや、ちょっと輪郭が歪んでいるか。台風や爆弾低気圧が接近すると、衛星放送の画面がちらちら処理落ちしてしまうことがある。あれと似ている。ときどき、父の顔や肩口や胸元に歪みが生まれる。

だけどそれだけ。怪物じゃない。

――どうして？

自分勝手で、いつまでたっても子供で、ふわふわと女好きで、金遣いが荒くて、まともな仕事に就けたためしがない。それでも調子よく世渡りしているのは、女に食わせてもらっているから。お母さんだって、ずるずる離婚しないことで、結局はこの人を養ってるみたいなもんだ。

そんな男が、どうしてまともに視える？　なぜお化けや怪物にならないんだ？

「秋乃、しっかりしなさい。春美はどこだ？」

父を突き飛ばし、秋乃は外に走り出た。

走る、走る、走る。春美の学校を目指して。頼りにならない春美の担任や、あの意地悪な女性事務員。春美をいじめているクラスメイトたち。きっと凄い怪物に視える。お化けに視える。そうでなくちゃおかしい！

なのに、そうじゃなかった。

――ちゃんとモップで拭いていってね。

薄笑いを浮かべていた女性事務員は、妙に頭が大きく膨らんで、身体が薄べったく見えた。だがそれだけだ。休み時間で、校庭や廊下にいる大勢の子供たちも、ほとんど普通の人間だ。少し頭が小さかったり、尻尾《しっぽ》みたいなものが生えていたりするだけ。そんなふうに視えるだけ。

「あら秋乃、あなたも来たのね」

ぽんと肩に手を置かれ、振り返ると、今度はお母さんだ。お母さんこそどうしてここにいるの？　春美の担任の先生が一緒なの？

「ちょうど、先生といろいろお話ししていたところなの。秋乃の意見も聞かせてくれないかしら」

春美の担任の先生は、胸に大きな穴が空いていた。両目は洞《ほら》のように虚《うつ》ろだ。

だけど、お母さんは——

その顔、どうしたの？

お母さん、どうして歯が抜けちゃったの？　そのだらしなく下がった顎《あご》はどうしたの？

お母さん、何がそんなに悲しくて惨《みじ》めなの？　そしてどうして、あなたはそんな冷たい目であたしを見るの？

「イヤ、イヤいやイヤ、嫌だぁ！」

母・静子の手を振り放して、秋乃はまた駆け出した。もうどこをどう走っているのかわからない。裸足で、空を飛ぶように。

「おい、深山！」

木崎先生の声だ。秋乃はつんのめるようにして急停止した。教科書とテストの束を小脇に抱え、階段の上から木崎先生が秋乃を見おろしている。ここは秋乃の高校だ。

「授業をサボって何やってんだ？　おまえ、このごろ生活乱れてるぞ。オトコができたのかぁ？」

こみ上げてくる熱気のような感情に巻かれて、秋乃はくらくらした。

何だと？　この頭の悪い女性差別主義者が、恥ずかしげもなく教育者ぶったことを言いやがって。

おまえが女子生徒を嫌らしい目で見てるのを、みんな知ってる。美人を依怙贔屓《えこひいき》するのも知ってる。気の弱い男子生徒をいびるのが大好きなのも知ってる。おまえが、生徒たちから取り上げて保管しているスマホや携帯電話を勝手に盗み見ていることも知ってるんだ。

それなのに、なんで、こいつも人間に視える？　顔が真っ赤で、脚が獣みたいに太い。だけどそれだけ。人間は人間だ。怪物じゃない。こいつがそうあるべき化け物じゃない。

秋乃みたいな怪物じゃない。

木崎先生が階段を下りてくる。秋乃は逃げようとして身を返し、誰かとぶつかった。メガネの事務職員だ。まともに顔と顔が合う。人間だ。死んだ魚みたいな目玉だけど、人間だ。肩をつかまれ、じっとりと体温が伝わってくる。秋乃は全身を震わせて叫んだ。

「あたしに触らないで！」

どうして怪物じゃないのよ。みんなみんな嫌な奴なのに、バカで性悪な人間たちばっかりなのに、どうしてそう視えないのよ。

「――お姉ちゃん」

我に返ったら、自宅の庭に立っていた。いつの間にか小雨《こさめ》が降っている。髪が濡れて冷たい。

春美はリビングのサッシの向こうに立ち、額をガラスに押しつけて、泣き顔だ。

声は聞こえない。でも想いが言葉になって伝わってくる。

「──お姉ちゃんは、いつも怪物」

ほかの人たちは、ちょっとずつ変わる。日によって違う。人の心は変わるから。

だけどお姉ちゃんは、ずっと怪物。

「春美、お姉ちゃんがいちばん怖いんだよ」

おうちに帰りたいけど、お姉ちゃんがいちばん怖いんだ。誰よりも、誰よりも、お姉ちゃんが怖いことが悲しいんだよ。

濡れた庭土を踏み、秋乃はふらふら歩いた。

──どうして？

あたし、頑張ってきたのに。

お母さんを助けようと思って。

春美を守ろうと思って。

あんなお父さんでも、娘なんだから嫌っちゃいけないと思って。

虫の好かない先生にも、いい顔をしておかないとまずいと思って。

世の中にはバカばっかり溢《あふ》れていて、まともに相手なんかしてられない。いちいち腹を立てたって無駄だ。気にしないのがいちばんだって。

他人には礼儀正しく親切に。無礼と意地悪ばっかり返されても、あたしはそっちに染まっちゃいけない。

必死で頑張ってきたのに。

正しくあろうと努めてきたのに。

あたしは善きヒトになりたくて。

善きヒトになるべきで。

ずっとずっと、我慢してきたのに。

隣家との細い隙間には、黒いスエットの上下を着た男が倒れたままになっている。頭がこちら側、脚を向こう側にして、ストレッチでもしているみたいに身をよじって。身体の下にできた血だまりは凝固し始めている。その上に雨が降りかかる。ほったらかしにされて、亡骸《なきがら》に雨が染みてゆく。

秋乃はしゃがみこみ、俯せになっている男の頭を持ち上げた。髪が濡れ、こめかみも濡れて手が滑る。

あなたは怪物?

——君が視る怪物は君の心性を反映している。

この世界は、心が作りあげるもの。

苦労して抱え上げ、こちらを向かせると、無差別殺傷事件を起こしてしまったこの男の心の穴が見えた。

二つあった。本来は眼球が収まっているべきはずの場所だ。

彼は両目をくりぬかれていた。

秋乃は声をあげて泣き出した。

「お客さん！」

短くクラクションが鳴った。

秋乃は飛び起きた。

タクシーの後部座席だ。窓の外では雨が降り始めている。横手に、春美の小学校の通用門が見える。

運転席で、運転手が身をひねってこっちを見ている。

「ああ、よかった。なかなか目を覚ましてくれないので、どうしようかと思いましたよ。具合でも悪いんですか？」

孫がいるような年齢の人ではない。若い男性だ。制服に制帽にサングラス。

「小学校に着きましたけど、大丈夫ですか」

うまく声が出てこなくて、秋乃はただ忙《せわ》しなくうなずいた。膝ががくがくして、背中に汗をかいている。

「いったんメーターを止めてお待ちしてますから、慌てなくていいですよ。どうぞ行ってらっしゃい」

なかなか目を覚まさなかった？　あたし、居眠りしてたのか。

じゃあ、みんな夢だったの？　あれが全部？

わななくように、秋乃は深く息をした。ああ、よかった。夢だったんだ。そうよね。あんなことが本当に起こるわけがない。

「ごめんなさい。ちょっと気分が悪かったから、うたた寝しちゃって」

しゃべるうちに、声もしっかりしてきた。

「それならよかった」と、運転手も笑顔を返してきた。

窓の外の雨を見遣る。折り畳み傘を出すのは面倒臭い。走って校舎のなかに入れば――

でも、すぐ入れてもらえなかったらずぶ濡れになるのはわかっている。

リュックのなかから折り畳み傘を取り出して、秋乃はタクシーから降りた。立ってみたら、膝の震えも止まった。

折り畳み傘を広げてさし、インタフォンを押す。事務室と連絡がつくまで、一分十八秒かかった。

保健室まで付き添って来た女性事務員は、何も言わなかった。いや、ひと言だけ言ったか。

「こんにちは」と。

保健室のベッドの上。難民のように見える春美の、青ざめて痩せた顔。

どこからの難民？　この子は何から逃げようとしているの？

窓の外は雨。この季節は、どこも雨。

秋乃の心のなかにも雨が降る。

古い窓ガラスを曇らせていた、積もり積もった澱《おり》のようなものを、少しずつ、ひと筋ずつ洗い流してゆく、雨粒の流れ。

頑《かたく》なだった秋乃の心を洗う、新しい認識。

怪物ばかり見ていると、自分が怪物になってしまうよ。

そして何もかも失ってしまうよ。

「春美、帰ろう」

養護の先生に挨拶し、姉妹は手をつないで外へ出た。小さな折り畳み傘の下で身を寄せ合い、校庭を横切る。

「ねえ、春美」

秋乃は足元に目を据えたまま声をかけた。

「お姉ちゃんは、春美のこと心配だよ」

春美は黙ったままこっくりした。

校庭には小さな水たまりができ始めている。その表面を雨が打つ。

「心配だけど、春美に嫌われたくないし、春美を傷つけたくなかったから、ずっと黙ってた」

春美はまた黙ってこっくりした。

「けど、もう我慢できないから、言う」

秋乃は小さな妹を見おろす。

「こんなふうにしょっちゅう呼び出されるの、お姉ちゃんも迷惑なんだ」

可愛い春美に、可哀相《かわいそう》な春美に、何て無神経で残酷な言葉を投げつけるんだ、あたしは。

「だから春美、正直に教えてくれない？　こんなことになってる理由《わけ》を」

あんた、いじめられてるんじゃないの？

「隠すことないんだよ。もしそうでも、ちっとも恥ずかしいことじゃないんだ」

春美はうつむいている。細いうなじ。すべすべした肌。くるっとカールした癖毛。

可愛い妹に、あたしはとても酷いことを訊いている。ひどい姉さん。怪物みたい。

水たまりに映る秋乃の顔。水たまりに映る春美の顔。

十歳違うけれど、よく似た姉妹。

「――カナちゃんとケンカしちゃったんだ」

春美の声は囁《ささや》くようにか細い。秋乃は傘を手にしたまま、膝を折って耳を近づけた。

「そしたら、クラスのみんなが、ハルミがいけないっていうんだ」

秋乃は妹の頬に手を当てた。春美の目には涙がいっぱい溜まっている。

「それで、いじめが始まったのね」

「――うん」

開けちゃいけない扉は、触れてみたら呆気《あっけ》なく開いた。

そのときである。

きぃぃぃぃぃいん！

驚きで、秋乃は思わず傘を手放してしまった。春美が秋乃に飛びついてきた。姉妹は抱き合って空を仰いだ。

雨雲を突っ切って、何か光るものが飛んでくる。黒い煙の尾を引く帚星。

「お客さ〜ん！」

雨を跳ね散らかしながら、誰かが駆け寄ってきた。さっきのタクシーの運転手だ。

「こっち、早くこっちへ！　建物の陰に入らないと危ないよ！」

そうだ、衝撃波がやってくる。

秋乃は立ち上がる。滑って転びかけた春美を、運転手が抱き上げる。はずみで彼のサングラスが落ちた。

「あ、あなた！」

思わず、秋乃は彼の顔を指さしてしまった。あの気の毒な通り魔男じゃないか。

「へ？　どうしました、お客さん」

立ちすくむ秋乃と運転手と春美を、細かな雨が打つ。三人の頭上を、この町の空を、隕石が横切ってゆく。

首を縮めて運転手が叫んだ。

「真っ昼間に、とんでもない流れ星だ！　でっかい願いごとをかなえてくれるかなあ」

さあ、それはどうかしら。秋乃は目を閉じ、自分でも思いがけず、小さく笑った。その瞼《まぶた》の裏に、眩《まぶ》しい光が一閃《いっせん》して消えた。

人騒がせなおともだち、到着。

# 聖痕

## 1

三月末の雪まじりの冷たい雨が降る午後のことだった。

わたしが朝から言葉をかわした相手は三人で、三つとも馴染《なじ》みの顔だった。この古いビルの管理人と、彼に雇われているバイトの青年と、隣の部屋で手芸教室を営んでいる老婦人だ。話題はすべて今日の寒さと雪のことだった。五十年配の管理人は三月に東京で降る雪は意外などか雪になるものだと語り、バイトの青年はモップを片手に地球温暖化と異常気象の懸念についてひとくさり自説を述べ、手芸教室の老婦人はわたしが寒さしのぎに襟首《えりくび》に巻き付けたマフラーを褒《ほ》めてくれた。彼女の愛用品である杖《つえ》のゴムの滑り止めキャップには、凍った雪の塊《かたまり》がこびりついていた。

春の雪についてテレビのアナウンサーまで語りたがっているなかで、午後になって訪れた四人目の人物は、天気を話題にしなかった。手にした半透明のビニール傘の先端から水滴をしたたらせて、

「この事務所の人ですか」

半開きのドアのノブに片手をかけ、フードのついた灰色の雨合羽《あまがっぱ》の裾《すそ》からも水滴を垂らしながら、その男は言った。

両肩から胸の部分にかけて蛍光テープを貼《は》った雨合羽は、近所の小学校の児童たちの登下校の時間帯に横断歩道に立つ交通安全指導員のそれとよく似ていた。色が黄色であったなら、わたしは完全にそう思い込むところだった。もっとも、小学生の通学路を守る役目を担う人間が、子供たちが毎日その脇《わき》を行き来する老朽雑居ビルの一室にある調査会社に頼むべきどんな用件を持ち合わせているのか、まったく見当はつかなかった。

「そうですが」と、わたしは答えた。

男はその場に立ったまま室内を見回した。どこかにわたしの姓名身分と仕事の信頼性を保証するもの——たとえば免許状とか警察署からの感謝状とか有力者と笑顔で握手している額装した写真などが存在するのではないかと期待しているようだった。歳《とし》はわたしと同年代で、少し上かもしれない。

深くかぶったフードの縁と、雨合羽の裾から水滴を垂らし続けながら、男はこもったような声音《こわね》で訊《き》いた。

「こちらのようなところでは、飛び込みの個人の仕事も引き受けてくれるんですか」

雑居ビルの正面にあるプレートはめ込み型の案内板には、老婦人の営む〈ひまわり手芸教室〉と並べて、〈千川調査事務所《せんかわ》〉と掲げてある。灰色の雨合羽の男が「こちらのようなところ」という曖昧《あいまい》な表現を使ったのは、わたしを会社名を代表する「千川氏」だと判断しかねているからなのか、あるいは「こんな胡散《うさん》くさいうらぶれた事務所」と暗にくさすためなのか、わたしは短い間に考えた。

「どちらであれ、あなたは飛び込みの客のように見えませんが」

雨合羽の男はノックすると、ひと呼吸の間《ま》を置いただけですぐドアを開けた。迷ったり臆《おく》している様子は感じられなかった。この事務所がどんな業務をしているか、予備知識のない人間にはふさわしくない態度だった。

「橋元《はしもと》さんに教えてもらって来たんです」

男のとろんとした目が、一度、二度とまばたきをした。

「東進《とうしん》育英会の理事の橋元さんです。あ、いいや」と、急いで続けた。「先週の改選で副理事長になったんだった」

男が頭を動かしたので、雨合羽のフードがかさついた音をたてた。

わたしはうなずいて、男を応接セットの方に促した。「雨合羽は壁のフックにかけてください。傘立てはその備前焼の壺《つぼ》です」

男は彼のすぐ足元にある焼き物の壺に初めて気づいたらしく、ちょっと後ずさりするほど驚いた。

「さる人間国宝の陶芸家の作品を騙《かた》った贋作《がんさく》ですよ」

底がひび割れているが、傘立てに使うくらいなら水漏《みずも》れの心配はなかった。

男はおっかなびっくりの手つきで備前焼の壺に傘を突っ込み、雨合羽を脱ごうとして、そのときになって初めてそれをかぶっていたことに気づいたように、慌ててフードをとった。短く刈り込んだごま塩頭が現れた。顔だけでなく頭の全体が見えるようになり、わたしは男の推定年齢の上限を上げた。

男は傘立てのそばに佇《たたず》んで、また、薄暗い事務所のなかを見回した。

「橋元さんは、こちらは個人営業の事務所で、口の固いところだと言っていました」

わたしは黙って事務机の前に立っていた。

「東進学園でも、おたくにお願いして、いくつか厄介事を解決してもらったそうで」

ごま塩頭の男は、頼むから何か反応して、自分が橋元副理事長から得てきた情報を裏書きしてくれという顔をした。

「ただ調査をしただけです」

わたしが答えると、ごま塩頭の男のフードなしだとかなりいかつく見える顔が、ほんの少しだけ緩んだ。目のまわりには、うっすらと隈《くま》が浮いていた。

「腕がいいし信頼できる人だと、橋元さんは言っていた」

そろそろと応接セットに近づき、また立ち止まって、

「でも、まさか女性だとは思わなかった」

非常に気まずい間違いをしたかのように、彼は足元に向かって言った。自分で勝手に生み出した気まずさを拭《ぬぐ》おうというのか、

「子供相手の調査なら、女性の方が向いているのかもしれないが」

言い足して、わたしに愛想笑いをしようとした。わたしは笑みも言葉も返さず、もう一度そこに掛けるよう促した。

「コーヒーでいいですか」

事務机の脇のコーヒーメーカーに歩み寄り、わたしは訊いた。ほかのものがほしいと言われても、何もなかった。ごま塩頭の男はうなずいて、思い出したように懐《ふところ》から白い手拭いを取り出すと、顔を拭った。

灰色の雨合羽からして、その下に着込んでいるものが背広ではなさそうだとは思っていた。彼の服装は一見して飲食店の、それもフロアではなく調理場で立ち働く人間のそれだった。糊《のり》の利いた白い袷《あわせ》の上着に、白いズボン。前掛けは外してきたらしかった。男が湿った手拭いをたたみ直して懐に戻すとき、白地の手拭いの端に藍色《あいいろ》で「てらしま」と染め抜かれているのがちらりと見えた。

「てらしまさん」

コーヒーのカップをソーサーに載せてテーブルに置きながら、わたしは言った。

「お寺の寺にアイランドの島でよろしいんですか。それとも山へんに鳥の嶋ですか」

姿勢良く腰掛けるとますます調理人らしく見えてきたごま塩頭の男は、小さな手品でも披露されたようにまばたきした。

「橋元さんから連絡が入ってましたか」

「いいえ」

その手拭いですと、わたしはあっさり種明《たねあ》かしをした。男は懐に目をやり、「ああ」と声を出してうなずいた。

「私の店のです」

応接セットから腰を浮かせると、彼はズボンの尻《しり》ポケットから薄べったい財布を引っ張り出した。かなり使い込んだ黒革の財布だ。そこから名刺を一枚抜き出すと、一瞬迷ってから、わたしに手渡さずにテーブルに載せた。

〈和食処　てらしま〉。所在地は神田明神下《みょうじんした》、扇《おうぎ》ビルのB1だった。電話とファクスの番号はあるが、HP《ホームページ》のアドレスの類《たぐ》いは印刷されていなかった。

「山へんに鳥の寺嶋です」

名刺には「店主　寺嶋庚治郎《こうじろう》」とあった。

「カウンターが十席の小さい店です。私が板長《いたちょう》もしています」

娘夫婦が手伝ってくれていますと、弁解しているかのように早口で言い添えた。その口調の理由は、すぐに知れた。

「今は午後の休み時間です。ちょっと銀行に行ってくると言って、抜けてきました」

明神下からこの事務所まで、タクシーなら十分程度だろう。ただ今日はこの天気だから、もう少し手間取ったかもしれない。

「何時までに戻る必要がありますか」

寺嶋庚治郎は反射的に壁に時計を探し、それから自分の腕時計を見て、考えた。

「二時間ぐらいは大丈夫だと思います」

目のまわりに隈ができるほどの用件があるにしては、慌ただしい時間繰りだった。

「娘夫婦には知られたくないんですよ」

湯気のたつブラックコーヒーを見つめて、彼はぼそぼそと言った。

「私があれに関わることに、強硬に反対していますからね。無理もないんです。美春《みはる》も生まれたことだし」

その〈あれ〉が何を示すのか問う前に、確認した。「美春さんというのは、あなたのお孫さんですか」

寺嶋氏は、また手品を見たように目を瞠《みは》った。

「娘さんご夫婦のお子さんでしょう？」

「ええ。生後八ヵ月です」

「橋元さんとは、娘さんの学校関係でお付き合いが？」

「いや、もともとうちのお客さんなんです。もう十年来ご贔屓《ひいき》をいただいています」

急に客商売らしい口ぶりになった。

東進学園というのは、歴史はさほど古くないが、首都圏では名の知られた私学校である。小中高に、大学と家政短期大学がある。東進育英会はそれらの学校を運営する財団法人だ。東進学園の大本は、昭和初期にある資産家が興《おこ》した高等女学校だった。現在では男女共学だが、比率としては六対四で女子生徒の数の方が多い。一般的なイメージでは、良家の子女が好んで通う学校ということになっている。

その〈なっている〉イメージを守るために、わたしは何度か、橋元理事、現副理事長の依頼を受けて仕事をしたことがある。これからもそうするだろう。だが彼の専属ではない。橋元副理事長の信頼を得たことで、確かに強い人脈を得たが、自分の仕事は自分で選ぶ。

そう、わたしは子供相手の調査員だ。学校相手、家庭相手の調査員でもある。

寺嶋庚治郎はコーヒーを飲んだ。カップをソーサーに戻すと、固い音がした。

「橋元さんは真面目な人柄ですが」

寺嶋氏の声が震えを帯びた。

「清濁《せいだく》併《あわ》せ呑《の》むことのできる人です。ただお堅いだけの教育者じゃない。それはあなたも、橋元さんの依頼を受けているんだからご存じだろうけれど」

わたしは無言で彼と向き合っていた。〈あなたもご存じ〉の依頼の内容が、集団による手ひどいいじめだったり、未成年者の大麻所持だったり、更衣室内での強制わいせつ事件だったりすることを、寺嶋氏が〈真面目な〉橋元副理事長から打ち明けられているのかどうか、その青ざめたいかつい顔からうかがい知ることは難しかった。

「だから私も、そういう橋元さんが評価してる調査員にならあれのことを話してもいいとふんぎりがついたんです」

また〈あれ〉だ。無機物を指す代名詞ではなさそうに聞こえた。

「寺嶋さんがここへいらしたのが、娘さんのせいでも、娘さんのご主人のせいでも、お孫さんのせいでもなさそうだということはわかりました」

さっき急いでフードを脱いだときと同じように、彼は自分が不作法であったことに今気がついたというふうに、首を縮めた。

「すみません」

何も音の出るものを持っていなくても震えているのがわかるほどに、手がわなないていた。その手を不器用に動かして、寺嶋氏は懐から一枚の茶封筒を引っ張り出した。

「見てください」

そして自分は見たくないというように、手をおろして目を伏せた。

「きっと見覚えがあるでしょうよ」

何だか自棄《やけ》になったような言い方だった。

わたしは封筒を開いた。中身はたたんだ用箋《ようせん》と、一枚のモノクロ写真だった。L判より小さめで、身分証明書の類いに貼付《ちょうふ》する顔写真を引き伸ばしたもののように思えた。十三歳から十五歳くらいの少年の顔写真だ。カメラに正対している。濃い色の背広タイプの上着に、チェックのネクタイを締めている。制服だろう。ネクタイはきっちりと締めてあり、シャツのボタンもいちばん上まできっちりととめられていた。

目鼻立ちは整っているが、それでかえって無個性に感じられるタイプの顔だった。切れ長の目、少し腫《は》れぼったい一重瞼《ひとえまぶた》、すっきりと通った鼻筋。モノクロ写真ではありがちなことだが、全体にのっぺりと写っている。右の眉《まゆ》のこめかみに近い端に小さな黒子《ほくろ》が隠れているのが、かろうじて特徴と言えた。

わたしが顔を上げると、寺嶋氏も目を上げた。万引きの現場を押さえられた中学生のような目の色になっていた。

小首をかしげつつ、わたしは言った。「寺嶋さんが、どういう根拠で、わたしがこの少年の顔に見覚えがあるはずだと考えるのかわかりません」

寺嶋氏の目が翳《かげ》った。

「あなた、十二年前にはこの事務所にいたんですか」

「さっき寺嶋さんがおっしゃったように、ここは個人営業の事務所です。わたしは経営者であり、一人だけの調査員です」

わたしは言って、殺風景な事務所のなかをさっと目で掃《は》いた。

「十二年前には、この事務所はありませんでした。ついでに言うなら、わたしは調査員の仕事もしていませんでした」

寺嶋氏の、板長の制服らしい白い袷の襟元が、急に緩んだ。彼の肩ががくりと落ちたからだ。

「あんた、知らんのですか」

動作は落胆を示しているのに、声の方は、信じられない朗報を聞かされたように上ずっていた。

「これは、あのころ写真雑誌にすっぱ抜かれた顔写真です。今だって、ちょっと手間をかけて検索をすれば、すぐこの顔にお目にかかれます。あんた、子供の問題専門の調査員なんかしとるのに、あんな大事件に興味がないんですか」

そもそもあんたにだってお子さんがいるんだろうに——と、寺嶋氏は言った。そしてわたしの顔を見て、気まずそうに下を向いた。

「いや、それは関係ないか」

子供の問題を抱えてここを訪れる依頼人たちは、判で押したように、わたしの調査員としての能力や信頼性よりも、わたしに子供がいるかどうかを気にする。彼らは一様に、大人は——特に大人の女は、子供を持っていなければ、子供の気持ちや子供のやることを理解できないと思い込んでいるのだ。はっきり口に出してそう言わずとも、態度に表すことをためらいはしなかった。そういう自分たちが、自分の学校の生徒や我が子の問題で第三者の〈調査〉という形の介入を請わねばならぬという点で、子供の気持ちや子供のやることを理解できない大人になっているということは忘れてしまうらしい。

「この少年は誰ですか」

無表情というより、こういう顔写真を撮《と》られるときにふさわしい表情を浮かべることを積極的に拒否しているような白く整った顔を指さして、わたしは訊いた。寺嶋氏の答えを聞きたかったから。

寺嶋庚治郎は、わたしの指に引かれるように、写真に目を落とした。そして彼の側からは逆さまに見えるはずの少年と、まともに視線が合ってしまったかのように、顔を歪《ゆが》めた。

「私の息子です」

〈わたし〉が軽く濁って〈わだし〉に聞こえた。訛《なま》りではなく、声がかすれてしまったからだった。

「和己《かずみ》といいます。でも十二年前は——あの事件を起こしたころには、もっぱら〈少年A〉と呼ばれていました」

顔を歪めたまま、意を決したように真っ向からわたしを見ると、寺嶋氏は続けた。

「親を殺して、担任の先生も殺そうとして、学校に立てこもった。あんた、何も思いあたりませんか」

わたしは答えず、写真を見つめた。

わたしは彼を知っていた。

十二年前の四月のある朝、さいたま市内の自宅で就寝中の実母と彼女の内縁の夫をコンバットナイフを使って刺殺し、その遺体の首を切断してから制服に着替えて登校し、同じ凶器をふるって担任の女性教師に傷を負わせて人質にとり、駆けつけた警察官を向こうに回して、それから二時間以上も教室に立てこもった、この十四歳の少年を。

2

わたしの知識は、報道を通して得たものに限られている。しかも、もう十二年も昔の話だ。わたしが率直にそう述べると、寺嶋氏は意外にも、少しほっとしたような顔になった。

「そうすると、始めからすっかりお話しした方がいいんでしょうね」

彼にとっては何が〈始め〉なのか、わたしにはわからなかった。

「和己は、私が昔、柴野《しばの》直子《なおこ》とのあいだにもうけた子供なんです」

二人は結婚したが数年で離婚し、子供は柴野直子に引き取られた。親権も彼女のものとなった。

「以来、私とは縁が切れていました。どこでどうしてるのか、まったく知らなかった。だけどあの事件が起こって、子供の名前は伏せられていたけども十四歳だっていうし、殺された女――その子供の母親の名前はね、報道されましたから、それでわかったんですよ」

その時点では、彼は周囲の誰にもそれを打ち明けなかった。自分と別れた後の元妻の人生を知らなかったから、歳が和己と同じだというだけでは、犯人の少年だと言い切れない。柴野直子が再婚し、その相手に和己と同じ歳の連れ子がいたのかもしれない、と思った。

「思ったというより、そうであって欲しいと願っていたんです」

その願いは、数日で空《むな》しく消えた。事件の捜査関係者とメディアの取材記者たちが、犯人の〈少年A〉の実父である寺嶋氏を訪ねてきたからである。

彼がこんな形で元妻や我が子の消息を知る羽目になるまでには、入り組んだ経緯《いきさつ》があった。寺嶋氏がわたしに「始めからすっかり話す」と言ったのは、実に正直な表現だったのだ。

二十七年前、寺嶋庚治郎は調理師免許を取得したばかりの見習い調理師で、六本木にある和食料理店で働いているとき、柴野直子と知り合った。寺嶋氏は二十一歳。直子は二十八歳で、その料理店の事務員として働いていた。付き合い始めてすぐ直子が妊娠したので、いわゆる〈できちゃった婚〉だった。

「私の実家は福島の果物農家で、家業は兄貴が継いでおりました。けっこう羽振りがよかったんで、私も実家を手伝ってもよかったんですが、若いころにはちょっと悪さしていたりして、地元に居づらかった。で、勧めてくれる人もいて、上京して調理師学校に入ったんですよ」

寺嶋氏の若いころの悪さは、バイクを盗んで無免許で乗り回したり、深夜に駅前の繁華街で仲間たちとたむろしていて補導されたり、学校内で飲酒喫煙をしたり――という程度の、地方のちょっと無軌道を気取りたい若者には珍しくもない行状だった。それぐらいで地元に居づらいと感じるのは、むしろ彼の実家が物堅い家風であることを逆に証明していた。実際、彼は実家からの仕送りを無駄にすることなく、調理師学校をきちんと卒業して資格を得たのである。

「私に東京に出ることを勧めてくれた母方の叔父《おじ》が、調理師だったんです。やっぱり東京で修業して、そのころは地元に戻って店をやっていました。観光ガイドブックに載るくらい有名な店でね。私はこの叔父さんに可愛《かわい》がってもらってて、中学ぐらいのころから、洗い場の手伝いなんかしていました。それでまあ、おまえ筋がいいからと」

私も料理は好きだったし、と続けた。「旨《うま》いもんが好きです。酒は強くないけども」

直子は酒飲みでした、という。

「それよりもっと悪かったのは、あいつがパチンコ好きだったことです。近ごろじゃ、そういうのも〈依存症〉というらしいけども」

交際中にはわからなかったという。

「私は若僧で、直子に夢中になっていたんですよ。あいつは商業高校を出ていて、簿記ができました。それであっちこっち渡り歩いて事務員をしていたんですが、ひとところに落ち着けなかったのは、パチンコに使う金に困ると、仕事先の金庫やレジからちょろまかす悪い癖《くせ》があったからでした。そっちのヘキのことも、結婚するまではまるっきり気づきませんでした」

わたしは少し、プロの調査員らしいところを見せることにした。「結婚後に、直子さんのそういう悪癖に気づいたというよりも、結婚しようと決めた時点で、ご実家のどなたかから教えられたのではありませんか」

寺嶋氏がわたしに感心したかどうかはさておき、表情は暗くなった。

「直子の身上調査をしたのは、さっき言った叔父貴《おじき》です。都会暮らしをしたことのある人だから、私が最初に直子を実家に連れていってみんなに引き合わせたときから、ピンとくるものがあったんでしょう。私の親父《おやじ》もおふくろも、兄貴だって、のんびり者ですからね。そんなことは思いつきやしませんよ」

「身上調査をかけて、ほかにも何か出てきませんでしたか」

今度こそ寺嶋氏はわたしに感心したらしいが、褒めてくれるつもりはなさそうだった。

「直子には離婚歴があって、子供がいることがわかりました。そのころ十歳になっていましたから、直子が十八のときの子です」

最初の結婚相手は彼女の通っていた商業高校の教師で、二十歳年上だった。二人は柴野直子の卒業を待って入籍し、その半年後に子供が生まれた。

「その結婚は一年も保《も》たなかったようです」

「お子さんは」

「女の子です」

答えてから、寺嶋氏はそれがわたしのメインの質問ではないと気づいた。手でつるりと顔を撫《な》で上げた。

「直子のおふくろさんが引き取って、育てていました。実家は相模原《さがみはら》にあって、母親は駅前で小さいスナックを営《や》っていました」

おふくろさんは、今風に言うならシングルマザーだと、その表現に自信がなさそうな顔で言った。

「直子さんは、自分の母親とは？」

「いい関係じゃあなかった。赤ん坊を押しつけると、そのまま家出して、結婚のことも、子供のことも隠していたんですよ」

隠すより、失《な》かったことにしたかったのかもしれない。

「直子のおふくろさんも、しょうもない娘のことはすっぱり諦《あきら》めて——というよりは見捨てて、探そうともしなかったようです。それでも和己の事件の後、おふくろさんと、和己とは胤違《たねちが》いの姉にあたる女の子のことも、記者たちが探り出しましてね。おふくろさんは店をたたんで、二人でどこかへ逃げてしまいました。私の知ってる限りじゃ、あのおふくろさんはしっかり者だったし、子供もちゃんと育っていた」

また手で顔を撫でながら言い足した。「お恥ずかしい話ですが、私はテレビのレポーターから、二人が移った先が名古屋のどっかだってことを教えてもらいました。自分じゃ調べられなかったし、あの二人のことを気に掛けるような余裕もなかったから」

「それ以降、音信は？」

「ありません。向こうさんも、私らとはもう縁を切りたいんでしょう」

もっともな話ですと、彼は小さく言った。

わたしは席を立って二つのカップにコーヒーを注《つ》ぎ足《た》し、机の引き出しからガラスの灰皿を取り出してテーブルに置いた。

寺嶋氏は救われたような顔をした。が、衣服の胸元を叩《たた》いてみても、タバコは見つからなかった。わたしは同じ引き出しからマイルドセブン・ライトと使い捨てライターを取り出して、灰皿の脇に添えた。愛煙家がタバコをポケットに突っ込むのを忘れてタクシーに飛び乗る。それはほかのどんなことよりも、彼が急いでここへやってきたことを確実に裏書きしていた。

「いただきます」

寺嶋氏がタバコをくわえ、わたしは火を点《つ》けた。自分も同じようにした。

「そういう事情で、私の家族はみんなこの結婚に反対でした」

深く吸い込んだ煙を長々と吐き出して、寺嶋氏は続けた。「私は逆に、ムキになっておりました。直子が私より七つも年上だってことを言われると、姉さん女房の方が頼りになるって言い返したし、パチンコ好きや金にだらしないことを言われると、俺《おれ》と所帯を持って落ち着けばそういう悪癖も直る、俺が直してやるんだって言ったんですよ」

「ただお金にだらしないのと、他人のお金と自分のお金の区別がつかないのとは、だいぶ違います」

それは、今さらわたしなどに説教されずとも、寺嶋氏は骨身に染みて知っているだろうことだった。彼は答えずにタバコを吸った。

「だからこそ私にも意地があって、頑張ったんですがね」

二年と三ヵ月で、夫婦は離婚を決めた。

「やっぱり意地っ張りに聞こえるでしょうが、パチンコのせいじゃありません。直子に男がいることがわかったんで――それも、私と一緒になる前から続いている仲だってことが知れたんで、もういかんと思いました」

「叔父さんが雇った調査員は、その男の存在を見落としていたんでしょうか」

「それがなかなか難しくて」

誰のために難しいのか。その調査員にとってか、寺嶋氏にとってなのか。

「べったり続いてる仲じゃなかったんですよ。男の方もふらふらした野郎で、ときどき思い出したように直子のところに戻ってくるというふうで」

今度はわたしがテーブルの上の少年の写真に目を落とした。

「その男が、直子さんと一緒に殺された」

柏崎紀夫《かしわざきのりお》。十二年前に殺害された当時で四十八歳、職業は自称・貸金業だった。実態としては、闇金《やみきん》業者の周辺で半端《はんぱ》な取り立て仕事をもらって食いつないでいる、一度もヤクザになりきれたためしがないまま薹《とう》がたってしまったチンピラだった。

「そうです」と、寺嶋氏はうなずいた。「直子と同居してたんですよ。ずっと続いていたらしい。直子が私と結婚して、和己が生まれたころには、柏崎は刑務所に入っていたんですがね」

「傷害罪で服役中だった——確か三年ぐらいの刑じゃありませんか」

寺嶋氏はフィルターぎりぎりのところまで吸ったタバコを丁寧に揉《も》み消して、目を上げた。「よく覚えてますね」

「あのころは、テレビを点けるとこの事件の続報や詳報を流していましたから」

少年自身のプロフィールを報道できない分、殺害された彼の両親が、恰好《かっこう》のネタになったのだった。

「お話を伺《うかが》っているうちに、思い出してきたんです」

「柏崎がムショから出てきて、また直子の前に現れたんで、私らが離婚する羽目になったんだってことも、テレビでやってましたか」

「ええ、たぶん」

寺嶋氏はわたしの顔から目を背《そむ》けると、もう一本タバコを取った。

「和己をどうするかで、揉めました」

声音は依然として落ち着いていて、抑揚を欠いていた。

「私は引き取りたかった。正直、実家のおふくろをあてにする気でいました。男手ひとつで、しかもまだ調理師として一人前にもなってない状態で、二歳の子供を育てる自信はありませんでしたからね。けども、おふくろはもちろん、親父も兄貴も大反対でした」

「叔父さんも」と、わたしは訊いた。

寺嶋氏はゆっくりとうなずいた。

「地方の人間は都会の人よりのんびりしてますが、一旦《いったん》駄目だとなると、梃子《てこ》でも譲《ゆず》りません。私はおふくろが、和己はあの女の子供であって、うちの孫だと思ったことはないというのを聞いて、耳を疑ったもんでしたが」

「耳を疑ったのは、そのときが初めてではなかったんじゃありませんか。それ以前にも、あなたが妊娠中の直子さんと結婚すると宣言したときに、ご両親も、お兄さんも叔父さんも、彼女のお腹《なか》の子があなたの子かどうかわかったもんじゃないと言ったはずですから」

寺嶋氏は怒らなかった。意外なほど柔和に苦笑した。物慣れた客商売の人間の苦笑だ。

「おたくさんにかかると何でもお見通しだ」

彼がわたしの依頼人になる気はあっても、未来永劫《えいごう》、わたしが「てらしま」の客になる気遣いはないと知っているからこその、遠慮のない言い方だった。

「ええ、そうですよ。和己が生まれる前とそのときと、そっくり同じことを繰り返したようなもんでした。当時は誰も、万事に目端がきく叔父貴でさえ、親子鑑定なんていう洒落《しゃれ》たことは思いつかなかったけども」

寺嶋氏の叔父は、鑑定の結果、庚治郎と和己が真に遺伝情報を共有する父子であると判明することの方を恐れたのではないかと、わたしは思った。その方が、万事に目端がきく人物の危機管理としてはふさわしい。

「そんなんで、和己は直子が引き取ったんです。養育費だ何だって後腐れがあるのはよくないって、兄貴と叔父貴が奔走して三百万円を工面してくれましてね。それを直子に渡して、これ以降は寺嶋の家とはいっさい関わりを持たないって一筆取って、私は独り身に戻ったんです」

それから一年足らずで、彼は再婚した。相手は地元の高校の同級生だった。

「またお兄さんか叔父さんの計らいですか」

今度も寺嶋氏は怒らなかった。また丁寧にタバコを消した。

「いや、家内とは、離婚して半年ぐらいして、夏祭りで帰省したときに会いましてね。もともと近所の娘で、家同士の付き合いもあった。家内は私が再婚であることも、前妻とのあいだに子供がいることも知っていました。そういうことは、地方じゃすぐ噂《うわさ》になるからね」

都会でも事情は同じだ。ただ、噂のなり方に違いがあるだけだ。

「昔のことはきれいに片付いてるって、私の言葉を、家内が疑ったことはありません。疑われるような出来事もなかったんです。私は直子と和己の消息を知らなかったし、もちろん探すつもりもなかった。あっちから接触してくることもなかった」

十二年前、柴野和己があの事件を起こすまでは、この父子の関係は完全に切れていた。

「ときどきは、和己がどうしてるか、ぼんやり考えることはあったけども」

いつも、すぐその考えを押し戻したという。

「私は当時、直子は和己を、また相模原のおふくろさんに預けるに決まってると思っていました。だってそうでしょう？　その方が直子だって……都合がいいんだから」

わたしに同意を求めているというよりは、自分に言い聞かせていた。

「あの事件があって、和己がどういう育てられ方をしてきたのかわかるまでは、私は本当にそう思い込んでいたんですよ」

どういう育てられ方、か。

柴野直子とは内縁関係だったから、当初の報道では誤って「継父」と称されることのあった柏崎紀夫は、和己にとっては父親ではなく、母親の同居人に過ぎなかった。それも不安定で不適切で、危険な。

警察官の説得に応じて投降し、身柄を拘束されるとすぐに、少年は進んで取調官に語った。僕は家で虐待されていた、母と柏崎を殺したのは、自分の身を守るためにはほかに手段がなかったからだ、と。学校の成績はほとんど劣悪というレベルだったが、彼は記憶力がよかったし、言語表現も豊かではないが的確だった。

捜査が始まると、そうした彼の供述が妄想ではないことは、気が滅入《めい》るほど早く次々と裏付けられていった。

小学校にあがるくらいの年齢から、彼は二人に、万引きや窃盗を強《し》いられていた。対象は近隣の店ばかりではなく、かなり遠方にまで、直子はこのために和己を連れ歩いている。一方、学校では教材費や給食費を滞納し、教職員たちには、母子家庭だし自分は病弱なので、家計が苦しいと訴えていた。

——母はよく言ってました。犯人が小さい子供だと、盗まれた方も警察を呼ばないって。学校は、そもそも金をとるのがおかしいんだから、払わなくていいんだって。

不規則な生活で、直子が外出してしまうと一人で放置されることも多く、きちんと食事を与えられないので、和己は同年代の子供の標準より小柄でひ弱だった。彼が小学三年生のときの担任教師が、見かねて柴野直子と面談し、生活保護の受給を勧めた。この申請は受理されたが、それが和己の生活環境の改善につながることは、とうとうなかった。直子はパチンコ依存症のままだったし、柏崎もギャンブル好きで、二人で消費者金融からの借り入れを繰り返していた。

実母と内縁の夫の都合で、和己は養育放棄されたり、暴力で〈躾《しつ》け〉られたりした。特に後者は和己が物心ついてきて、万引きや窃盗を嫌がるようになると、次第に激しく、日常的なものになっていった。まだ具体的なアクションを起こして大人に逆らうことのできないこのころの和己は、直子と柏崎にとって便利な道具だったらしい。

確認された限りで過去に二回、和己は〈当たり屋〉として自動車事故に遭い、二度とも軽傷で済んだものの、柴野直子は加害者側から治療費や事故の和解金をせしめている。万引きと窃盗については、さすがの和己もそのすべてを記憶していないほどの回数に及んでいた。

捜査が進むと、柏崎がいくつかのハンドルネームを使い分け、児童ポルノのサイトに和己の下着姿や裸の写真をアップして、少年を好む〈客〉と取引をしていたという事実も浮かび上がってきた。これは和己が十歳から十二歳ぐらいまでの間の出来事で、取引は何度か成立し、柏崎は八十万円ほど稼いでいる。こちらの件では、和己は柏崎に「恥ずかしい」写真を撮られたことは覚えていたものの、母親がどの程度関与していたのか、柏崎が写真を売る以上の商売を考えていたのかどうかは、確認することができなかった。それでも彼の供述がきっかけで、児童ポルノ禁止法違反容疑で数名の男女が逮捕されることにはつながった。

事件の重大性から、成人と同じように刑事事件の被告人として裁きを受けることになると、法廷の柴野和己は、取調官に対して率直に供述したのと同じように、自分の身に起こったこと、自分がやったことについて、取り乱すこともなく証言した。その態度に法廷が、ひいては報道によってその供述内容を知った一般社会が、かえって彼の精神状態に疑いを抱いてしまうほど、和己は冷静だった。

——事件の半年ぐらい前から、母と柏崎は、僕を殺そうと考えてました。

中学生になった和己は、二人に支配される環境は変わらずとも、既に幼児でも児童でもなかった。成績が悪く、体格も貧弱で、教室では孤立しがちだったけれど、それでも何人かは友達もできた。

和己は曲がりなりにも成長し、自分の意思で外の社会とコミュニケートできるようになったのだ。それはすなわち、友人たちの暮らしぶりを自分のそれと引き比べ、その落差、自分の置かれている環境の異常性に、自力で気づくことができるようになったということだ。その先には、外の社会に自分の言葉で窮状を訴え、助けを求めるという道も開かれている。

直子と柏崎にとって、これはきわめて現実的な、差し迫った脅威だった。告発される前に、和己の口を塞いでしまおう。ついでに、最後のひと儲《もう》けすることもできるかもしれない。二人はそう企み始めていたと、和己は証言した。

——僕に保険をかけて殺そうと相談していました。ここそこ話しているのを何度か聞いちゃったんです。

直子と柏崎が、ひとつ屋根の下に暮らしている和己の耳を憚《はばか》らず、こんな相談をすることは考えにくい。たまたま耳にしたという和己の証言には、その点では疑問が残る。しかし、和己が中学一年生になって間もなく、直子があちこちの保険会社に電話をかけて資料を取り寄せたり、支店や営業所へ足を運んでいたことは事実だった。

そのなかの一人、直子が熱心に通っていたある生命保険会社の営業マンは、出廷して彼女の相談内容を証言した。裏付けとなる業務日報も証拠として提出した。それによると、柴野直子は学資保険や医療保険についての説明には興味を示さず、十三歳から十四歳くらいの子供に、多額の死亡保険金が給付される保険を掛けることができるかどうか、掛けるとしたら月々の掛け金はいくらになるかということばかり、しきりと聞きたがったという。

不審に思ったこの保険会社は、婉曲《えんきょく》な表現ながら、彼女との交渉を断った。直子は怒って帰り、その後何度か柏崎らしき人物が（母子の知人と名乗って）クレームの電話をかけてきたが、会社側が態度を変えないと、連絡は途絶えた。

事件後の家宅捜索では、彼らが住んでいたアパートの室内から、生命保険や損害保険の大量のパンフレットが発見されている。書類の郵送による申し込みだけでいい共済系の保険の資料もまじっていた。一度断られたので、学習したのかもしれない。

――交通事故なら相手方からお金がとれるから、また当たり屋みたいなことをさせられるかもしれないと思って、怖かった。

駅のホームでは端に立たない。直子や柏崎と外へ出るときは、車道側を歩かない。いつも注意していたと、十四歳の少年は証言した。

――このままだと殺されちゃうから、何とかしないといけないと思いました。

その〈何とか〉が、彼の通う公立中学校の担任教師に、事情を打ち明けることだったのだ。彼にはほかに、あてがなかった。

自治体の児童保護施設は、一度もこの母子に接触したことがない。近隣や医療機関からの通報もなかったから、危険を察知することができなかったのだろう。手抜かりだったと言えばそうだろうし、あるいはこの点では、直子と柏崎の立ち回り方が巧妙だったのだとも言える。直子はずっと無職で定収入がなく、生活保護を受給する状態が続いていたから、定期的に市役所の担当者と面会していたが、そこでチェック機能が働くこともなかった。柏崎は件《くだん》のアパートには住民票を置いておらず、たったそれだけのことで、制度上の彼は透明人間になり得た。

和己が担任教師に頼ったのは、彼の立場では無理もない。最初は和己が一年生の二学期の終わり、冬休みに入る直前のことだった。

しかし学校側には、この少年のSOSを受け止める用意がなかった。やがて和己によって重傷を負わされ、人質にとられて死にかけることになるこの担任教師は二十代の女性で、教師としての経験はまだ浅かった。学校にはスクールカウンセラーもいなかった。担任教師は、事情を語る和己の淡々とした態度と、話の内容の異常性に、かえって疑惑を抱いた。事件が司法の場に引き出されたとき一般社会の人びとが困惑したように、彼女も困惑したのだ。

にわかに信じられる話ではない。途方もない話で、母親に対する中傷でもある。柴野和己が母親とのあいだに問題を抱えていることは確かだとしても、彼が語る犯罪小説的ストーリーは事実ではなかろうと、彼女は考えた。むしろ、やはりその後の法廷がそうなったように、彼女が危惧《きぐ》したのは柴野和己の精神状態の方だった。当時、彼女がこの問題について相談した学年主任の教諭も、この話を鵜呑《うの》みにするのは危険であり、慎重に対処すべきだと助言している。

切迫して助けを求めていた柴野和己は、その態度に不満を覚えた。その不満は、三学期に入って、担任教師が〈慎重な対処〉の一環として柴野直子に連絡をとり、学校内で彼女と面談したという事実によって、大きな怒りへと育っていった。

――先生は僕のことを信じてくれない。それどころか、僕の話を母にバラしちゃった。

だから先生も殺そうと思ったのだ。

ただ少年は、この件については取り調べの早い段階から心境に変化を起こし、公判でもはっきり謝罪している。あれは誤解だった。警察の人や弁護士さんとよく話し合ううちに、だんだんそう思えるようになってきた。先生がすぐ僕を信じてくれなかったのも、仕方なかった。僕が先生にあんなことをしたのは、確かに腹が立ったからだけど、考えが足りませんでした。間違ったやり方だったと、今では思います。

その謝罪もまた淡々としていた。

「あなたは公判に？」と、わたしは訊いた。

寺嶋氏はうなずいた。「証人として出ました。和己が生まれた当時のことや、直子との離婚の事情を説明して」

それから――と、小声になった。

「和己がどういう罰を受けるにしても、社会復帰するときには、私が父親として責任を持って面倒みると言いましたよ」

「彼と面会は？」

「あのころは会ってません。何度か頼んだんですが、和己が私に会いたがらなかった」

寺嶋氏が傍聴に来るのもひどく嫌がり、和己君が動揺するので控えてくれと、弁護士に言われたそうだ。

「和己は最初、私のことを忘れてたんですよ。実際、あんな非道《ひど》い目に遭《あ》っていても、私のところに逃げるとか私に頼るとか、そういうことはいっぺんも考えなかったんだから」

私はいない人間だったと言った。

「いない人間が急に出てきたら、幽霊みたいなもんでしょう。和己は私を怖がっていた」

「すると、父親として彼の社会復帰を手伝うという発言は、和己君の意思を確認した上のものではなくて」

「そうですよ、私の独断です」

急に気を悪くしたように、寺嶋氏は声を尖《とが》らせた。「親としちゃ当然です」

「でも、あなたの今のご家族には反対されたんでしょう」

寺嶋氏は黙っている。

「メディアの取材合戦にも、皆さん、当時はずいぶんと迷惑したのではありませんか」

「私が一人で引き受けるようにしたからね。それに、迷惑なことばっかりでもなかった」

情報源になった、という。

「警察も検事も、和己の弁護士だって、私には何も教えてくれなかった。こっちが知りたいと思うことに限って、隠すんですよ。和己のためにならないとか言って。だから記者とかレポーターの人たちは、むしろ有り難いくらいだった」

「彼らが持ってくるのが、正確な情報だとは限らないのに」

「何もわからないよりは、ましでした」

わたしは、自分の子供についてわからなくなってきて、この事務所を訪れる親たちのことを考えた。不確かな情報でもいいから欲しいという要請は、ほとんど受けたことがない。彼らが求めるのは確証であり、しかも〈良き確証〉だ。彼らの疑惑を晴らしてくれる確証である。

「確か、大弁護団が付きましたよね」

「弁護士さんが十二人もいました。皆さん、手弁当でね。私は何もしちゃいない。その点じゃ、もちろん有り難かったですよ」

「精神鑑定は――」

「何かいろいろやりましたけど、発達障害とかいうことで落ち着きました。私には難しいことはわからんけども、何でこんな手間暇かける必要があるのかって思いましたよ」

だって和己は最初っから正気だったんだからと、きっぱり言い切った。

「自分が万引きとか当たり屋とか悪いことをさせられてきたって、ちゃんと理解してたんですよ。このままだと殺されるっていうのも、あれの妄想なんかじゃなかった。直子と柏崎は、いろいろ企んでたんだから」

和己は頭もよかったし、という。

「調べたら、知能指数が高かったんです。学校の成績が悪かったのは、あんな生活でろくすっぽ勉強できなかったからですよ。だって今じゃ、私なんかちんぷんかんぷんの難しい本を読んでますからね。事件のことだってちゃんと」

勢い込んだように言って、寺嶋氏は言葉を止めた。わたしは黙って彼の目を見た。

「あんた、判決を覚えてますか」

わたしは首を振った。「教えてください」

「和己は——善悪の区別はついていたし、話もしっかりできましたけど、感情がないっていうか、喜怒哀楽がなくってね」

淡々と冷静で、ほとんど機械のようにさえ見える少年。

「最初、医療少年院に送られたんです。二年ばかりそこにいました。私は別に、医者の治療なんか要らないと思ったけどね。まともな生活をおくれれば、すぐ普通の子供と同じようになるって」

「実際、どうでしたか」

「みるみる良くなりましたよ。笑ったり泣いたりするようになった。事件のことを思い出すと怖いって、夜眠れなくなったり」

ああだからと、両手で顔を拭った。

「医療少年院に入れてもらって、やっぱり良かったのかな。保護してもらってね。そうでないと、自分のしたことが重荷になって、今度こそ本当に心の病気になっちまったかもしれないです」

医療少年院を退院すると、柴野和己は少年鑑別所に移った。

「八年、そこにいました。罪は罪だから、償わなくちゃいけない。担任の先生にしたことはもちろんだけど、直子と柏崎のことだって――人殺しは人殺しなんだから」

「彼がそう言ってるんですか」と、わたしは訊いた。「あなたの解釈ではなくて」

寺嶋氏は気色ばんだりせず、穏やかに答えた。「そうです。本人が納得して、八年間一生懸命務めたんです。やっと人間らしく扱ってもらえるようになって、和己はもともとの自分を取り戻したんだ」

死んでいた心が生き返った、と。

「私のことも、だんだん父親として認めてくれるようになりました。最初のうちは、まるっきり駄目でね。面会も嫌がられるだけだった。私は手紙を書きました。あれに渡すか渡さないかは、あちらの医者や教官にお任せするしかありませんでしたけど、ともかく私の存在を思い出してもらうために、せっせと書きました。そのうち返事が来るようになって、会ってもいいって」

ひと息にぶちまけて、寺嶋氏は声を詰まらせた。目の前にあるタバコが見えないかのように、バタバタと手探りで一本取ると、火を点けた。

「面会のたびに、私は謝りました。和己が感情的になって、何で僕を捨てたんだって叫ぶこともあった。こっちは謝るしかない。弁解なんかできるわけないんだから」

タバコが震え、立ち上る煙が乱れた。

「長かったですよ。でも、年月がかかったことが良かったのかもしれない。今の和己は、生まれ変わったみたいになってます。出所してすぐに、先生に謝りに行きたいって言ったぐらいだし」

「実現しましたか」

「手紙や電話とかでやりとりして、しばらくかかりましたけどね。先生に会ってもらえて良かった。感謝しています」

「出所後は、あなたが身元引受人に?」

「親ですからね」

即答してから、彼は目を伏せた。

「近くにいますけども、一緒に住んではいません。ですからその、家内や娘たちが」

「今も、和己君を引き取ることについては反対しているから」

下を向いたまま、寺嶋氏はうなずいた。

「ずっと保護司さんのところにいます。電気工事会社の社長さんなんですよ。和己は職業訓練で、電気工のいろはを教わったから」

「じゃ、そこで働いているんですね」

「そうです。恵まれた再出発だと思います。社長さんにも奥さんにも、よくしていただいています」

そしてようやく目を上げると、

「今も、柴野和己と名乗っていますよ。私は反対したんだけどね。寺嶋姓を名乗った方がいいって。でも和己は」

――それじゃ父さんの家族に悪いよ。

「柴野の名字を捨てたら、直子にも申し訳ないからって」

自分を虐待し、保険金殺人まで企てていた母親に、申し訳ないと感じる。それは柴野和己にとって真の更生なのだろうか。

そんな疑問がわたしの頭をよぎった。それが正しい善悪の区別なのだろうか。彼自身は、真実そう思っているのだろうか。

「もちろん、すべてが完全に丸く収まったわけじゃありません」

寺嶋氏の声に、わたしはまばたきして注意を戻した。

「私も和己も、今でもお互いに遠慮してると言えばいいんですかね。私に家庭があるんで、自分のことが原因でそっちがぎくしゃくするのを、和己は恐れてます。だから私が会いに行くと、早く帰った方がいいって心配するんですよ」

店を空《あ》け、こんなふうに慌てて外出するのは、彼にとっては珍しいことではないのだろう。ひょっとしたら今日も、行き先を確かめずに父親を送り出した娘夫婦は、寺嶋氏が和己に会いに行くと思っているのかもしれない。

「それ以外にも、丸く収まっていないことがある」と、わたしは言った。「だからこそ、あなたはここへ来られた」

話はようやく、彼がこの事務所を訪ねてきた目的へとたどりついたようだった。

窓の外には雪まじりの雨が降り続いている。旧式のエアコンが吐き出す温気《うんき》のなかで、寺嶋氏は軽く身震いをした。

「和己が——自分の事件のことをね、あのころどんなふうに報道されてたのか知りたいって、ネットをいろいろ調べて」

彼の身震いは止まらない。

「何がきっかけだったのか知らんが、去年の暮れごろから始めたんですよ。そんなことはやめとけって、私は言ったんです。でも本人はどうしても気になるようで、保護司の社長さんも闇雲《やみくも》に止めると逆効果だし、私らに内緒でやるよりは、和己の気が済むようにさせて、ちゃんとフォローすればいいって言ってくれたもんだから」

和己が過去のことに向き合ってゆく作業も必要なんだろうし、と呟《つぶや》いた。

「それで、何を見つけたんですか」

なぜか急にひるんだようになって、寺嶋氏はわたしの問いかけから逃げた。

「その封筒のなかに、必要な事柄は書いて入れてあります」

「あなたの口からは言えないようなことなのでしょうか」

寺嶋氏は歯を食いしばり、それから短く何か言った。小声で、しかも日常語ではない語感がして、わたしは聞き取れなかった。

「何とおっしゃいました?」

「救世主《メシア》」

彼は答え、口の端を無理に引き攣《つ》らせて、笑おうとした。

「〈黒き救世主《メシア》〉というんです。人間じゃない。化け物です。それがあっちこっちで別の事件を起こしてるっていうんです。子供を虐待する親や、子供を餌食《えじき》にする犯罪者を退治してるんだってね」

その化け物を、柴野和己は見たのだという。

――本当なんだよ、父さん。

あの化け物は、僕だ。

3

それは都市伝説の一種のように思えた。

柴野和己が発見したのは、「黒き救世主と黒き子羊」というサイトだった。

何でもありのネット社会には、猟奇犯罪や凶悪事件に興味を持ち、それについて飽きず語り合うサイトがあっても不思議はない。野次馬根性丸出しのものから、事件解決や再発防止を望む生真面目なものまで、その多くは、事件が発生してメディアが騒ぐなかで誕生し、報道が沈静化するに連れてしぼんで消えてゆく。今までもそうだったし、これからもそれを繰り返すだろう。

しかし、少年Aこと柴野和己の事件の場合は、少し違った。これが十四歳の少年による〈自衛の犯罪〉だったことが、当時の報道に触れた人びとの一部――おそらくは事件当時の和己と同年代の少年少女たちの一部に、この事件をただ消費して忘れてしまうことを許さなかったのだ。そしてそれが、あるきっかけで形を成した。

柴野和己が発見したというサイトは、歴史の古いものではなかった。六年ばかり前にできたサイトだ。仰々しいようなおどろおどろしいような、人によってはギャグだと思うようなタイトルからは思いがけず、管理はしっかりなされている。これまでの経緯についても手際よくまとめられていた。

発端は、巨大掲示板へのひとつの書き込みだった。ハンドル名を〈てるむ〉と名乗る人物の、こんなコメントだ。

〈埼玉の教室ジャックの少年Aが、鑑別所で自殺したんだって〉

六年前なら、確かに和己は少年鑑別所にいた。だが、このころには既に寺嶋氏との面会にも応じていて、徐々に明るさを取り戻し、社会復帰についても現実問題としてとらえられるようになっていた。もちろん自殺を試みてはいない。だからこれは誤報であり、デマなのだが、書き込んだ人物は「ちゃんとした情報源から聞いた」と主張して、引き下がらない。

〈死刑になりたいって言ったのに、生かされちゃったからですね。でもこれで、やっと彼が願ったとおりに生まれ変われるんだから、よかったですね〉

和己が死刑を望み、生まれ変わることを願ったという、これも事実ではない。ただ鑑別所で自殺したという完全なデマとは違って、こちらの方には一定の根拠があった。公判中に、確かにそういう報道があったのだ。

ある週刊誌の〈独占スクープ〉だった。「教室ジャック少年Aの供述調書を入手した」とうたって派手に書き立てたのだが、二週間で尻すぼみになった。スクープの根拠となった当の供述調書とやらが、捏造《ねつぞう》だということが判明したからである。

こうした事件の報道に、当事者や関係者の供述調書は貴重なネタ元となる。だが成人の事件でもそうだし、少年事件ではなおさらだが、そんなものが右から左にメディアの人間に流れるわけがない。仮に入手できたとしても、まともなジャーナリストなら、それを情報源として使用する際には慎重に扱うものだ。

この独占スクープでは、その点がまず開けっぴろげ過ぎておかしかった。記事が出ると即座に検証の動きが起きた。もちろん弁護団も激しく抗議した。記事のなかで少年Aの供述とされているものは、一から十までデタラメだ、と。

このネタは契約ライターの持ち込みで、掲載にあたっては編集部内でも慎重論が強かったらしい。件《くだん》のライターは以前にも捏造記事問題を起こしたことがあり、業界の一部では詐欺師《さぎし》扱いされている人物でもあった。反響の大きさにあわてた編集部は遅まきながら検証作業を始め、結局は記事を撤回して謝罪する羽目になった。

そして、少年Aが取調官に「死刑になりたい云々《うんぬん》」と話したというのは、この捏造記事のなかのエピソードなのである。

「黒き子羊」のサイトのなかには、公には抹消されたはずの記事の全文が載せられている。そのなかで、今後どんな処分を受けることになると思うかという取調官の問いに、少年Aはこう答えている。

――死刑になりたいです。未成年者だからって、死刑にならないのはおかしいと思う。僕は死んで生まれ変わる。人間を超える存在になって、またこの世に戻ってくる。そして母や柏崎みたいな悪い人間を退治するんです。僕みたいな悲惨な目に遭っている子供たちとか、女の人たちとかを救いたい。

さらにこの独占スクープでは、この供述調書が公判に持ち出されず、闇《やみ》から闇へ葬られてしまったのは、少年Aがこのような誇大妄想的な空想にとらわれていることを明らかにすると、少年を罰したい検察側にとっても、少年を保護したい弁護団にとっても、双方に等しく〈都合が悪い〉からだという、もっともらしい解釈まで付けていた。

要するに、何から何まででっちあげだったのだ。だが、一旦「報道」として世に出た情報は、とりわけ今日のようなネット社会では、完全に消え失せることがない。ハンドルネーム〈てるむ〉は、その消え残ったものに接触し、信用したというわけだ。

当の巨大掲示板では、すぐに活発なリアクションが起こった。おおかたは〈てるむ〉を諌《いさ》めるか揶揄《やゆ》するものだった。なかには、立場上こういうところに書き込むのは憚《はばか》られるのだけれど、看過できないからと断った上で、〈教室ジャックの少年Aは自殺などしていません。鑑別所で社会復帰を目指して頑張っています。彼の名誉のためにも、そのような誤情報を信じないであげてください〉と書き込む人物もいた。

しかしこうした動きにも、〈てるむ〉は態度を変えなかった。むしろ頑《かたく》なに自説に固執して、少年Aが自殺したという情報は確かだ、彼の自殺は、彼を鑑別所なんかに放り込んだ国家権力にとっては敗北だから、絶対に認めない、真実というものはいつもこうやって隠されてしまうのだという主張を続けた。

そのうちに、彼に賛同するグループが生じた。彼に味方し、彼が訴える「少年Aが生まれ変わって人間を超えた存在になる」というストーリーに共感し、共振する。

ネット社会に馴染みが薄くても、そこでやりとりする人びとが、常に「本当のこと」「本当の自分」を語っていると信じるほど、わたしも純朴ではない。特にこういうトピックを巡っては、単純に話の成り行きを面白がって参加する者もいるだろう。だがそれを差し引いても、〈てるむ〉の主張に賛同する人びとの書き込みからは、彼らをそう駆り立てる何か、興味以上の何かが伝わってきた。

彼らのなかには、〈自分も親に虐待されている〉〈夫に殴られている〉〈友達のうちが少年Aのうちとそっくり〉と進んで打ち明ける人びともいた。だから少年Aの気持ちがよくわかる。彼のように思い切った行動をとれない自分がもどかしい――

それもどこまで真実かわからない。実際、彼らの告白や告発もまた、〈てるむ〉の主張と同じように諌められたり揶揄されたり、手加減抜きで罵倒《ばとう》されたりした。

ほどなく〈てるむ〉が、彼らのグループのためのサイトを立ち上げる。サイトの名前は「犠牲《いけにえ》の子羊」だった。安心してやりとりできる場所を確保して、グループのメンバーたちは、ますます熱っぽく彼らのストーリーを語るようになった。

〈そもそも少年Aが裁かれたのがおかしかった。彼の方こそ犠牲者で、正義の人なのに〉

〈自殺したことで、彼はやっと自由になったんだ〉

〈父親に虐待されてます。毎日、死んでしまいたいくらい辛《つら》い。誰も助けてくれない。少年Aがホントに生まれ変わって、うちの父親を殺してくれたらいいのに〉

〈今、彼はどこにいるんだろう？　どうすれば彼に会えるんだろう？〉

少年Aに会いたい。どうすれば彼の魂と接触できるのだろう。生まれ変わってくる彼は、どんな姿をしているのだろう。我々の目に見えるのだろうか？

サイトのなかに、そんな問いかけに応じる者が現れたのが、「犠牲の子羊」が立ち上がって半年ほど経《た》ったころのことだ。

この人物は、〈てるむ〉のような実務的なまとめ役ではなく、教祖だった。ひとつの空想を宗教的ヴィジョンにまで高め、その空想を共有するグループを〈信者〉の集団へと変えることのできる力を持っていたのだから、そう呼んでもいいだろう。

〈我が名はユダス・マカバイオス〉

そう名乗って、その人物は「犠牲の子羊」たちの前に現れた。風変わりなこの名は、紀元前二世紀ごろ、ユダヤ教を奉じるユダヤ地方で、この地を支配する異教の王の暴虐に耐えかねて独立戦争を起こしたユダヤ人の指導者の名前だ。ヘブライ語で〈鉄槌《てっつい》のユダ〉という意味になる。この場合のユダは単にユダヤ人の男性の名前であって、新約聖書に登場するあの裏切り者のユダではない。

〈私は預言者〉だと、〈鉄槌のユダ〉は宣言した。〈「油を注がれた者」の到来を待ち受け、子羊たちを彼の元へ導く者〉であると。

「油を注がれた者」とは、これもヘブライ語の直訳で〈救世主《メシア》〉を意味する。そうした宗教的雑学と正義と復讐《ふくしゅう》と救済の物語を駆使して、鉄槌のユダはまたたく間に「犠牲の子羊」たちを煙《けむ》に巻いてしまった。あるいは掌握してしまった。この場合はどっちでも同じだ。

まともな大人の目には、現実と空想（または願望）の境目を見失っているという点では、もともとのメンバーの子羊たちよりも、鉄槌のユダの方がより深く混乱しているように見えるだろう。ユダの語る物語は単純な善悪二元論で、今の世界は悪魔に支配されており、腐りきっていると説く。だが時が満ちれば神が地上に降臨され、悪魔の軍勢との最終戦争を始める。そして完全な勝利を収め、地上に真の幸福を実現する千年王国を築く。そこに暮らす資格のある者たちは、神の軍勢で雄々しく戦った戦士たちと、かつては悪魔とその下僕どもに虐げられ、苦しみ抜いた末に救済された犠牲者たちだけだ――

物語のなかにちりばめられたガジェットの大方は、新約聖書の「ヨハネの黙示録」からの借り物である。それも原典を理解して流用しているというよりは、映画や小説やコミックなどから得た二次的な知識を、好きなように継《つ》ぎ接《は》ぎして使っている。

だがそれでも、いやそれだからこそ、犠牲の子羊たちには強くアピールしたのかもしれない。彼らは（そしてわたしたちも）、聖書を知らなくても「黙示録」なら知っている。ローマン・カトリックの教義を知らなくても、「第七の封印」や「蒼白《そうはく》の騎士」や「大いなる赤き竜」なら知っている。「ハルマゲドン」を知っている。理解していなくても、想像を喚起する材料を知ってさえいればいい。鉄槌のユダの言葉は、それ自体が持つ説得力よりも、その背後に見え隠れする既存の創作物の豊かな物語性や鮮やかなイマジネーションによって、子羊たちの心に届いたのだ。

ユダは子羊たちに、〈黒き救世主〉の出現こそが、最終戦争の予兆だと訴えた。地上に降り立ち、そこに跋扈《ばっこ》する悪魔の下僕どもを平らげ、犠牲の子羊たちを救済しながら、神の軍勢に加わる正義の戦士を集めることが、〈黒き救世主〉の聖なる任務なのだから。

その荒唐無《こうとうむ》稽《けい》の度合いまでもがありふれていて、幼稚な筋書きだ。こんなものに興奮する子羊たちに、時折、外部からの来訪者たちが水を差そうと試みた。ある来訪者は、鉄槌のユダの君臨をあっさりと許し、命じられるままにサイト名も変更し、熱心な信者兼管理者として粛々とサイトの運営に努める〈てるむ〉の正体は、件の捏造記事を週刊誌に持ち込んだライター本人ではないのかという疑義を呈した。彼はこんな形で、自分の捏造した物語が生き延びることを嬉々《きき》として見守っているのではないか、と。

あるいは〈てるむ〉は、ネットのなかで一種の社会学的な実験を行っている研究者ではないのか、発端となった「少年Aが自殺した」という情報も、彼が意図的に仕掛けたものではないのかと問いかけた来訪者もいた。だから〈てるむ〉は、どれほど「それは誤情報だ」「情報源を教えろ」と迫られても応じずに、主張を変えなかったのではないか。

〈おまえらのうちの誰か一人でもいい。今まで、本当に柴野和己が死んだのかどうか、事実を確認したヤツはいるのか〉

そう詰問した来訪者もいた。

どれも鋭い突っ込みだ。だが、子羊たちが揺らぐことはなかった。少しは動揺し、グループを離れる者がいても、冷静になれ、ちょっとは自分の頭で考えてみろと呼びかけるそれらの来訪者たちが呆《あき》れて、あるいは飽き飽きして去ってしまうと、またいつの間にか戻ってくる。

この五年のあいだに、多少のメンバーの増減と、盛り上がりと盛り下がりの波を繰り返しながらも、今や子羊たちは自立的な空想を〈教義〉として信奉するまでに至った。

少年Aが自殺したことも、死後生まれ変わって人間以上の存在になり、この世に戻ってきたことも、彼らにとっては既に事実だ。その事実の上《い》に、彼らは彼らの歴史を刻んでいる。

黒き救世主は帰還した。大いなる力と正義の体現者としてこの世に戻り、幼い子供たちや力弱い女たちを虐げる悪魔の下僕どもと戦い、勝利を重ねている。その戦果を、黒き子羊たちはその目で確かめることができる。

造作もないことだ。ネットにもテレビにも新聞にも雑誌にも、今日も日本のどこかで発生した事件や事故のニュースが溢《あふ》れているのだから。

鉄槌のユダは、それらのひとつを取り上げて、子羊たちに告げる。

「これは黒き救世主の御業《みわざ》である」

それだけでいいのだ。ひとたびユダがそう指させば、何の根拠も裏付けも示さずとも、不幸だがありふれた家庭内の殺人事件が、建設現場の死傷事故が、流しの強盗殺人事件が、鉄道への飛び込み自殺や海難事故でさえもが、そこに悪魔の下僕と虐げられし者がいて、その者を救うため、黒き救世主が鉄槌を下した印《しるし》となる。それはまぎれもなく〈聖戦〉なのだ。

ユダの指し示した事件や事故のなかに、黒き子羊たちは虐げられし者と悪魔の下僕を見出す。かつて少年Aがそうだったように、虐げられし者が加害者として指弾されることもあれば、悪魔の下僕が被害者として報じられることもある。だが、子羊たちはそんなものには騙《だま》されない。報道が届かず、司法も警察の力も及ばないところに、彼らの真実はあるのだから。その真実が、彼らにはわかる。捜査も取材も必要ない。彼らにはわかる。

その一方で、子羊たちの目には、黒き救世主の姿は見えない。まだ時が満ちていないからだ。今はまだ、黒き救世主の姿を認め、その足跡を知ることができるのは鉄槌のユダただ一人。ご都合主義きわまるこの設定に、子羊たちはひと欠片《かけら》の疑問も挟まない。

〈信じれば、いつかわたしも救われる〉

子羊の一人、母親の交際相手から性的虐待を受けているという少女が、繰り返し繰り返しそう綴《つづ》っている。

〈いつかわたしのもとにも、黒き救世主が訪れる。わたしを救ってくださる〉

自分の名前をキーワードに、ネット世界を探索して、初めてこのサイトを見つけたときの柴野和己の驚きは、察するに余りある。なにしろ彼はとっくに死んだことになっているのだ。死んで蘇《よみがえ》り、何だか知らないが悪《あ》しき者どもと戦い、それを平らげているのである。そして救世主だと崇《あが》められているのである。

「最初のうち、和己は一人で悩んでいたようです」と、寺嶋氏は言った。

あまりにも面妖《めんよう》で現実離れした話なので、その時点では、どう対処していいかわからなかったのだろう。

「何か悪い冗談なんじゃないかと思ったと、あとで話してくれました」

──でも、こんなふうに書かれるなんて、僕はやっぱり死んだ方がよかったってことなのかな。

うち沈んだ表情で寺嶋氏に打ち明けたのが、先月の半ばのことだった。

「私も保護司の社長さんもそのサイトとやらを見て、びっくり仰天しましたよ。呆れ返るばっかりで、和己に何て言っていいやら」

さすがに保護司は立ち直りが早く、まず和己に、こういうものが存在することについて、君には一切責任がないと言い聞かせた。君は必要な医療を受け、罪を償って立派に社会復帰した、この連中と君は何の関わりもない、と。

「それで、和己にネットを見るのもやめるように勧めたんです。とにかくしばらくのあいだは駄目だって、携帯電話もパソコンも取り上げて」

自分の日常生活を大事にしなさいと説かれて、和己も納得したようだったという。

「でも、あれは怯《おび》えていました。だって無理もないでしょう。一度目にしちまった以上、忘れることはできませんよ」

寺嶋氏と柴野和己の父子関係は、今もまだ修復中というか、構築中だ。互いのなかに遠慮が残り、深く踏み込み切れない部分がある。その原因は、少なくとも寺嶋氏の側でははっきりしている。

「私は和己の過去を知りませんからね。事件を起こす前の生活のことも、警察で調べられてたころのことも、裁判の当時のことも、医療少年院や鑑別所でどんなことがあったのかだって、所詮《しょせん》は又聞きです。それだって、和己にはまだ私に打ち明けられずにいる部分があるでしょうし、私も、すべて聞き出せる勇気が自分にあるとは思えない。自殺のことだって、和己も、ひょっとすると一度や二度は考えたことがあったかもしれません。実行しなかっただけでね」

ただ、それでも確信を持って言えるという。

「和己は事件を起こして——そりゃ二人も人を手にかけちまったけど——それでようやく救われたんです。弁護士さんたちとか、医療少年院や鑑別所のスタッフや教官の人たちとか、今は保護司の社長さんですけど、ああいう人たちが、みんなで和己を助けてくれた。だから今の和己は、罪は罪として一生背負っていくつもりだけど、自分が被ったいろんな辛かったことにも、自分がやっちまったことにも、ちゃんと向き合えるようになりました。時間を戻せるもんなら事件の前に戻って、直子のことも柏崎のことも殺さずに、あの状況から逃げ出したり、状況を変えたりしたいって言っています。人殺しはいけない、どんな場合でも、それだけはやっちゃいけないことなんだって言ってるんだ」

それなのに、あの連中は——

「そんな和己を勝手に祭りあげて、また人殺しを、さ、せ、て、る。それで救世主とか、ふざけやがって」

保護司のもとに身を寄せていても、二十四時間監視されているわけではない。もちろん拘束もされていない。それでも、出所してから一年ほどのあいだは、和己は一人で外出することができなかった。誰かが自分に気づくのではないか、どこかで指さされるのではないかと思うと、怖くて家から出られなかったのだそうだ。

「それを社長さんや私が連れ出して、だんだん慣れてきましてね」

ところが、和己がそういう形で自由を取り戻していたことが、この件では災いした。いくら寺嶋氏と保護司が「忘れろ」と言い聞かせ、ケータイやパソコンを取り上げても、ちょっと歩けばそのへんに、ネットにアクセスできる場所などいくらもある。

不安に苛《さいな》まれた寺嶋氏は、わたしのような調査員を雇う前に、素早く行動した。彼自身で、外出する和己のあとを尾《つ》けたのだ。

「二人でぶらっと出かけて別れた後に、あれがどっかへ行くかもしれないと思ってついていっただけですから、そんな難しいことじゃなかったですよ」

案の定、和己は繁華街のネットカフェに入っていった。

「そういうことが二度ありましてね。二度目には、思い切って声をかけたんです」

和己は怒らなかったという。

「やっぱりあのサイトを見ていて、また新しい事件のことを〈聖戦〉だって騒いでるって、青い顔をして教えてくれました」

さらに和己は、自分がこのサイトに書き込んでみようかと思っていると言った。

「ちゃんと名乗って、柴野和己は自殺なんかしてない、生きてます、僕が本人ですって教えれば、目が覚めるメンバーもいるんじゃないかって」

寺嶋氏は猛反対し、必死でとめた。そんなことをしても効果はない、連中は本気にしなくって、おまえが辛い思いをするだけだ、こういう奴らの考えを変えさせることなんか無理だよ、と。

「和己はまだ保護観察中の身です。こんなものに関わって、もしも何かトラブルに巻き込まれたりしたら、今度こそ刑務所行きだ」

それ以上に寺嶋氏は、殺人や復讐の話を軽々しく語る子羊たちによって、和己が心の均衡を失ってしまうことを恐れた。

「こいつらがどこまで本物の犠牲者なのか、私にゃわかりません。知ったこっちゃない。だけど、和己は確かに犠牲者なんだ。やっと立ち直って、人生をやり直そうとしている犠牲者なんだよ」

父親の説得に折れたというよりは、彼の恐怖と不安が伝染したせいかもしれないが、和己はサイトに書き込まないことにした。だが、保護司を通して当局に相談し、黒き子羊たちが柴野和己をネタにした勝手な妄想を繰り広げることをやめさせようという寺嶋氏の提案には、今度は彼の方が強く反対した。

――そんなことをしたら、かえって大事《おおごと》になっちゃう。下手《へた》したらまたマスコミに嗅《か》ぎつけられて、父さんの家族にも迷惑をかけちゃうよ。

どんな言論でも、権力によって弾圧されるべきではないとも言ったという。

――上から抑えつけようとしたら、もっと頑なになるだけだと思うし。

確かに、柴野和己は平均以上の知性の持ち主だ。

父子は話し合った。このことは二人だけの秘密だ。もう誰も巻き込まないし、誰にも漏《も》らさない。保護司には何事もなかったようにふるまおう。

「あれはね、私にこう言いました」

――あの人たちがね、ただ座り込んでいつかは救われるとか思ってるだけなら、それは僕にはどうしようもない。

――でも、あそこの書き込みを見てると、違う人たちもいる。

ただ救いを待つばかりではない者たち。

〈毎晩、蒲団《ふとん》のなかで祈ってます。おれにも勇気が湧《わ》いてきますように。おれにも、悪を倒す力が宿りますように〉

〈自分の手で敵を倒して自分を救えれば、わたしもただの信者じゃなくて、黒き救世主の戦士になれるよね？〉

〈早く黒き救世主に認められて、神の軍勢に加わりたい〉

進んで敵を求め、倒そうとする者たち。

「そういう連中は、誰かを殺そうと思ってるってことでしょう？　もちろん和己は関係ありませんよ。関係ないけど、和己は何か、一種の手本みたいになってるわけだ」

――放っておけないよ。

「もし、それで事件が起こったら、自分の責任だって言うんです」

寺嶋氏はカッとなったという。

「それでも放っとけと言いました。言っちゃならんことだけど、言っちまったんですよ。そうやって殺される奴らは本当に悪い奴らなんだろうから、おまえが気にするなって」

取り乱す父親に、柴野和己は冷静に切り返した。

――父さん、どんな悪い奴でも、殺していいなんてことはないよ。僕がやったことは間違いだったんだ。

「いいやおまえは間違っちゃいなかった。俺がその場にいたら、おまえを守るために、俺がこの手で直子と柏崎を殺してたって、私はそこまで言いました。だけど和己は」

違う、それは間違いだと繰り返した。かつて心を殺され、機械のようだった少年は、怒りに我を忘れる父親を静かに宥《なだ》める、沈着な若者に成長していた。もう感情がないのではなく、感情を抑制する術《すべ》を身につけたのだ。

――それに父さん、考えてみてよ。もっともっと悪い可能性だってあるんだ。この書き込みをしてる誰かが、勝手に自分を被害者だって思って、勝手にまわりの人を敵だと思って、悪魔の下僕だからやっつけてもいいんだって、決めつけてるだけの場合だってあるかもしれないじゃないか。

――自分たちだけが真実を知ってて、正義を行えるって思う人は、何でかわかんないけど、そういう方向に行っちゃうんだよ。

殺人者が殺人を志願する狂信者を憂《うれ》う、これほど説得力のある言葉はめったに聞かれないだろう。

「それで私ら、一生懸命考えたんです。いったいどうすればいいだろうってね。皮肉な話だけど、私はあれと同居してないから、そういうときには携帯電話やメールがうんと役に立ちましたよ。二人で親密に話し合うのは、何ていうか」

こんな場合でも、私には嬉《うれ》しいことだったと寺嶋氏は言った。

「連中が〈聖戦〉だって騒いでる事件を取り上げて、それをよく調べてみたらどうだろうって、和己が言い出したんですよ。できるだけ最近の、殺人とか強盗とかじゃなくて、あんまり目立たない事故とかがいい。詳しく報道されてないからこそユダが勝手なことを言えるわけだし、信者の連中もいろいろ妄想できるわけだからね」

そうやって調べた事件の詳細と、そこで死亡した人物や残された家族の情報をサイトに書き込んでみたら、少しは効き目があるかもしれない。

「こんなときに、運良くなんて言い方をしちゃいかんけども、うってつけの事件がひとつあったんです」

今年の一月二十九日深夜のことだ。都内の幹線道路で自家用車の単独衝突事故が起こった。原因は居眠り運転か運転ミスらしく、車はノーブレーキで中央分離帯のスチール製の柵に激突して炎上、ドライバーが死亡したという事件である。

このドライバーは四十五歳の会社員で、妻と十二歳の娘がいた。「黒き救世主と黒き子羊」では、彼が娘に性的虐待を加えていたと〈解読〉していた。故に黒き救世主が制裁を加えたのだと。

「おたくさんみたいな商売の人なら、こういう事故を調べるときだって、何をどうしたらいいのかすぐわかるんでしょう。でも私も和己も素人だからね。とにかく最初は現場に行ってみようって、二人で出かけたんです」

それが先週日曜日の午後だという。

「壊れた柵は修理されていましたが、分離帯の植え込みにはまだ焼け焦げた跡が残ってましたよ。私ら、歩道に並んで立って、車が真正面から突っ込んだっていう場所を眺めたんです。車体は柵にめりこんで、半分ぐらいまで潰れてたっていうから、たとえ火が出なくてもドライバーは助からなかったろうなあって、私は思いました」

ふと見ると、柴野和己の顔色が変わっていた。凍りついたように立ちすくんだまま、まばたきもしない。

「どうしたんだって肩を叩《たた》いたら、夢から覚めたみたいになりましてね」

——父さん、今の見た？

「何を？って、私は訊きましたよ。四車線の道路で、事故のあった中央分離帯のそばには横断歩道もありません。人はいない。犬も猫も、鳥なんかも見当たらなかった」

すると和己は、空気を抜かれたようにその場に座り込み、頭を抱えた。

——そうか、父さんには見えないんだね。

「僕にしか見えないのかって言うんです」

何を見たのかと、寺嶋氏は問い詰めた。和己は答えなかった。うずくまって震えだし、帰ろうと言った。

——もう、何にも調べなくたっていいよ。無理だから。意味ないから。

いたよ、と言った。

——黒き救世主がいた。

化け物だ、と言った。

「人間じゃないよ。だけど父さん」

——あれは僕の顔をしていた。

鉄槌のユダにしか目にすることができないという〈黒き救世主〉を、和己は見たというのだった。

「それ以来、和己は連中のことはひと言も口にしなくなりました。もういい、もうわかったからいいって言うだけです」

だから寺嶋氏は、わたしの事務所を訪ねてきたのだ。

「東進育英会の橋元さんは、詳しい事情を知りません。私はあの人に嘘《うそ》八百を言ったんです。自分が調査を依頼したいんだってことも、実は話してない。うちのお客さんに、子供のことで悩んでる人がいるんだけど、いい調査会社を知らないかって訊いただけで」

事故の遺族に十二歳の少女がいるのだから、嘘八百ではないかもしれないけれど。

「おたくさんは子供相手の調査に慣れてるし、子供は突飛《とっぴ》なことを言うからね。たいていのことには驚かないし、それに口も固いって、橋元さんはあんたを褒めていた」

だからお頼みしますと、寺嶋氏は私に頭を下げた。

「調べてください。事故のことでも、和己が見たって言うもんでもいい。何でもいいよ。私にはもう何が何だかわからない」

事故は本当に〈聖戦〉であり、制裁であったのか。

柴野和己は何を見たのか。

鉄槌のユダが説き、黒き子羊たちが信じる〈黒き救世主〉の姿を見たというのか。

何故《なぜ》、それを「化け物だ」と言ったのか。それが彼の顔をしているなどと言ったのか。

わたしも、切実に知りたかった。

4

わたしは必要な調査を行い、揃《そろ》えるべき資料を揃えた。一月の車両衝突事故に、謎《なぞ》らしい謎はない。事象としては、それは不運な事故以外の何ものでもなかった。

写真を撮るために現場へ足を運び、わたしは寺嶋氏と和己が立った場所に立った。レンズも向けた。

修繕の痕跡《こんせき》さえ薄れかけたそこに、佇《たたず》む〈黒き救世主〉の姿は見えなかった。柴野和己の顔をした化け物は見えなかった。現像した写真にも、何も写ってはいなかった。

寺嶋氏には頻繁に連絡した。調査の進み具合を報告するというのは名目で、わたしは現在の柴野和己の様子を知りたかったのだ。

いくらか元気がない、という。今も保護司のもとではパソコン使用を禁じられているが、ときどきネットカフェに行き、「黒き救世主と黒き子羊」の監視を続けているらしい。らしいというのは、

「私が水を向けても、和己はあの連中のことはしゃべりません。嫌がって話題をそらそうとするんですよ」

——もういいんだよ、父さん。

「だから確かめることはできないんだけども、態度でわかるんです。私と飯を食ったりしてても、ときどきぼうっと考え込んで」

和己の暮らしぶりは変わらず、仕事上の問題もないという。五月の連休には一泊の社員旅行が予定されており、社長は張り切っているし、和己もその話題になると楽しそうだという。

「私が余計なことをしてるんだといいんですがね。あれが本気で、もういいんだと言ってくれてるなら有り難いんだけど」

いいはずがない。彼は何かを見たのだから。

いったい何を見たのか、わたしは知りたい。だから時間を稼ぎ、同時に待っていた。もっともふさわしい形で柴野和己に会うために。

長く待つ必要はなかった。曇《くも》りがちの空の下に桜が咲き始めたころ、またひとつ事件が発生したからだ。

家庭内の殺人事件だった。都内の公共住宅の一室に住む中学二年生の少女が、包丁で母親を刺し殺したのだ。母子家庭で二人きりの暮らしのなかで、自分の生活や交友関係にうるさく干渉する母親が邪魔だった、母親さえいなければすっきりすると思ったと、少女は殺人の動機を語った。柴野和己ほど冷静ではないだろうし、彼ほど語彙《ごい》が豊かでもなかろうが、率直で悪びれないという点では和己に勝っているようだった。

やがてはこの少女も、反省の弁を口にするのだろう。後悔に泣き、亡き母親に謝るのだろう。必ずそうなることに決まっているし、たぶんこのケースでは、それが正しい。

鉄槌のユダは、この事件を「黒き救世主の御業《みわざ》である」と指し示さなかった。沈黙を守っている。なのに、子羊たちの一部からは反応が起こった。

〈これも御業じゃないの？〉

〈僕たちが黒き救世主の行いを見分けられるかどうか、試されてるんじゃないかな〉

〈だってこの女の子は、お母さんに人生を支配されてたんでしょう？　奴隷みたいに縛られてたんだよ。あたしと同じ〉

御業だ、御業だ、御業だ。囁《ささや》きがサイト内で広がってゆく。わたしはそれを見ていた。

柴野和己も見ているに違いない。

——自分たちだけが真実を知ってて、正義を行えるって思う人は、何でかわかんないけど、そういう方向に行っちゃうんだよ。

そう、これもその方向のひとつだ。ユダが沈黙していようと、こんな派手な表現型を持つ事件を、子羊たちが黙って見過ごすわけはないのだった。盲信あるいは妄信というものは、ある段階から自立した生きものになる。カルトの教祖が往々にして信者たちもろとも破滅するのは、そうやって制御不能となった信仰に喰《く》われるからなのだ。

黒き子羊たちに、もう鉄槌のユダは要らない。

わたしは寺嶋氏に連絡し、柴野和己に会いたいと申し出た。

「女子中学生の事件で動揺しているところでしょう。今会えば効果があります」

寺嶋氏は同意したが、わたしが和己と二人きりで話したいと言うと、強く抵抗した。

「あんた一人に任せるわけにはいかない！」

「息子さんには、父親のあなたがいない方が、楽に話せることがあるはずです」

「あんたのこと、和己に何て説明すりゃいいんです？」

「ありのままの事実をおっしゃればいい」

「和己はあんたに会いたがりませんよ」

それならばと、わたしは言った。

「息子さんに伝えてください。わたしは彼が見たものの正体を知っている、と。それが何なのか、彼に教えることができる」

「あんた――」

突き止めたんですかと、寺嶋氏の声が割れた。

「誰よりも先に、まず息子さんに知らせるべきです。彼にはその権利も資格もあります」

柴野和己は、わたしの申し出を受けた。

二十六歳の今、彼はひ弱な少年から、華奢《きやしや》な若者になっていた。

容貌《ようぼう》は端整だ。美容室ではなく理髪店で調えているに違いないさっぱりした髪型に地味な身なりで、ピアスもネックレスもつけていない。それでもどこか人目を惹《ひ》くところがあった。彼の過去を知らない者の目には、音楽家か画家か小説家か、何らかの形で創作の道を志す繊細な若者に見えるかもしれない。

「二時間だけですよ」と寺嶋氏は言った。「今日は、和己は一日私と出かけてることになってるんです。きっちり二時間で、私は戻ってきますからね」

「心配しないでいいよ、父さん」

いかつさなど微塵《みじん》もない柴野和己の容貌は、母親譲りなのだろう。寺嶋氏の面差しを受け継いではいない。だがこの父子は声が似ていた。電話で聞いたら、どちらか区別がつかないかもしれない。

「映画を観ておいてよ。あとで社長さんに感想を聞かれたら困るから」

「話が済んだら、映画は一緒に観りゃいい」

若者は苦笑した。「でも父さん、時間のつぶしようがないじゃない」

「そんなことはどうでもいい」

息子に背中を押されるようにして、振り返り振り返り、寺嶋氏はわたしの事務所を出ていった。

柴野和己は父親のように、事務所のなかを見回して、わたしの人品骨柄《じんぴんこつがら》を裏付ける品を探そうとはしなかった。勧めると、すぐ応接セットのソファに腰をおろした。緊張しているようにも、不安げにも見えなかった。むしろさっき出ていった父親の方が問題を抱えていて、彼は付き添いに来たかのようだった。

「女性の調査員というのは、やっぱりまだ珍しいんですか」

束ねた書類を収めたファイルを手に、事務机の前に立つわたしを見上げて、そう尋ねた。

「そうでもありませんよ。この業界にも、男女雇用機会均等法の影響は及んでいるんです」

彼は笑わなかった。そうですかと、生真面目に応じた。

「あなたは本当に調査員なんですか」

「どうしてそんなことを訊くんです？」

「本当は、カウンセラーとか医者じゃないんですか」

わたしが答えず、首をかしげて見つめ返すと、彼はまばたきして視線を下げた。

「何か、そんなふうに見えるから。調査員なんかには見えない」

「あなたはこれまでに、カウンセラーや医者には何人も会ってきたでしょう。でも、調査員なんかに会うのは初めてじゃないですか。どうして見分けられるのかしら」

若者は素直に、すみませんと言った。「失礼な言い方でした」

「かまいませんよ。気にしないで」

柴野和己は思いきったように目を上げると、わたしと、わたしの手にしているファイルを見た。

「本当は、あなたが父に『僕が見たものの正体を知っている』と言ったから、そう思ったんです」

「その台詞《せりふ》が、カウンセラーや医者の言いそうなことだったから？」

「そうです」

「それじゃ伺いましょう。カウンセラーや医者だったら、あなたが見たものの正体は何だと言いそうですか」

彼の視線は動かなかったが、瞳《ひとみ》の焦点が一瞬だけずれた。自分の内側を見たのだろう。

「幻覚です」

冷静な口調だった。かつて十四歳のときにもそうだったように。

「父には心配をかけたくなかったから、言えなかった」

「だから、もう何もしなくていいと言ったんですか」

表情を変えずに、静かにうなずいた。

「昔も、ときどきこういうことがあったんです。事件を起こしたころに」

「ありもしないものを見た？」

「現実にはないものなのに、確かにそこにあるようにはっきり見えて」

「どんなものを見ました？」

「食べ物とか」

即答だった。

「ケーキとかパンとかです。食べようとして手を伸ばすと、ちゃんと触れた。でも口には入らないんです。それで、パッと気がつく。これは現実じゃないって」

彼は慢性的に飢えた子供だったのだ。

「あと、学校の先生がアパートの玄関に立ってるとか、うちの前にパトカーが停《と》まって、お巡りさんたちがぞろぞろ降りてくるとか。当時の僕が、そうだったらいいなと思うことが、ありもしないのに見えたんです」

彼は救助を求めている子供だったのだ。

「自分自身の姿も見たことがあります。何か天井ぐらいの高さに浮かんで、母とあの人と僕の三人を見おろしてるんです」

「あの人というのは、柏崎紀夫ですね」

答えずに、彼はうなずいた。「自分の身体《からだ》から魂だけが抜け出して、宙に浮かんでるみたいでした。そんなことあるわけないんだから、あれも幻覚だったんです」

その体験が起こったとき、彼と母親と柏崎が何をしていたのか、あるいは彼が何をされていたのかと、わたしは尋ねなかった。

体外離脱体験というのは、一定の条件下で、健常な人間でも経験するものだ。だが柴野和己の場合には、これは一種の緊急避難であり、軽度の乖離《かいり》症状だったのだろう。彼が置かれていた過酷な状況を考えればなおさらだ。

「誰かに話したことがありますか」

若者は少しためらった。「警察では話しませんでした。弁護士さんには、少しだけ」

「精神鑑定をされたでしょう？　そのときは」

「ちょっとだけ。あんまり詳しく話すと、嘘っぽくなりそうな気がしたから」

「嘘をついていると思われたくなかった？」

「それがいちばん、嫌でした」

「当時のあなたは、そういうことをちゃんと自分で判断できたんですね」

「でも、まともだったわけじゃないです」

まるでわたしが彼を非難して、それを心外に思ったかのように、声が強くなった。

「医療少年院にいるうちに、自分でもはっきりわかりました。すごく——助けてもらったから。だから実は、今度もあそこに相談に行こうかと思ってたんです」

「医療少年院に？」

「はい」

「お父さんにも、保護司にも内緒で?」

「僕の問題ですから」

「あなたはまた幻覚を見てしまったと」

「そうです」

迷いのない表情だった。

「あなたにはあるものが見えたのに、お父さんには見えなかったから、それは幻覚だと判断したんですね?」

二度、三度と性急にうなずいた。

「どうしてまた幻覚を見るようになったのだと思います? 今のあなたの生活は安定していて、気持ちも安らいでいるのに」

柴野和己はちょっと鼻白んだ。「だって、そんなのあなたも知ってるでしょう。あのサイトのせいです」

「『黒き救世主と黒き子羊』の作り話に、あなたも影響されてしまった、と」

「感化されたっていうか、感染しちゃったっていうか」

「どうしてあなたが感化されるんです? あんなの、くだらない妄想でしょう。あそこに集《つど》っているメンバーだって、全体の何割ぐらいまでの人たちが本気なのか、わかったもんじゃありませんよ」

彼はすぐには答えなかった。ふっと目の焦点が揺らいだ。それから肩を落として呟《つぶや》いた。「僕はまだ、まともになりきっていないんです。だからあの黒き子羊とかいう人たちを心配する資格なんかないんです。あの人たちを止めようとか、考えを変えさせようとか、そんなのとんでもない己惚《うぬぼ》れだった」

「だからお父さんにも、無理だと言ったんですね？」

わたしは机を回って彼に近づき、ファイルを差し出した。

「車酔いする方ですか」

ファイルを受け取りながら、柴野和己はきょとんとした。

「車のなかで文字を読むと、気分が悪くなったりしますか」

彼はファイルを見た。「たぶん、大丈夫だと思いますけど」

「じゃ、行きましょう」

わたしは事務机の足元に置いたバッグを取り上げた。

「おんぼろのカローラですが、都内をのろのろ走るぐらいなら問題ありませんよ」

つられたように立ち上がって、柴野和己は訊いた。「どこへ行くんですか」

「中二の女の子が自分の母親を刺し殺した現場ですよ。今現在の黒き子羊たちのホットニュースです。行って、確かめてみたくはありませんか。また幻覚が見えるかどうか」

ドアに向かいながら、わたしは言い足した。「そのファイルの中身は調査報告書です。一月二十九日の衝突事故で死亡した男性と、彼の遺族についてのね」

最近改築された様子のある、四階建ての公共住宅だった。外壁のクリーム色はまだ新鮮で、窓のサッシは銀色に光っている。

事件のあった母子の部屋のドアは、全部で十棟あるこの公共住宅のなかを通り抜ける二車線の道路に面していた。わたしはそこに車を停めた。

日曜日の昼間のことで、人の出入りは多かった。敷地内に児童公園があるらしく、風にのって子供の声が聞こえてくる。気まぐれな天候もこの週末は落ち着くことに決めたようで、空は晴れて風もなかった。植え込みにはチューリップと三色スミレが咲いていた。

道中、ずっと助手席でファイルを読んでいても、柴野和己は車酔いしなかった。それでも顔から色が抜けているのは、ファイルの内容のせいだろう。

車から降りるとき、彼はちょっとふらついて車体に手をついた。洗車していないボディに、うっすらと指の痕《あと》がついた。

現場検証はとっくに終わり、立ち入り禁止措置も解除されていた。ただ母子の部屋のドアには、まだ黄色いテープが貼《は》ってある。外廊下の手すりはコンクリート製なので、正面からでは視界が遮られてしまうが、外階段のある側から覗《のぞ》くと、テープに印刷された黒い文字まで見えた。

陽射《ひざ》しが目に入り、わたしは額に手をかざした。バッグにサングラスを入れるのを忘れてしまった。

柴野和己は手ぶらで突っ立っていた。さっきまで彼が読んでいたファイルは、助手席のシートの上に散らばっている。

「――何か見えますか」と、わたしは訊いた。

非常識で卑猥《ひわい》な言葉でも聞かされたかのように険しい顔をして、彼はゆっくりと首をよじり、わたしを見た。

「あなたの顔をした化け物は見えますか」

わたしは母子の部屋のドアを見つめていた。横顔に彼の非難の視線を感じた。

「衝突事故のときは、目をやったらすぐ見えたんでしょう。今度はどうです？」

見えませんと、彼は呟いた。かすかに震える声だった。この父子は声の震え方まで似ていると、わたしは思った。

「幻覚なら、また見えるはずですよね」と、わたしは言った。「これも黒き救世主の御業なのだと、あなたも感化されてそう思っているのだから。救世主の姿が、あなたには見えるはずです」

柴野和己は答えず、さっきわたしがしたように、額に手をかざして母子の部屋のドアを見つめた。片手では足りないのか両手を使って、じっと目を凝らしている。

「見えないでしょう？　それでいいんです。見えなくて正解なんだから」

言って、わたしはバッグからもうひとつのファイルを取り出し、彼に渡した。

「こちらが、あの母子の事件の調査報告書です。母親の死体検案書も手に入りました」

手がわないて、彼はすぐファイルを開くことができなかった。

「全部読まなくてもかまいません。一ページ目だけで用が足りるはずです」

ひもじさに食べ物にかぶりつくように、彼の目がプリントアウトされた文字列に食いついてゆく。

「あの部屋で自分の母親を殺した少女は、札付きの不良でした」

さらに血の気を失ってゆく柴野和己の横顔を見つめて、わたしは言った。

「何度も警察に補導されているし、学校から登校停止処分をくらったこともある。公立学校では、よほどのことがなければそんな措置はとりません」

ページをめくり、柴野和己は殺害された母親の死体検案書を見た。

「そこに書いてあるでしょう。母親の身体には、日常的に殴打された痕跡が残っていた。火傷《やけど》や骨折の治った痕もある。あのドアの向こうでは、虐げられていたのは娘ではなく、母親の方だったんです。娘の問題行動をどうにかしてやめさせようと、必死で努力していた母親の方なんですよ」

だからこの事件は、黒き救世主の御業ではない。

「鉄槌のユダは、それを知っていた。だから子羊たちに示さなかったんです。この事件を指さしはしなかった」

それなのに、黒き子羊たちは勝手に騒ぎ、この事件も御業に違いないと祭りあげている。冒瀆《ぼうとく》だ。

「一月二十九日の事故とは違うんです。あちらは真の御業だった。言葉の本当の意味での、あれこそが御業でした。だからあなたは黒き救世主を見た。招かれて、その姿を見ることを許されたんです」

言い切ってしまってから、わたしは強くかぶりを振って、自分の言葉を打ち消した。

「いいえ、この言い方は正しくない。あなたがあそこで見たものは救世主じゃないんだから。救世主はあなたの方なのだから。あなたが見たものは――」

神ですと、わたしは言った。

「復讐の神、正義の神。好きなように呼べばいい。虐げられし子羊たちを救い、邪悪なる者に制裁を下す存在。鉄槌のユダが、その到来を待ち望んでいた存在です」

柴野和己の手からファイルが落ちた。足元で散らばったそれを呆然《ぼうぜん》と見つめて、そして彼はわたしに訊いた。

「――あなたは何ものなんです？」

頭のいい若者だ。何と聡明なのだろう。だからこそ救世主になり得たのだ。

わたしは彼の目の奥を見て、言った。

「我が名はユダス・マカバイオス」

わたしが〈鉄槌のユダ〉だ。

わたしは寺嶋氏に嘘をついたわけではない。柴野和己が事件を起こしたころには、わたしはこの仕事をしていなかった。都下のある大手調査会社に入社したのは十年前のことだ。独立して事務所を構えてからは、七年ほどしか経っていない。

わたしは寺嶋氏に嘘をついたわけではない。

ただ、言わなかったことがあるだけだ。わたしは柴野和己の事件を知っているだけでなく、よく覚えていた。隅から隅まで知っていたと言っていい。ただ、リアルタイムでそうなったのではない。事務所を構え、仕事を続けるうちに、わたしの内側で何かが磨《す》り減ってきて、そんなとき偶然〈てるむ〉の書き込みを見つけた。〈てるむ〉が彼に共鳴する者たちを集めたサイトを立ち上げてからは、ずっとその動きを見守っていた。

見守るうちに、わたしはそこに幻想を見るようになった。子羊たちの大半よりは切実で、わたしに必要な幻想だった。

調査員として三年程度の経験しか積まずに、わたしは無謀にも独立した。やっていけるという確信があったからではなく、自分で権限を持たなければ、正しい解決へ導くことのできない事件があまりに多いと感じたからだ。

雇われ調査員だったころから、わたしはもっぱら、子供にかかわる事件にあたっていた。それはやはりわたしが女性だったからだろう。当時の上司もわたしが適任だと判断してくれたのだろう。

事実、わたしは有能だった。調査員として誠実でもあった。だからこそ、わたしはだんだん歯がゆくなった。だから周囲の忠告を振り切って独立したのだ。東進育英会の橋元理事に出会ったのはまったくの幸運で、最初からあてにできたわけではない。

子供にかかわる事件は、多くの場合、学校や家庭内で起こる。ほかのどんな場よりも固く閉じた密室だ。そういう密室では、第三者から見れば被害者と加害者が歴然としている場合でも、決着は常に曖昧にぼかされる。救われるべき者が救われず、傷は放置され、加害者が保護され、制裁を受けることもない。

わたしはそれに耐えられなくなった。独立すれば、上司に命じられるまま調査を打ち切ったり、公的機関への通報を止められたりすることはなくなると思った。

だが、わたしは間違っていた。うるさく横槍《よこやり》を入れる上司がいなくても、自分が自分のただ一人の上司となっても、わたしは一介の調査員に過ぎなかった。生徒間のいじめの実態を調査してくれと依頼してきた学校が、わたしが調べ上げた事実を隠蔽《いんぺい》しようと決めたなら、抗《あらが》う方法はなかった。教師による生徒への暴力を調べ上げた場合でも同じだ。生徒が親から虐待されているようだから調べてくれと頼まれて、わたしが当の子供から決定的な証言を引き出しても、その子が同意してくれなければ、わたしは勝手に告発することはできない。依頼者が、その子供と親の両者が等しく教育と保護を必要としていると言い出せば、虐待の実態を暴露することはできない。

そこには正義などなかった。あるのは事なかれ主義だけだった。血の絆《きずな》や親子の情愛を妄信する性善説だけだった。

邪悪は地上を闊歩《かっぽ》していた。正義の価値は塵《ちり》よりも軽かった。

わたしは自分が敗残者のように感じた。それだけならまだよかった。事実を知っても何もすることができないという状況が続くうちに、わたし自身も共犯者であるように思えてきた。それが何より、最悪だった。

そんなとき、〈てるむ〉の書き込みを見たのだ。〈犠牲の子羊〉たちを知ったのだ。最初から彼らをどうこうするつもりはなかった。どうこうできるとも思っていなかった。〈鉄槌のユダ〉を名乗って子羊たちの前に現れたのは、行き詰まった自分の人生と、一度も充分に果たされたことのないわたしのなかの正義を慰めるための、ほんの気まぐれに過ぎなかった。

〈黒き救世主〉が現れて、わたしの求める正義を実現してくれる物語。それを語って、やり場のない怒りを宥めていただけだった。

それなのに彼らは信じてくれた。

彼らが信じてくれたことが、わたしに力を与えた。わたしは語り、騙《かた》り続けた。騙りだと自覚していた。語って騙ってゆくうちに、自分のなかでそれらが真実になることはなかった。わたしはそれほど愚かではない。こんな物語が現実を変えてくれるかもしれないなどと、一秒でも思ったことはなかった。騙りは、いつかはやめなければならない。近ごろでは、そろそろ潮時《しおどき》だろうと思っていたくらいだ。その理由はほかでもない、柴野和己が危惧して、正しく指摘したとおりだ。子羊たちがユダの統制を離れて、暴走を始めそうな気配を感じたからだった。

そこへ、寺嶋氏が現れた。

柴野和己が現れた。

それまでわたしは、現実の彼を知らなかった。報道された以上のことは知らなかった。今どこでどうしているか知らなかった。知ろうと試みたこともなかった。

わたしの物語のなかの彼は特別な存在だったけれど、それは彼が現実のなかで犠牲者であり、事件を起こしたことで正義を行使する者となったからだ。法廷で裁かれ、治療を受け訓練を受け教育し直されて、社会復帰した少年Aになど、わたしは用がなかった。正義を行いながら〈改心〉し〈更生〉した元少年Aになど、用はなかった。

用がないと思い込んでいたのに。

しかし、柴野和己は黒き救世主を見た。

祈りは届いた。物語は成就《じょうじゅ》したのだ。

「鉄槌のユダは、何か根拠があって『これは御業だ』と指さしてきたわけじゃないの」

現実の事件に、虐げられし者と悪魔の下僕の物語を、勝手に当てはめていただけだ。

「それらしく見えない事件は避けて、適当に選んでいただけ。だってそうでしょう？いくら自分が調査した案件の成り行きが不満でも、それをネットに書き込むわけにはいかない。わたしはあのサイトに、現実的な機能を求めてたわけじゃない。ただ空想を語ってストレスを解消していただけ」

柴野和己の顔は陰になっている。太陽は彼の背中側にある。なのにどうして彼は目を細め、眩《まぶ》しいものを見るようにわたしを見るのだろうか。

「だけど、一月二十九日の中央分離帯への衝突事故だけは、違った」

わたしはしゃがみこみ、彼が足元に落としたままのファイルを拾い上げると、窓越しに助手席のシートの上に投げ入れた。

「調査報告書、どっちも詳しかったでしょう。昨日や今日、大急ぎで作ったものじゃないからよ」

母親殺しの方は、御業であるかどうか確かめたかったから、すぐに調べたのだ。柴野和己が黒き救世主を見た以上、もう本物の御業でないものは必要ない。だから、女子中学生の行状がわかると、子羊たちに示すこともなかったのだ。

「衝突事故の方は、遺族——正確に言うなら死んだ会社員の妻は、わたしの依頼人だった」

彼女がわたしの事務所を訪れたのは、去年の夏の盛りのことである。

——夫が、娘におかしなことをしているらしいんです。

娘が心身両面でバランスを崩し、学校にも通えなくなっている。激しい摂食障害を起こし、いつも何かに怯えている。

——このあいだ、やっと少しだけ話してくれて、そしたら夫が……お父さんが嫌らしいことをするって泣き出して。

信じられないと、彼女は言った。娘の頭がおかしくなっているのではないかと言った。

——こういうことって、調べてもらえるんでしょうか。娘の話が本当なのかどうか、知りたいんです。わたしには何もできないから。

何もできない彼女に代わり、わたしは調べた。被害者である娘にも会った。時間をかけ心を尽くして彼女の口を開かせた。

それでも、充分に整合性のある供述と、医療機関の診断書を添えた調査報告書を前にして、娘の母親は言ったのだ。やっぱり、まだ信じられないと。

——もう結構です。

家庭内のことだから、家庭内で解決する。誰か別の人間が犯人なのかもしれない。もしかしたら、うちの娘はあなたのような調査員まで騙してしまうくらい根深い嘘をこしらえて、自分自身をも騙しているのかもしれない。

わたしが反論すると、彼女は怒った。彼女の家庭を壊さないでくれと泣いた。あんたなんかにそんな権利はない、と。

わたしは引き下がるしかなかった。ただの調査員だから。守秘義務に縛られて、仕事をしているだけの調査員だから。諦められなくても引き下がるしかなかった。

「だから衝突事故が起きて、あの男が死んだとき」

〈鉄槌のユダ〉は、ほとんど信じかけてしまった。これこそ御業じゃないか。わたしの騙りが真実に昇華したのではないかと。

「だけど、所詮はただの偶然だろうとも思ってた。世の中、捨てたもんじゃない。偶然が正義を行うこともあるってね」

我が娘《こ》に手を出すほど深く混乱し、精神のバランスを失っている男が、たまたま運転ミスをしたとしても不思議はない。

「でも、寺嶋さんが現れた。ここに来て、あなたのことを話してくれた。それですべてが変わってしまった」

わたしは柴野和己に微笑《ほほえ》みかけようとして、できなかった。尊いものに笑いかけるなど、不遜《ふそん》なことではないか。

「一月二十九日にあの中央分離帯で、どうして初めて〈御業〉が行われたかわかる？」

あなたが、あのサイトを見たからだ。

「あなたが〈黒き救世主〉を知り、〈黒き子羊〉たちを知ったからよ」

物語が完成したからだ。

子羊たちの声が救世主に届いたからだ。

そして神が誕生したからだ。

「正しく、あなたは救世主になった」

そしてわたしは預言者になったのだ。

「あなたがあそこで見たものは、神よ」

あなたが生んだ神なのだと、わたしは柴野和己に言った。

「間違ってる」と、彼は言った。陰になった顔のなかで、目がいっぱいに見開かれていた。「あんたこそ、頭がおかしいんだ」

「どうして？　あなたは見たんでしょう。あなたの顔をした神を」

救世主の前に姿を顕《あらわ》した神の姿を。

「初めに言葉があった」と、わたしは言った。「それなら、言葉が神を生み出すこともできる」

かつて人間は信じていた。神が世界を創ったと。だがあるとき宣言した。神は死んだと。そして世界と人間だけがあるのだと。

神が死ぬものであるならば、また生まれることだってある。神のいない世界に、人間が神を生み出すのだ。今や言葉という〈情報〉で象《かたど》られる世界に、〈情報〉によって創られた神を。

地上を生きる我らの身の丈にふさわしい、新たな神を。

わたしは彼に一歩近づき、彼はわたしから退いた。一歩、二歩、三歩。よろめくように、わたしのおんぼろカローラに手をついて身体を支えながら。

「あんた、おかしいよ。そんなことがあるわけない」

「あるの」と、わたしは言った。「あるのよ。これからも御業は起こる。あなたが何と言おうと、何をしようと」

既に救世主と預言者の役目は終わった。神が地上に顕れたなら、我々はもうそれを仰ぐだけでいいのだ。

「教えて」

わたしは柴野和己に手を差し伸べた。請うように手を伸ばした。

「あなたが見た神は、どんな姿だった？　あなたの顔をして、あなたの目で、どんなふうにあなたを見たの？」

わたしは鉄槌のユダ。救世主の姿を見ることができる。だが神の姿を見ることができるのは、救世主ただ一人。

「教えてちょうだい」

柴野和己はさっきと同じように目を細めた。そしてわたしの手を見た。眩しいものではなく、おぞましいものを見るように。

「間違ってる」

もう一度そう言って、彼は横様にわたしの手を払った。そして背を向けて逃げ出した。走って逃げた。温かな陽射しの下を、穏やかな休日の町を、わたしの救世主はわたしから逃げてゆく。

誰も神からは逃れられない。

わたしは静謐《せいひつ》な歓喜に満たされていた。

あなたは見るだろうか。いつ見ることになるのだろうか。新しき神、わたしを預言者にした、柴野和己の顔をした神を。

昨日、寺嶋氏が事務所に来た。ただ歩いてきたのでもなく、ただ走ってきたのでもない。彼は逆上して事務所に飛び込んできた。

和己が死んだと、彼は叫んだ。

「社員旅行に行った先で、駅のホームから電車に飛び込んだんだ！」

彼は父親に遺書を残していた。

――父さん、悲しまないで。

僕はあれを見た。否定できない。あの化け物を見た。幻覚なんかじゃなかった。

あれからまた一件、家庭内殺人事件が起きている。彼はその現場に足を運んでいた。

――そこでも見た。やっぱりあれを見た。

黒き子羊のもとを訪れる神を見たと、柴野和己は父親に書き残していた。

御業だ。御業が行われている。

――あれは僕だ。だから決心したんだよ。どうしてもやらなくちゃいけないんだ。僕は、あれとひとつにならなきゃいけない。

僕が死ねば、あれとひとつになれる。この身体を捨てれば、あれのもとに行ける。

――僕があれになれば、あれはきっと、みんなの目に見えるようになる。あれは僕だから。僕の一部で、僕の全部だから。僕の罪で、僕の正義だから。

――そしたら父さん、みんなであれを止めることができる。あれが御業を続ける前に。

「あんた、いったい和己に何をしたんだ。俺の息子に何をした？　何を言ったんだ。何を見せたんだ」

寺嶋氏がつかみかかってきた。揉《も》み合ううちに、わたしたちは事務所の壁にぶつかり、椅子《いす》を倒した。傘立てがわりの備前焼の壺も倒れて、派手な音をたてて割れた。わたしはその破片の上に倒れ込んだ。

そのとき、見た。

寺嶋氏はドアを閉めることさえ忘れていた。壺の破片は廊下にまで飛び出していた。そのひとつを、ゆっくりとまたたき、底光りしながら千変万化する輝かしいものが、ゆっくりと踏みしめた。

音はしない。重さがあるようにも見えない。ただそれはそこにいる。ゆっくりと一歩ずつ、この事務所に歩み入る。

わたしの目の前に顕れる。

無数の光の塊。人の形をしていながら人ではない。ふくらんだりしぼんだりするその輪郭《りんかく》も、ほのかな明滅を繰り返している。

微細な光の断片が作りあげる、人の形。そのなかに、乱舞する光の断片と同じくらい無数の、人間たちの顔が見えた。

犠牲者なのかもしれない。加害者なのかもしれない。子羊たちなのかもしれない。大人も子供も、男も女も。

彼らの目。彼らの口。声は聞こえない。何も訴えかけてはこない。ただそこにあってうごめき、表面に現れたかと思えば退き、また浮かび上がってきては消えてゆく。

そのなかに、わたしは十四歳の柴野和己の顔を見た。彼が幹線道路の中央分離帯で見つけた顔を見た。彼が化け物と呼んだ顔を見た。

それを押しのけるようにして、わたしが知っている、わたしを否定した、大人になった柴野和己の顔が現れた。

彼は神のなかにいる。

和己——と、寺嶋氏が呻《うめ》いた。床にへたりこんだ彼は、輝かしく明滅する光の塊へ、人びとの顔へと手を差し伸べた。かき抱こうとするかのように。

わたしも手を伸ばした。

神もわたしに手を伸ばした。

手が触れ合った。わたしという人の手と、神の手が触れ合った。

「和己！」

寺嶋氏が絶叫し、光の塊へと突進した。彼はそれを突き抜けた。百万の光が飛散した。人びとの顔がかき消えた。

降臨は一瞬で終わった。あとには、和己の名を呼び続ける寺嶋氏の嗚咽《おえつ》だけが残った。

あなたは見るだろうか。いつか見ることができるだろうか。新しき神を。あの無数の光と人びとの顔を。

あれからわたしは考えている。ずっと、ずっと考えている。

わたしはユダ、鉄槌のユダだ。神の到来を待ち、神の言葉を託された預言者だ。

だがあのとき、わたしの手に触れて、神はわたしにこう宣《のたま》った。わたしは神の声を聞いた。

——間違っている。

わたしは預言者なのだろうか。わたしは罪人なのだろうか。言葉が神を創れるのならば、人が神を創れるのならば、人が神を倒すこともできるのだろうか。神の間違いを、救世主が正すこともあるのだろうか。

もしも柴野和己があの神を否定するのならば、わたしはわたしを預言者にした神を守らねばならない。それには、神と戦わねばならない。神と柴野和己はひとつなのだから。

わたしは鉄槌のユダだ。それとも裏切り者のユダなのだろうか。

神に触れたわたしの掌《てのひら》には、血の色をした痣《あざ》がある。

これは罪人の烙印《らくいん》だろうか？

いや違う。わたしは信じる。わたしは預言者だ。わたしの神の預言者だ。

我が神よ、わたしは信じる。この手の血の印《しるし》は、聖痕《せいこん》なのだと。

# 海《かい》神《じん》の裔《すえ》

十九世紀末――かつてフランケンシュタイン博士が生み出した、死体から新たな生命「屍者《ししゃ》」を生み出す技術は、博士の死後、密かに流出、全ヨーロッパに拡散し、屍者たちが最新技術として日常の労働から戦場にまで普及した世界を迎えていた……。

以下に引く民間人聴取記録は、「大日本帝国における拡散屍体《したい》の追跡調査報告・東日本編」から抜き出したものである。

この調査は、ＧＨＱの指示により、昭和二十年十月一日を以て解散された非軍事用屍者管理公社（通称・フランケンシュタイン公社）の事業整理作業の一環として、窃盗・逃亡・誤作動等の事由により同公社の管理を離れた拡散屍体（闇屍体《やみしたい》）の状況を把握し、可能な限り回収することを企図として行われたものである。調査活動には、同公社の社員より公職追放処分に該当する恐れのない者が選抜され、ＧＨＱ民生部門の臨時職員として雇用されてこれに当たった。

但《ただ》し、この記録にある屍者は、同公社が大正十二年十月に設立される以前の明治期に拡散した軍事用屍者（屍兵）の実験体であり、同調査の対象外である。この案件が前記報告書のなかに収められたのは、当該屍者の発見時の状況ならびに地域社会との関わりが特異なもので、我が国における屍者受容の在《あ》り方を考察する一素材として興味深い事例であった故《ゆえ》と思われる。

聴取記録者は被聴取者の肉声をほぼそのまま文章化し、方言のわかりにくい部分には標準語で説明を添えている。別途付与した註はすべて編集部による。

――「新民俗学時報」通巻第25号

特集〈御霊《ごりょう》と祖霊《それい》の国の屍者産業　その受容と変容〉

●聴取記録の概要

聴取日　昭和二十一年八月五日

聴取者　拡散屍体調査員　真木《まき》貴文《たかふみ》

聴取対象者　野崎《のざき》ぬい　当年七十八歳

聴取地　＊＊県小賀《こが》郡古浦《こうら》村

わだしがおたずねの野崎ぬいでごぜえます。あなた様が、〈うもり様〉をお調べに東京からわざわざおいでになった先生様ですか。この暑いなかをご苦労なことですがぁ。お宿はどちらにおとりで。ああ、三藤《さんとう》さんのお屋敷でごぜえますか。あっこは崖《がけ》の上だで、ちったぁ暑いのもしのがれん（しのぐことができる）かねえ。

何ですか今、東京で進駐軍が大けなお白洲《しらす》をしとられますがなあ。東條《とうじょう》さんやら、もっけな（立派な）お方がみんな引っ張られてぇ。うちの孫が、ばっちゃん、あれは「ひこくにん」いうんじゃ、戦争中はオレらの方がすぐ「ひこくみん」って憲兵さんにつかまるからびくびくしとったけンど、今はあン人《しい》らの方が「ひこくにん」なんじゃって、こないだも新聞みながら言うてました。

へえ、東京裁判いうんですか。註①わだしはこのとおりの婆《ばば》でぇ、耳も遠くなっとりますし、目の方もいけませんで、世間のことはもうよくわかりませんでな。がんじょしてくだせえ（失礼を許してください）。そのさいばんが何でごぜえますか。へ？　ああ、そんだそんだ、その裁判とやらのために、やっぱり東京からお客さんが来たことがあってぇ、去年の暮れだったかねえ。そンときも三藤さんにお泊まりになったんですがぁ。あのお屋敷は広いっから。ご一新のころからの分限者ですからねえ。

へえ、そン人らは進駐軍の人でしたけども、県のお役人と駐在さんがついておいでで、戦争中に兵隊にいったこの村の者《もん》をおたずねになってきたんですがぁ。伊森太郎《いもりたろう》いう、村の診療所で助手をしとった若い人でぇ、戦争中には大陸にいてぇ、関東軍のお医者の先生の下についとったとかいう話でしたがぁ。註②

けども、伊森さんは村に戻ってきてねえからね。へえ、家にはおっかさんと妹がおりますけども、戦死公報は来とらんって。だからおっかさんも妹も、伊森さんが復員してくるのを待ってるんですがぁ。そこへ東京からそン人らが来て、何かねえ……しょうげん？　へえ、そうそう、証言をしてくれっちゅうことだったかねえ。けども、肝心の本人がいねえんで、えらくがっかりなすってお帰りになったたってぇことです。

へ？　おや、そうなんですかぁ。あん人らが、うもり様がびっけ（とても）珍しい屍《し》者《しゃ》じゃあちゅうことを見つけなすったんで。三藤の大旦那さんからお聞きになってねえ。

へえ、そうでしたかぁ……。

船頭《ふながしら》（網元）の親方さんが西の磯《いそ》に祠《ほこら》ぁ建てて、うもり様をお祀《まつ》りしたのは、わだしがまだ十《とお》ばかりのころでしたで、何年前になンのかねえ……六十八年かぁ。わだしも婆になるわけだぁ。

そう、うもり様がこの村へ流れついたぁは、明治十一年註③ですがぁ。わだしら、あんとき生まれて初めて屍者っちゅうもんを見たんですよう。あのころ村にいた者《もん》で、今も残っとるのンは、わだしと三藤の大旦那《おおだんな》さん、へえ、三藤允《みつる》さんだけですなあ。親方さんとこは、日露戦争のあとで倅《せがれ》さんの代で身上《しんしょう》持ち崩しちまって、びっけ遠くっから親戚筋の人が養子に入って後を継ぎなすったんでぇ、何《なん》も知らねえがぁ。うもり様のお世話は、ずっと三藤さんでなすってきたんですよう。祠の入口に、先生様もご覧になったでしょうが、柵を立てて注連縄《しめなわ》を張って、三藤さんのお許しがねえ限り、誰も入れんようにしておいてねえ。

今の村の衆も、うもり様は古浦の守り神だでぇ、大事にお祀りせにゃならんと聞かされちゃあおっても、由来は知っちょらんからねえ。そういうわだしも、倅たちにも娘にも黙っとったけ。

……へえ、とくだん、言っちゃならんと思っとったわけじゃありませんがぁ……。

先生様は東京のお人だで、屍者が働いてるとこは、いろいろ見ておられますがぁ。そうでもねえ？　屍者はまず兵隊になるもんだけどぉ、どんな仕事をさせても丈夫で役に立つから、大けな町じゃあ、いっぱい働いとったんじゃねえんですか。註④

古浦村にもねえ、あれは今上陛下《きんじょう》が即位なすった年だったかねえ、親方さんが「水夫《かこ》にする」ちゅうって、屍者を三人ばかり連れてきてぇ。何でも、魚の卸《おろし》業者にだいぶお金を積んで、融通してもらったっちゅうことでね。そのころ、村から満州へ移民する者が増えてぇ、水夫が足りなくなってたんですがぁ。そんで親方さんも屍者を使おうと思いなすったんですけども、まるでいけませんでねえ。

どうしてかってぇ、屍者を船に乗っけてくと、魚が逃げっちまうんですがぁ。磯から沖へ、半日も漕《こ》がにゃ行かれねえような遠くまで、魚が散っちまって寄りつかねえんです。これじゃ何もならんちゅうて、親方さんもすっかり腹が煮えちまって、それっきり屍者が村に入《へぇ》ってきたことはごぜえません。あれっきりでごぜえました。註⑤　終戦前に、神奈川の連隊で最後に召集された部隊が、二里ばかり先の浜で演習なすってたことがありますけども、その部隊の半分くらいが屍者だったたって、親方さんがわざわざ見に行って、もっと遠くでやってもらわんと困るって怒っとりましたがぁ。

……へえ、そうなんですかぁ。屍者が荷運びをしとる、女中をしとる、鉄道の車掌をしとるってぇのは、内地じゃなくってぇ、満州の話だったたんですねえ。註⑥

まあ、そんなんで、この村の衆にとっちゃ、屍者っちゅうのは魚が逃げちまうような験《げん》の悪《わり》いもんだったでねぇ。だからね、うもり様も昔は屍者だったんだぁって知れたら、村の衆が、とたんにうもり様をおろそかにすンじゃねえかって、わだしはそれが嫌だから、黙っとったんですがぁ。三藤の大旦那さん――允さんも同《おんな》じじゃねえがなあ。んでも今度は、うもり様が屍者でごぜえますって、先生様がたにお知らせしたのは、その允さんなんですがぁねえ……。

進駐軍はおぞげえ（恐ろしい）もん。この国は無条件降伏したんだからぁ、もう屍者を持ってちゃいけんのでしょう。うもり様が屍者だってこと隠しといて、あとで知れて、誰かがつかまったりしたらぁ、いかんもんねえ。

わだしらには、神様だったんだけども。

明治十一年の八月の、あれ、ちょうど今日でごぜえますよ。五日でしたがぁ。わだしのおっど（父親）の月命日ですから、覚え違いじゃごぜえません。

その日の朝に、浜の船着き場の方で騒ぎがごぜえましてな。小舟が流れ着いたってぇ。わだしも子供でしたから、野次馬でねぇ。弟といっしょに浜へ行ってみっと、そらまあきれいな赤と青に塗ってある立派な小舟でしたがぁ。あとでおそわったぁ、救命ボートちゅうもんだった。

そン小舟に、人が二人のってましたがぁ。一人は兵隊服を着た若い男の人でぇ、へえ、丸刈り頭の日本人でした。ンで、もう一人がもう見上げるような大男で、麻袋《あさぶくろ》をつぎはぎしたような粗末な服を着てぇ、身体《からだ》が汚れとってね。そんだけでもごじょした（驚いた）んだけども、頭の毛が刈り入れ時の麦の穂《ほ》ぉみてえな色でね。あと、目が青かったんですがぁ。夏の海の色だぁねえ。

その場は、子供はすぐ追っ払われちまったでぇ、何もわかりません。わだしが知っとるのは、あとで三藤の允さんから聞いたことばっかりでごぜえます。

允さんはわだしより六つ年上ですがぁ、あのころ十六におなりで、県の高等学校へ進んでおられました。それが、何が気に食わなかったんかねえ、あの年の五月に学校をよしちまって、村へ戻って来ておられたんですがぁ。そんでも、高等学校へ行けるくらいのお人ですから、十六でも物知りで、言葉もよおけ知っとったし、屍者のこともご存じでしたがぁ。

そんで、あのきれいな小舟の二人は逃亡兵でぇ、大男の目が青い方の人は屍者《しい》じゃって、教えてくだすったんですよう。

「あの兵隊服の人は軍人じゃなく、海軍の通詞《つうじ》なんじゃ。三浦港に停泊している英国《エゲレス》の軍艦から、あの屍者を連れ出して、もっと北へ逃げようと思っとらしたんだけども、沖の潮《しお》に押し戻されてぇ、古浦浜に来てしまったそうだぁ」

わだしはへんげえな（難しい）ことはよくわかりませんでしたけども、逃亡兵っちゅうのはただ事じゃありませんがぁ。すぐ憲兵さんにお知らせしねえと大変なことになる。

だのに、船頭の親方さんも村長も、そのころの三藤の旦那さん——允さんのおっど様（お父様）ですけども、村の偉い人らが、兵隊服の通詞さんに、助けてくれろって泣いて拝まれて、手ぇつかねてしまってるいう話でしたぁ。

「あの屍者は、屍者化されてからもう十五年も経《た》ってるんだと。屍者はもともと、二十年ぐらいしか保《も》たねえんだけども、あの屍者はとりわけ難しい実験を何度もされてンでぇ、すっかり傷《いた》んじまって、よく保っても、せいぜいあと半年ぐらいだってぇ」

ソンだから、爆弾にされるんだっていうんですがぁ。

「屍者の身体に残ってる脂《あぶら》が、爆薬になるんだよ。この国にゃ、まだそんな技術はねえっから、あれは英国と取引して輸入した特別な屍者なんじゃ。あの通詞さんが乗ってた軍艦には、同じように爆弾にされる古い屍者が、三十体ぐらい積んであったんだって」

通詞さんは泣き泣き、本当なら全員を逃がしてやりたかったんだけども——と言ったそうでぇ。

「そんなこと、一人じゃ無理だぁ。それにほかの屍者は口もきけねえし、通詞さんの言うこともわからねっけど、あの屍者だけは別でぇ、ゆっくり噛《か》み砕いてやりゃあ、話ができるんだと。ンで、あれだけでも逃がそうって、二人で救命ボートに乗り込んだんだぁ」

ソンでも、こんな村に流されてきちまったらどうしようもなかろうけども、

「それが通詞さんに言わせっとぉ、そうでもねえんだ。ここはこげな小さな漁村だでぇ、

海軍の地図には載ってねえんだと。だからここに流れ着いたのはもっけの幸いで、追っ手にめっからねえように隠れてれば、何とかやり過ごせる」

だから通詞さんは、古浦村で匿《かくま》ってくれぇって頼んでる、いうんですがぁ。

「今ンとこ追っ手が来る様子はねえし、憲兵さんの目なら、何とかごまかせる。大の男が大泣きして頭ぁ地面にこすりつけてるのを、無下《むげ》にするのも後生が悪《わり》ぃし……」

いらっぽ（若造）の允さんは、そう言って、何だか偉そうに鼻先で笑いなすったがぁ。

「それより何より、みんな屍者を見るのは初めてだから、おそげえ（恐ろしい）んだろう。動いてはいるけど、ありゃもう死人《しびと》じゃあ。下手《へた》なことすっと祟《たた》られるかもしれねえって、村長なんか腰が引けてるでぇ」

そりゃ、がんもねえ（仕方がない）ですがぁ。わだしらみんな、屍者の兵隊さんはびっけ強《つえ》え、いっぺん死んでるから二度と死なねえ、こんな頼もしい兵隊さんはいねえって、話で聞いていただけでしたがぁねえ。

ましてや、その海の色の目をした大男の屍者は、異国人ですがぁ。わだしもおそげくて、何で允さんは平気なんだぁって不思議でねえ。訊《き》いてみたら、高等学校の授業でかいさつしたことがあるんだそうでした。ンで、屍者は口をきけねえし、生きてる人間と話なんかできねえはずだけども、通詞さんの言うことが本当なら、あの屍者はそのへんも特別なんかなあって、首をひねってたんですよう。

は？　わだしと允さんですか。へえ、先生様のおっしゃるとおりでごぜえますよ。あのころは「允さん」なんてとんでもねえ、「三藤さんの坊ちゃま」ですがぁ。わだしみたいな漁師の娘っことは身分が違《ちげ》えます。

わだしのおっが（母親）は三藤さんとこに女中奉公してまして、とりわけおっどが死んでからは、おっがその奉公でいただくお給金が命の綱でしたから、お屋敷の方々には頭が上がりませんがぁ。ンでも、あのころの三藤の旦那さんもおかみさんもお優しいお方で、うちのみんなの口が干上がってしまわねえように、何かと気ぃかけてくだすってました。允さんもまたちょっと変わった方でぇ、高等学校へ行ってしまうまでは、ちょくちょくお屋敷から漁師町へ遊びに来とらしたですし、わだしらにもよくしてくだすってねえ。

ありゃ、先生もきっきぃ（おかしな）ことお言いなさるねえ。允さんはただ、磯でつかまえる蟹《かに》やウミウシみてぇに、わだしらを珍しがってらしただけですがぁ。

えっとぉ、そんで……ああ、ですから、結局は通詞さんの頼みをきいてぇ、二人を匿うことになったんですがぁ。西の磯に小さい道具小屋がありますろう、あっこに入れてね。親方さんが自分とこの若い衆に見張らせるっていうんで、屍者ってのは死人だべって、やたら嫌がってた村の女衆も、おとなしゅうなったんです。

そうやって、五日ばかり匿っとったですかねえ。憲兵さんが来ることもなくって、何もなかったですがぁ。通詞さんはときどき三藤さんとこへ行って、旦那さんと会ってたそうですがぁ、そりゃ、通詞さんが逃げてきた軍艦がどうなってるか、探ってたんだね。

これもあとで、允さんが教えてくれました。旦那さんは、最初《はな》っから通詞さんに同情しとられてたそうですよう。

でぇ、六日目だか七日目だったかねえ、軍艦が通詞さんたちを探すのを諦《あきら》めたんか、三浦港からどっか行っちまったってぇ。やれコンならひと安心だってぇ、じゃあ、あとは通詞さんと屍者をこっそり村から逃がそうって算段になってぇ、けども今度は通詞さんの方が、この村の衆に何かお礼をしてぇって言い出したんですがぁ。

それがねぇ、実は通詞さんの考えじゃなくてぇ、あの青い目の屍者の人がぁ、そう言ってるゆうんですがぁねえ。

西の磯のね、うもり様の祠があるところは、崖が上に、こう、ちょっと張り出してますがぁ。あれは昔はもっとこう、とかげの尻尾《しっぽ》みたいに長くなっとったんですよ。その長《なが》ぁく出っ張ってるところが、あの前の年の春先に、ちょうど西の磯のすぐ先の深みで、キツネダイやヒメダイがいっぱい獲《と》れるころに、ぽっきり折れたようになって、海に崩《くず》れ落ちちまいましたがぁ。べつだん、地震《じぶる》いもなかったしぃ、雷《かみなり》が落ちたわけでもなかったんだけども、親方さんの話じゃ、ああいう岩肌のざされてるところは脆《もろ》いっから、何かの拍子にいっぺんに大崩れしちまったんじゃねえかぁ、いうことでした。

崩れた岩は海に落っこちて、ちょうど、折れたところが波間に顔を出してね、そのせいで磯の流れが変わっちまいました。しょっちゅう渦《うず》を巻いてぇ、船を出すと引っ張り込まれて、何とか抜け出しても下の岩場に叩《たた》きっつけられちまう。危なくって、漁ができねえんですがぁ。だから西の磯の道具小屋も使ってなかったんですよう。

あと、その大崩れのときに、村の船が二つ巻き込まれましてぇ。へえ、うちのおっどもそのとき死んだんですがぁ。船はバラバラになってぇ、亡骸《なきがら》の上がった者もおりますがぁ、うちのおっどは見つからねえまんまになっとりました。きっと、崩れ落ちた岩の下敷きになっちまったんだろうって。

通詞さんはぁ、お連れの屍者の人ならばぁ、あの崩れた岩をどかして、磯の流れを元に戻せるっていうんですがぁ。屍者はびっけ力持ちだしぃ、もともと息をしてねぇから溺《おぼ》れねえ。深いところに潜っても、身体が冷えて動きが鈍っちまうこともねえ。

親方さんも三藤の旦那さんも、魂消《たまげ》ちまってねぇ。屍者の人がなんでそんなこと言い出すのンか、わけがわからねえ。したら通詞さんが言うには、屍者の人は毎日、磯小屋に隠れとるだけで、何もすることがねえっからね。海を眺めとってぇ、ここはいっぱい魚が獲れそうなところなのにぃ、どうして漁船がいねえのかなあって考えて、あの岩があるから危ねえのかなって、思いついたんだってぇ。大崩れのことなんか知らなかったけんど、自分で考えて、そんなふうに見当をつけたんですがぁ。しかも、それが大当りだったんだから、そりゃ親方さんや旦那さんが目ぇ白黒させるわけですがぁ。

親方さんは村の漁場のことならよく知ってますでぇ、いくら屍者にだってそげな危ねえことはでけんって、止めたんですよ。けども、屍者の人は大丈夫だっていうしぃ、通詞さんも、ねえ。

「どっちにしろ、もう長く保たねえ屍者のことだから、本人のしたいようにさせてやりたいんじゃねえのかなあ」

允さんはそう言ってましたがぁ。

それで結局、その日からもう五日かかりましたけどもねえ。屍者の人が海に潜って、最初は、渦巻いてる波の下がどんな様子になってるか調べるだけで手ぇ一杯だったようですがぁ、ちょっとずつ、ちょっとずつ岩をどかして、ほんとに、西の磯でまた漁ができるようにしてくれたんですがぁ。

へえ、そうです。さすがにみんないいなじゃなかったけども、うちのおっどの骨も、岩の下になってたのをめっけて、引き揚げてくれましたんですがぁ。頭の骨はそっくり残っててぇ、歯の抜け具合から、おっがこれはおっどの頭だって、見分けられたんでぇ。

村の衆は気味悪がって、最初のうちは遠巻きにしてましたけどもぉ、允さんがさいさい（しばしば）道具小屋まで出かけて見物しとるもんだからぁ、わだしもくっついてって、屍者の人が海に潜っちゃあ、そのたんびにちっとずつ岩を動かしたり、何か引き揚げてきてくれるのンを見てました。そうしてるうちに、村の衆もだんだん近寄ってくるようになったですがぁ。

へえ、通詞さんもいっしょに見てましたよ。そンで、允さんに言ってたんですがぁ。あの屍者の人も生きてたころには漁師だったんだぁ、英国《エゲレス》にも漁師はいるんだようって。

「屍者はみんな、彼みたいに力持ちなんですか」

允さんが訊いたら、通詞さんは笑ってましたねえ。みんながみんなそうじゃねえけど、あの屍者の人はぁ、何かそういう、鬼みてえな力持ちになる細工をされててぇ——

へ？　ぷらぐ？　そういう細工なんでぇ。ぷらぐいん[註⑦]。へえ〜。

屍者の名前？　へえ、トムさんって、通詞さんは呼んどられましたよ。だから、みんなもそうお呼びするようになりましたぁ。

わだしらは、トムさんと話したことはねえです。けどもいっぺん、あん人が一人で磯に座ってるとき、小さい声で歌をうたってるのを聴いたことがあってねえ。へえ、言葉はわかんねえけども、あれは歌でした。調子っぱずれでおかしかったから、わだしがつい笑っちまったら、トムさんもこっち見て、すこぉし笑ったんだあ。允さんは、屍者は笑えねえって信じてくれなかったけども、ほんとに笑ったんですよう。わだしはこの目で見たもん。

屍者はもう死んでっから、痛いも痒《かゆ》いも感じねえそうですけども、壊れることはあるんだね。毎日通って見ているうちに、ちっとずつちっとずつ、トムさんの身体のいろんなところが壊れてってるのがわかりましたねえ。耳が片っぽとれたり、指が一本ずつ欠けてったり。

いちばん最後に、いちばん重たい、波間から顔を出している大けな岩がどかされたときには、ぞろっと揃《そろ》って見物してた村の衆、みんなで手ぇ打って喜んだもんですがぁ。けども、トムさんがなかなか上がってこなくってね。しまいには通詞さんまで顔色が

青くなっちまって。口元にラッパみたいに手ぇあてて、

「トム、トム」

一生懸命呼んでましたがぁ。みんな小躍りしましたがぁ。

そしたら、沖の方にぽこっと、トムさんの頭が浮いてぇ。

トムさんは、こう、のしみたいな泳ぎ方をして磯へ上がってきたんです。それもいつもよか、うんと暇《ひま》がかかってぇ。

何でかってことは、すぐわかりました。

右脚が、腿《もも》の上からそっくりもげちまってたんだぁ。だからもう、海から上がったら、立ち上がれなかったねえ。泳ぎつくまでに力を使い切っちまったみたいで、腕もほとんど動かせなくなっとってぇ。

村の男衆がよってたかってトムさんを抱えて、えっちらおっちら道具小屋に運んでぇ、それからとっぷり陽《ひ》がくれるまで、通詞さんと親方さんと、三藤の旦那さんと村長で、小屋のなかで何か相談しとられました。ンで、やっと旦那さんが出てきたと思ったら、ずうっと外で待ってた允さんに、こう言ったんでした。

トムさんはもう、屍者としても壊れっちまったから、この村に葬《ほうむ》るって。

どこに葬るにしてもぉ、あとから憲兵さんに知れたらいけません。だから、まず村の衆には、トムさんの亡骸《なきがら》は海に流したってことにして、きっと他所《よそ》には漏らしちゃなら

んぞって、内緒にしたんですがぁ。

ほんとなら、わだしなんかもそれっきり何も知らされねえはずだったんですけども、允さんにお願いしたんですよう。おっどの骨をめっけてくれた人だから、トムさんのお弔《とむら》いに行きてぇって。そしたら允さんが、

「ぬい一人だけなら、ええがぁ」

旦那さんにお頼みしてくだせえましてね。それでわだしは、その後のいきさつも知ってるわけですがぁ。

最初に言い出したのは、親方さんでぇ。

「トムさんは海の向こうから来て、古浦村の漁師の骨を拾ってくれた上に、磯の漁場を平《たい》らして(元に戻して)くれたんじゃあ。有《あ》り難《がて》え神様じゃで、丁重《ていちょう》にお祀りするのがいちばんええ」

わだし、最初はとんでもねえと思いましたよう。けども、じっくり考えたら、親方さんの言うとおりだって、得心《とくしん》がいってねえ。

へえ、うもり様は、〈海守様〉と書くんです。この村じゃ、昔っからそうお呼びして拝んできましたで。漁師を守ってくれる海神《うみがみ》様は、海の向こうからこられます。だから、トムさんはぴったりだったんですがぁ。

屍者は、動いてるうちは腐ったりしねえけども、動かなくなると普通の死人と同じで、どんどん腐って崩れっちまうそうですねえ。それじゃ困るから、トムさんは、三藤さん

のお屋敷でこっそり血ぃ抜いてぇ、うんと乾かして、膠《にかわ》と漆《うるし》で塗り固めて、神像にしたんですがぁ。親方さんは若いころに、村の沖合で、一尋《ひとひろ》もあるまんぼうを釣ったことがあってぇ、そンとき剝製《はくせい》を作った要領でいいがぁってね。漆を塗ろういうのは、允さんのお考えでした。神像らしくなっからね。膠は、トムさんのもげちまった右脚の替わりに、義足をくっつけるのに使ったんですがぁ。

磯の祠は湿気《しけ》ってるからねえ。いくら工夫したって、そのうち腐っちまうんじゃねえかとわだしは心配でしたけども……へえ、そうですかぁ、先生様がご覧になったら、ほとんどそのまんまのお姿だったんですかぁ。やっぱりただの死人じゃなくて、もとが屍者だったからですかねえ。

通詞さんですか。あれっからどうなすったんだか、消息は知りません。その後は、村に来ることもなかったですがぁ。允さんはご存じかもしれんけども、どっちにしろもう亡くなってましょうねえ。

うもり様は、東京へ運ばれたら、どうなるんでしょ。お国に帰れますか。名前？　トムさんの。さいですかぁ、そっちは屍者になってからの名前だったんだね。本当の名前は、もうわからねえのかあ。それじゃ生まれ育ったところも……。

でも、トムさんはもう、とっくに天国《ハライソ》へ行ってるんだよねえ。

ハライソですがぁ。先生様はご存じねえですか。

トムさんを弔うとき、わだしがお念仏を唱えようとしたら、通詞さんが、この人は拝んでる神様が違うからお念仏は要らねえって。けども、神様が違ったたって、いいことをした人は極楽へ行く、トムさんたちが行く極楽はハライソいうんだぁ、教えてくれたんですよ。
あの人の目《しぃ》は、夏至の日のお天道様《てんとさま》が頭の真上にあるときのねえ、海がいっちばん輝いてるときの、あの青い色でした。わだしにはずっと、ずうっと、神様でしたがぁ。

註①　極東国際軍事裁判（東京裁判）の開廷は昭和二十一年（一九四六年）五月三日。
註②　その後の調査により、この伊森太郎という人物は関東軍防疫給水部、通称「石井部隊」の一員であったことが判明。現在まで復員しておらず、生死も不明である。
註③　明治十年（一八七七年）の西南戦争の際、明治政府の屍兵団が、政府軍に擬装した叛乱軍の田原坂《たばるざか》通過をまんまと許すという事態が発生した。政府の屍兵団が、錦《にしき》の御旗《みはた》と呼ばれる識別旗を誤認したことにより生じた事故であったが、これを重く見た明治政府は、以来、すべての屍者を国有化、個人はもちろん自治体や法人結社による所有を全面的に禁止し、その流通拡散の防止に努めた。
註④　前記の禁止措置は、大正十二年（一九二三年）九月一日に関東大震災が発生、帝都の復興作業に大量の労働力が必要となったため、同年十月布令の「屍体民間活用特殊措置法」によって大幅に緩和された。同年のフランケンシュタイン公社設立も、この法令に則ったものである。

註⑤　フランケンシュタイン公社管理下の屍者は、公社が政府から譲渡されたものを民間企業や自治体・諸団体に派遣する形で運用されたが、労働力として定着した派遣先は、九割以上が炭鉱や鉱山、地方の鉄道や道路敷設の基礎工事現場であった。主要都市での汎用労働は市民からの抵抗が強く試験段階で中止、運輸運送業や第一次産業の現場で長期間の運用に成功した事例も少ない。

註⑥　旧満州国の関東軍支配下では、独自の屍者製造と運用が常態化しており、その事実は満州移民を通して内地でも知られていた。但し、時の日本政府はこれをまったく問題視していない。事実上黙認し、満州を屍者の新たな民間活用の実験場にしていたと思われる。

註⑦　英国では当時、屍者の運動を制御するためにまず「汎用《はんよう》ケンブリッジ・エンジン」を書き込み、さらに職種別のプラグインを上書きするのが一般的な手法だった。古浦村の屍者は屍兵で実験体だったので、職種別ではなく能力増強系のプラグインを施《ほどこ》されていたものと推察される。

# 保安官の明日《あす》

1

いつもながら、本部《センター》の書類仕事には不備があった。名前の綴《つづ》りが間違っている。これでは発音できない。

「正しく書き直してくれ」

目の前にいる本人——着任したばかりの新しい保安官助手に、書類の該当する部分を示してみせて、ペンを差し出した。

新任の助手は、彼の経歴に不備があると指摘されたかのように、不快そうな顔をした。

「どこが間違ってます？」

「三行目と最下行だ。ただの綴り間違いだよ。よくあるんだ」

保安官は机のいちばん下の引き出しの鍵《かぎ》を開け、保安官助手用のバッジと小ぶりの拳《けん》銃《じゅう》を取り出した。四十五口径、六発装顚《そうてん》の回転式拳銃《レボルバー》だ。

「署名はどこに？」

「最後のページだ」

新入りは自分の名前を書き殴ると、表紙だけはたいそうな任命書を保安官に返して、ちょっと笑った。「噂《うわさ》には聞いていたけど、ここは本当に旧式《レトロ》なんですね」

任命書の最後のページに、管理者としての自分の名前を書くと、保安官は分厚い肩をすくめた。

「田舎町ならどこでもこんなもんだ。おまえさんは都会育ちなのか」

「僕の履歴書をご覧になってないんですか」

「見たが、忘れたよ」

覚えているのは彼の年齢だけだ。満二十二歳とあった。

「後ろのドアを出て、事務室の奥が更衣室だ。サイズの合いそうな制服を探してくれ。ホルスターはベルト式でもショルダー式でも好きな方を使っていい。どっちもくたびれてるがな」

バッジと拳銃を机の上に滑らせると、新入りは右手でその二つをわしづかみにした。小柄な体軀《たいく》の割に、手が大きい。健康的な爪《つめ》の色は、若さのしるしだ。

「親しい人間には、いつも何と呼ばれてる？」

「チコです」

「じゃチコ、取りかかれ」

短く刈り込んだ赤毛に、広い額。椅子《いす》から立ち上がり、日焼けした顔に笑みを浮かべて、チコは訊《き》いた。「保安官のことは何て呼んだらいいんですか」

「〈保安官〉でいい」

人口八百二十三人、二百九十七世帯しかないこの町に、保安官事務所はひとつしかないし、保安官は彼一人しかいない。

就任の儀式としてはもちろん、挨拶《あいさつ》としても淡泊なやりとりに、肩すかしをくったような顔で出ていこうとする新しい助手に、保安官は声をかけた。「チコ」

「はい？」

「〈ザ・タウン〉にようこそ。夏は、この町がいちばん美しく見える季節だよ」

保安官執務室の二人の頭上では、天井に取り付けられた旧式のファンが、少し右に傾いたままゆっくりと回っている。

この町の住民たちは、保安官事務所のことを〈馬小屋〉と呼んでいる。羽目板の壁にこけら葺《ぶ》きの屋根という、チコならこれも旧式と評するだろう町の家屋の大半と同じ造りだが、東側に張り出した長い増設部分が、廏《うまや》のように見えるからだ。もっとも、町の乗馬クラブの廏はもっと上等な造りだから、この呼称には親しみのこもった揶揄《やゆ》も含まれている。保安官の馬面《うまづら》——顎《あご》の長さへの。

執務室のガラス越しに、隣の事務室でいちばん大きなスペースを占めている警察無線の装置が見える。装置の前に、こちらに背中を向けて座っているのは、通信係兼保安官秘書のガルダばあさんだ。保安官が町の誰からも〈保安官〉としか呼ばれないように、彼女もまた誰からも〈ガルダばあさん〉としか呼ばれない。おそらく七十歳を過ぎているであろうこの老嬢に、〈ガルダばあさん〉と呼びかける者は保安官のほかにはいないが、本人も含めて誰もそれを気にすることはない。起きている時間のほとんどをここの無線の前で過ごし、その時間の大半を居眠りしているこのばあさんは、〈ザ・タウン〉の平和の象徴だ。

無線のコールが鳴ると奇跡のように必ず目を覚ますガルダばあさんだが、今、チコがその脇《わき》を通り過ぎても、まったく反応がない。電話も鳴らず、今日も昨日と同じ、おおむね平穏な一日の始まりだ。

保安官は、壁際《かべぎわ》の鏡に寄って服装を点検した。薄いカーキ色のシャツに、濃いカーキ色のネクタイ。シャツの襟《えり》に入った二本の赤いストライプが、保安官の身分を示している。助手のチコの制服にはこのストライプがないし、保安官と同じくこの町には一人しかいない保安官補のチョウの襟には、ストライプが一本しかない。実にシンプルな上下関係の表示である。

白髪《しらが》交じりの黒い髪を、保安官もチコと同じように短く刈り込んでいる。鏡に目を近づけて、右の眉毛《まゆげ》に交じった目立つ白髪を一本引っこ抜いた。シャツの襟には皺《しわ》ひとつなく、ネクタイにもシミはない。フラップ付きの胸ポケットのボタンに傷や曇《くも》りもなく、ズボンの折り目はぴしりとついており、革製の安全靴はよく磨いてある。拳銃、警棒、手帳とバッジ。あとは帽子をかぶり、無線を携帯すればいい。

今朝方《けさがた》、町の集会所の窓ガラスが一枚割られてしまったと、保安官の自宅に連絡があった。住み込みの管理人の老人は、夜中に、近くで数人の若者が騒ぐ声や入り乱れた足音を聞いたと言っていたから、彼らがいたずらか、喧嘩《けんか》のはずみでガラスを割ったのだろう。

直接民主主義で治められているこの町にとって、集会所は議会に等しい神聖な場所だ。この程度の事件であっても、臨場する保安官は身だしなみに留意しなくてはならない。礼節は、〈ザ・タウン〉にとって重要なものだ。

一歩ごとに床板を軋《きし》ませながら、保安官は無線装置に近づいて、自分用の無線機を取り上げた。ガルダばあさんは口を開けて居眠りしている。新入りだけを留守番に出かけるのも何だと思っていたら、折良くパトロール車が戻ってきた。運転席のドアを開け、眠たげな顔をしたチョウが降り立って、帽子を取り髪をかき上げながら事務所の入口のステップをのぼってくる。

と、着替えを済ませたチコも出てきた。襟元がきついのか、指を突っ込んで緩めようとしている。

両開きのドアを身体《からだ》で押して、チョウが入ってきた。おはよう、と声をかける前に、彼の方から口を開いて陽気な声をあげた。

「やっとこさ増援のご到着ですか」

「一名だけだがな」

保安官はうなずき、帽子を胸にあてて、チコが軽く一礼した。

「えっと」

「保安官補のチョウだ」

よろしくなと、チョウはチコと握手した。保安官よりも頭ひとつ長身で、脚が長い。亜麻色の髪は長く、特にもみあげや襟足はうっとうしいのだが、いくら注意しても切ろうとしない。俺《おれ》にもひとつくらい、個人のこだわってもんを残しておいてくださいよ、と。

「よろしく」と、チコはいささか固い表情で言った。

「普段の俺はもうちょっと二枚目なんだ。今朝は当直明けだから、三割減で見てくれよ」

確かにチョウは疲れた顔をしている。

「ご苦労さん。ずいぶんかかったな」

「参っちゃいますよ。また第一給水塔です。もう、修理するよりぶっ壊して建て直した方が早いんじゃないかな」

今朝午前四時ごろ、町に三つある給水塔のうちのひとつがシステムダウンしたという急報が入り、当直のチョウが駆けつけたのだ。給水塔の不具合で、水道屋や建築屋ではなく、保安官事務所が乗り出すというのもおかしな話だが、ここ二ヵ月ばかりのあいだに、この第一給水塔ではトラブルがあいついでおり、保安官は訝《いぶか》っていた。チョウの言うとおり、機器の経年劣化が原因なら心配はないのだが、いくつかの不具合のなかには人為的に引き起こされた疑いのあるものも混じっている――少なくとも、彼の目にはそう見えるのだ。

「十分ぐらいのあいだに、送水パイプの二ヵ所の弁で許容範囲以上の水量がカウントされたんで、自動停止しちまったんです」

そんなの水量計のエラーに決まってると、チョウはあくび混じりに言った。「だって朝の四時ですよ。それとも、俺たちが知らないうちに、町で朝風呂のブームが起きてるんですかね？」

「夏だし、みんなが一斉にシャワーを使ったんじゃないですか」

唐突にチコが発言し、エアポケットのような沈黙が来た。それが気詰まりなのか、チコはあわてて続けた。「この町、けっこう蒸《む》し暑いですよね。盆地だからかな」

チョウが目をぱちくりし、片方の眉を吊り上げて、念を押すように訊いた。「朝の四時に？」

保安官が笑うと、チコも笑った。チョウの笑い声がいちばん大きい。

「俺はこれからちょっと出てくる。ついでに第二と第三の様子も訊いてこよう」

帽子をかぶり、保安官は車のキーを取った。通りしな、チョウの肩をぽんと叩《たた》いた。

「おまえはチコに、町の施設の概略と、留守番の心得を教えてやってくれ。それが済んだら帰って休め」

へいへいと、チョウは笑ってガルダばあさんを見返った。

「俺たちの可愛《かわい》いおばあちゃんを起こすコツも、ちゃんと伝授しておきますよ」

集会所のガラスは、派手に割れているわけではなかった。ひびが入って、欠片《かけら》がいくつか落ちているという程度だ。管理人は夜中の若者たちの騒ぎについて熱心に訴えたが、彼らの声がしているあいだにガラスが割れる音は聞かなかったという。

「その若い連中とは関係なくて、もっと早い時間に割れてたんじゃないかね」

集会所は公道に面しているし、西側の脇道にも車がよく通る。建物の周囲に敷き詰められた砂利《じゃり》をタイヤがはじき飛ばして、たまたまガラスに当たったのかもしれない。

「とんでもない！ 見回りはちゃんとしております。あの連中の騒ぎがうるさくて、起き出してみて初めて、ガラスが割れているのに気がついたんですよ」

色をなす管理人を、保安官は宥《なだ》めた。「あんたの仕事ぶりにケチをつけようってわけじゃないよ」

「こんなことになるなら、あのときすぐ報《しら》せときゃよかった。夜中に保安官を叩き起こしちゃ悪いと思ったから、朝まで待ったのに」

ぐずぐずとこぼす口つきが歪《ゆが》んでいる。

「要は、単純な破損事故だってことさ。さっさとガラス屋を呼んで片付けよう」

集会所のなかに引き返してゆく管理人の後ろ姿を見送り、その足取りがおぼつかないことに、保安官は気づいた。左足を引きずっている。彼は老齢だが、歩行に支障をきたすような要素はないはずだ。

シャツの胸ポケットのボタンをはずすと、携帯電話を取り出した。〈ザ・タウン〉には携帯電話のショップは二店しかないが、安価に買い換えができる上に、頻繁に新機種が売り出されるので、両店ともに繁盛している。どちらの店でもこれを見せると、

「保安官、まだそんな古い機種を使ってるんですか?」

呆《あき》れ顔をされるが、そのたびに彼は同じことを言うようにしている。

「こいつは家内の形見みたいなもんだから、取り替えたくないんだよ」

見てくれは古くても、こいつはこの町に存在しているどんな携帯電話よりも優秀だ。保安官の私物ではなく、〈ザ・タウン〉の備品でさえない。本部からの支給品だった。

集会所入口へ続く歩路をよちよち歩いていく老人にこっそりカメラを向けて、ほんの数秒、動画を撮影した。個体の動作解析にはこの程度で充分なのだ。管理人のロットナンバーを打ち込み、コメントを付けてすぐ送信しようと思い、考え直して、いったんデータを保存した。彼の言《げん》に嘘《うそ》がないのなら、静かな夜中に戸外で騒ぐ若者たちの声や足

音は聞き取れても、ガラスが割れる音は聞き取れなかったということになる。対物可聴能力にむらが生じているのだとしたら、そちらの報告も一緒に上げた方がいい。しばらく様子を見ることにしよう。

「ガラス屋はすぐ来てくれるそうです」

集会所の事務室の窓から顔を出し、管理人が呼びかけてきた。保安官は手を上げて彼に応《こた》えた。

「俺はこれから給水塔へ行く。町長に電話しておいてくれ。報告書は後で送るから」

三つの給水塔は、〈ザ・タウン〉を囲む森のなかに立っている。三点を結んでできる正三角形に、〈ザ・タウン〉がすっぽり収まる位置関係だ。習慣で、誰もが給水塔と呼んでいるが、ここでは上水管理だけでなく、下水処理も行っている。配電所と同じく、町のインフラを支える重要な施設だ。

保安官は集会所を後にすると、まず第三給水塔へ向かった。作業長に会い、異常がないことを確認すると、パトロール車のごついバンパーを北へ向け、第二給水塔へ移動する。町外れの森のなか、林道を走るパトロール車に、行き会う車両はなかった。エアコンを切り、窓を開けて走る。夏の森の匂いがした。

第二給水塔では、第一給水塔で発生したアクシデントを受けて、運転員たちが検討会議を開いていた。ここの作業長はこうした対処がいつも手早い。信頼できる人物だ。

「今のところ、うちでは同様の問題は生じていませんが、早急に弁の分解掃除をしてみます。第一から来たレポートを見る限り、どうも塩素が原因の開固着現象じゃないかと思うんですよ」

保安官は、作業長を運転員たちからちょっと離れた場所に呼んだ。

「この際だから率直に訊こう。あんたどう思う？　サボタージュの線はあるかな」

さあ……と、作業長は答えを渋った。

「第一給水塔じゃ、先週も運転停止があったじゃないか。どうにも不具合が多すぎるよ。人間関係が悪いって聞いたこともあるし」

「職場でゴタゴタしているからって、運転員が個人でシステムをどうこうすることはできませんよ」

「貯水タンクに塩素をぶちこむことはできるんじゃないか？　規定以上の濃度の塩素を含んだ水がパイプを流れ続けたせいで、弁の開固着が起きたのかもしれない」

作業長は考え込み、可能性がなくはないと、同じように小声になって答えた。

「第一の作業長は、女性の運転員にセクハラをしているという噂があるんですよ」

「ありそうな話だな」

保安官は、第一給水塔の作業長の脂《あぶら》っこい顔と、出っ張った腹を思い浮かべた。

「直《じか》にあたっても、みんななかなか口を開かないでしょう。監視カメラの映像を調べる方が手っ取り早いかもしれませんよ」

「そうしてみるよ。ありがとう」

パトロール車の運転席に戻ると、また携帯電話を取り出して、本部のデータベースにアクセスしてみた。記憶違いはあり得ないが、念には念を入れるのが彼のやり方だ。

——やっぱりな。

第一給水塔の作業長の個人情報には、保安官の記憶を裏付ける事実が羅列されていた。本部に報告せねばなるまい。それでどうなるわけでもなく、監視を続けるしか手はないが、三つの給水塔のあいだで人事異動を行うように、町長から働きかけてもらうくらいのことはしてもいいだろう。第一には女性運転員を入れない方が面倒がない、と。

第一給水塔ではバックアップ設備を使って運転を続けているので、町のどこかが断水しているわけではない。監視カメラの映像は本部経由で入手できるから、わざわざ足を運ぶ理由は、職務的にも心情的にもなくなった。保安官は事務所に戻ることにした。

それでもすぐ町の中心部へ向かわず、第一給水塔が遠望できる林道を通ったのは、一人で車を転がす気楽な時間をもう少し味わいたかったからだ。もちろん、いついかなる時でも保安官が完全に一人になることはあり得ず、常に本部とつながっているのだが、気分というものは大切だ。

第一給水塔を見送り、林道から町道二号線に折れて間もなく、保安官は気がかりな景色に出くわした。

二号線沿いには住宅が少ない。住人がいない家もある。〈ザ・タウン〉では寂れた雰囲気の漂う一角だ。そのうちの一軒の赤い屋根の家から、白いワンピースの肩にショルダーバッグを引っかけた若い娘が走り出てきて、前庭に停《と》めたシルバーグレイのセダンに乗り込もうとしている。保安官の聴力に異常がないのなら、娘が家から飛び出してくるとき、誰かが彼女に怒鳴るか叫ぶか、大きな声を出していた。

若い娘はセダンの運転席に座り、車を出そうとしている。保安官はパトロール車のスピードを落としながらホーンを二度鳴らし、彼女の注意を引いた。若い娘は、肩のところで切り揃《そろ》えた髪がぱっと舞うほどの勢いで、彼の方に向き直った。

保安官は、セダンの進路を塞《ふさ》ぐ位置にパトロール車を停めた。若い娘はハンドルに両手をかけて下を向き、赤い屋根の家の窓のカーテンがちらと動いて、女の姿がのぞき、すぐ消えた。娘の母親だ。

帽子を頭に載せ、ベルトにとめたバッジが曲がっていないかどうか確かめて、保安官はゆっくりと車を降り、運転席の若い娘に片手を上げて呼びかけた。

「やあ、ジャン」

若い娘はエンジンキーから手を離さない。彼女の車も彼女と同じく不機嫌なようで、不審者を見つけた番犬のように唸《うな》るばかりだ。

「もう、おはようという時間じゃないかな、ジャン」

親しげに呼びかけて、保安官はセダンのボンネットに手を置いた。

「楽しい夏休みを過ごしてるかい？」

ジャンは十七歳。〈ザ・タウン〉のハイスクールの三年生だ。ムキになってキーを回し続ける。エンジンはかからない。

「降りておいで、ジャン。ちょっと外で話そう。風が気持ちいいぞ」

ジャンは小さく毒づき、車から降りた。ミニ丈のワンピースの裾《すそ》が翻《ひるがえ》り、肉付きのいい腿《もも》が一瞬あらわになった。

車のドアを乱暴に閉めると、今にも食いつきそうな顔で保安官に近寄ってきた。両手を拳《こぶし》に握っている。

「教会に行くの。乗せてってくれない？」

保安官は空とぼけた。「君の車、バッテリーが上がってるんじゃないかな。すぐハイデルさんに電話するといい」

町の自動車修理工場である。

「教会に行きたいのよ」

ジャンの目は吊り上がり、頰《ほお》が紅潮している。くちびるを嚙《か》みしめているせいで、口がへの字に曲がって見える。

「今日は金曜日だ。昼間の礼拝はないよ。夕べの祈りには、まだだいぶ時間があるし」

この娘《こ》が熱心に礼拝に通ったのは、確か前々回の〈周回《ラウンド》〉で、〈ザ・タウン〉のカトリック信者たちの拠点である聖マリア教会に、若くハンサムな司祭補がいたときだけだ。それも、カトリックの司祭は妻帯できないし、件《くだん》の司祭補が彼女の魅力に負けて還俗《げんぞく》するつもりもないとわかると、あっさりやめてしまった。ただ、やめた後も一度だけ教会へ足を運び、ひと騒動起こしてくれたのだが。

この娘も変わらない。第一給水塔の作業長と同じだ。どの周回でも、高確率でカードが揃ってしまう者たち。

しかし今回は、ジャンはまだ事件を起こしてはいない。踏ん張りどころだ。保安官はできるだけ優しく、物わかりのよさそうな笑みを浮かべてみせた。

「ジャン、教会へ行って何をしようというんだね」

気が立っている娘は、早くも目尻《めじり》に涙をにじませている。「決まってるじゃない。司祭様に会って、明日の結婚式を取りやめにしてもらうのよ」

「ジャン、君にそんなことをする権利はないんだよ」

「あるわよ！」

娘は身体を震わせ、涙声で叫んだ。

「トニはわたしを愛してるの。わたしたちは愛し合ってるのよ。トニは、あんなバカな女と結婚すべきじゃないの！」

彼女がトニと呼ぶのは、ハイスクールの数学教師である。二十六歳の将来ある若者で、明日の午前十時から、聖マリア教会で結婚式を挙げる予定だ。花嫁は職場の同僚、音楽の教師であり、町長の娘でもある。

二人の交際を、保安官は早い時期から知っていた。トニに相談されたからだ。駆け出しの数学教師が、名望厚く資産家の町長の一人娘と付き合うことは無謀だろうかと。

保安官はシンプルに答えた。

――ちっとも無謀じゃないさ。君たちはお似合いのカップルだよ。

この二人はどちらも〈空白《ブランク》〉だと知っているからこその言葉だった。これ以上確かな裏付けはない。どの周回でも、〈空白〉らしい善良で働き者の市民だ。前の周回ではトニは税理士の卵で、町長の娘は町医者の娘だったが、〈ザ・タウン〉の模範的な住民であることは同じだった。二人の知能と情動パラメータは典型的な都市部のホワイトカラーのそれで、だから周回が変わっても同じカテゴリーに組み入れられる。

職場の、しかも学校の教師同士の恋愛なので、二人はひそかに交際を続けた。そして三ヵ月前、めでたく町長の許しを得て正式に婚約し、二人の仲をオープンにした。

すると、ジャンが割り込んできた。〈黒点《ブラック・スポット》〉のジャン。他人の幸せを黙って見ていることができないジャン。とりわけ、それが自分のお気に入りのハンサムな男と、その男をさらっていこうとする、美人で金持ちで、ジャンにとっては鼻持ちならない女の幸せであれば、なおのこと。

「ジャン、君は勘違いをしている」

もう何度目になるだろう、この娘にこの説教を垂れるのは。

「トニはいい先生だ。君みたいに数学が苦手な生徒には、特に親切で熱心な教師だ。だがね、それは教師として生徒の君に相対しているからであって、トニが君に恋してるからじゃない」

「恋じゃないわ」ジャンは鼻先をツンと空に向けて言い放った。「わたしはもう、恋に恋するような子供じゃないもの。言ったでしょ？　トニとわたしは愛し合ってるの。真実の愛よ」

「それじゃ、なぜトニは別の女性と結婚するつもりなんだろう」

「だから、あの女に騙《だま》されてるのよ！」

「トニはそんなに愚かな男かな」

ジャンの勢いが、ちょっと落ちた。「愚かじゃないけど……惑わされてるの。あれは政略結婚よ。トニは将来、評議員になりたいの。それには町長の後押しがあった方が有利でしょ？」

この言い分も、この三月《みつき》のあいだに何度も聞かされた。

ジャンの唱える〈真実の愛〉は、保安官に言わせればただの妄想――被愛妄想だ。この娘の頭は常に恋愛のことでいっぱいで、それだけなら少々騒々しいが惚《ほ》れっぽいだけの女で済むのだが、ジャンは、現実が彼女の頭のなかだけでふくらんでいる恋愛模様の筋書きを裏切ると、ただ泣いて引き下がるのではなく、暴力的で破壊的な行為でそれを訂正せずにはいられないという厄介な衝動を抱えている。件《くだん》の司祭補のときもそうだった。ジャンは、彼がどうしても自分になびかないと知ると怒り狂い、復讐《ふくしゅう》の念に燃えた。そして深夜に教会へ押しかけると、泣きの涙で今すぐ告解をしたいと訴え、それに応じてくれた親切な司祭補と二人きりの時間を過ごし、その足で真っ直ぐ保安官事務所へ駆け込んできた。あろうことか教会の祭壇の前で、司祭補に無理矢理わいせつ行為をされたというのである。

あのときは、保安官が当直していた。ジャンの性向については、データでも実体験でもよく心得ていたから、あわてることはなかった。ジャンは嘘つきだが芝居は下手だ。信頼する司祭補に乱暴されたばかりでショック状態にあるにしては饒舌《じょうぜつ》に過ぎ、攻撃的に過ぎ、意気揚々《ようよう》とし過ぎていた。話のつじつまも合わない。それをやんわり指摘するとたちまち怒り出し、さらにつじつまの合わないことを言い募る様子は、いっそ哀《あわ》れでさえあった。

そういえばあの周回では、なにしろ教会がからむ事件だったので、本部は早々に、ジャンを一時的に〈ザ・タウン〉から出した。で、彼女が戻らないうちに〈総停止《オール・シャットダウン》〉になったのだ。手強《てごわ》い厄介者のジャンも、他の周回では目立った問題を起こしていないので（尻軽《しりがる》娘だと陰口をたたかれ、学校でも職場でも嫌われ者になる確率は高いが）、今度という今度は、保安官も腰を据えて、このしち面倒くさい娘に対処しなくてはならない。この娘の頭の中身をいじることはできなくても、考え方を変えさせること――自分と他者との距離を測る、もう少し正確な物差しを与えてやることはできるかもしれない。

が、さしあたって今は、もっと現実的な問題がありそうだ。保安官と向き合いながら、一秒もじっとしていることができないジャン。指を組み合わせたり、手を握ったり開いたり、そわそわと横目になったり、爪先《つまさき》を動かしたりしている。そしてなぜか、妙にあのセダンの方を気にしている。とっとと保安官を振り切り、一刻も早く教会へ駆けつけるための足という以上の意味が、あの車にはあるらしい。

「ジャン、ちょっと車を見せてもらっていいかな」

案の定、ジャンは針で尻《しり》を突かれたみたいに飛び上がった。

「どうして？」

「エンジンがかからないのは、バッテリー上がりのせいじゃないかもしれないという気がしてきたんだよ」

「バッテリーのせいよ。それだけ」

ジャンは額に汗をかいている。

「見せてもらうよ」

保安官は彼女の横をすり抜けてセダンに近づいた。ジャンは彼を引き止めようと手を伸ばしかけたが、そのまま固まってしまった。

セダンのドアを開け、保安官は車内に半身を入れた。

「登録証はどこかな。これは君のお母さんの車だよな？」

赤い屋根の家のカーテンがまた動き、ジャンの母親がこっちを覗《のぞ》いた。ジャンが司祭補との問題を起こした周回では、母親は〈空白〉だった。今回の母親は〈灰色《アッシュ》〉、犯罪歴はないが依存症にかかっている。彼女の問題はアルコールだ。娘の教育には無関心で、本人の生活態度も悪い。おそらく、家のなかはゴミ溜めのような有り様だろう。ジャンが曲がりなりにも清潔で洒落《しゃれ》た服装をしていられるのは、この娘自身の努力によるもので、そこは評価に値する。どうにかして、そういう部分を伸ばせないものだろうか。

セダンのダッシュボードの物入れを開けてみると、自動拳銃《オートマチック》が一丁入っていた。予備のマガジンもひとつある。保安官はそれをまとめて取り出すと、セダンから出てジャンに向き直り、手のなかのものを掲げてみせた。

「九ミリパラのシグ、か」

ジャンは縮み上がっている。

「ちょっと前までは、こいつが我々の正式装備だったんだよ。こんなもの、どこで手に入れたんだね？　まさかうちからの払い下げじゃあるまいし」

みるみるうちに青ざめて、ジャンは口のなかで小さく呟《つぶや》いた。「ネットで買ったの」

〈ザ・タウン〉は、物理的には外部から隔絶された町だが、インターネットは使用できる。〈ホーム〉に存在する〈ザ・タウン〉と同じくらいの規模の町でも、ネットは使えるからだ。可能な限り現実的な設定。それが本部の望むものだ。

だから、こういう問題が起こる。町には狩猟シーズンを楽しむ男たちのための立派な銃砲店があるが、狩り以外の用途で銃を欲する住民たちのあいだで流通しているものは、ほとんどがネット経由だ。銃ばかりではない。児童ポルノしかり、ドラッグも同様である。

「何に使うつもりだったのか、ゆっくり聞かせてもらう必要がありそうだね」

立ちすくんでいるジャンに、パトロール車に乗るよう顎で示した。そのとき、車載の無線が鳴った。保安官はジャンをその場に、彼女の銃と予備のマガジンを手に、大股《おおまた》でパトロール車に戻った。

「何だ？」

「保安官、急いで戻ってください」

チコの声だった。うわずっている。

「誘拐事件発生です。いえ、人質は――じゃなくて被害者かな、女の子なんですけど、逃げてきて今ここにいるんです。だからあの、拉致《らち》監禁事件になるのかな？」

すぐ行くと応じて、保安官はジャンを振り返った。

「うちにいなさい。後で連絡する。それまで出歩いちゃいかん」

車を出すと、今の〈ザ・タウン〉独特の夏の湿った熱風が、保安官の頰をなぶった。

2

被害者の名前はカラ・スエラ。二十一歳の美大生。夏休みで実家に帰省している。両親は先週末からオリエル湖の別荘に行っており、一人で留守番をしていた。

オリエル湖は第二給水塔の森の北にある人造湖で、町の水源のひとつでもある。湖畔には別荘やキャビンが立ち並び、今朝チコが指摘したとおり、盆地特有の蒸し暑さに包まれるこの〈ザ・タウン〉の夏を凌《しの》ぐには絶好の場所だ。

「気分はどう?」

チコの問いかけに、カラは黙ってうなずいた。くちびるが乾いているだけでなく、口の端が切れて血が固まっている。両手首と両足首に、ロープか細いテープのようなもので拘束されたらしい痕《あと》がぐるりと残っていた。

駆け込んできたときは下着にスリップ一枚、裸足《はだし》だったというカラと同じくらい、チコも動揺している。非常事態に居眠りから目を覚ましたガルダばあさんに服を借り、水をもらい、ひとしきり背中を撫《な》でてもらったおかげで、いくらか顔色がよくなったカラに比べると、むしろチコの方が青ざめている。

事務室の隅のソファに、カラはきちんと腰掛けていた。保安官はちょっと離れた回転椅子に尻を載せ、彼女と目が合うようにしていた。この種の事件の被害者は、たとえ相手が彼女を保護している警察官であっても、それが男性である限り、パーソナル・スペースを越えて近づかれたり、見下ろされるのを怖がるものだ。

髪が乱れ、汗で頬に張りつき、目のまわりに濃い隈《くま》が浮いていても、カラは美人だった。黒髪に碧《あお》い瞳《ひとみ》がきわだって美しい。

警察無線が騒々しかった。ガルダばあさんとチョウが二人がかりで、町の自警団のメンバーに招集をかけているのだ。カラはそちらに目をやると、思い出したように身震いした。

「君が場所を覚えていてくれたおかげで、解決が早い」保安官は彼女に言った。「我々はこれから現場に踏み込むが、君は一緒に来なくていいよ。今、病院からスタッフがこっちに向かっているから、あとのことは心配せずに、すぐ行って診《み》てもらいなさい」

でも——と、カラが声を出した。少しかすれているのは、ここに駆け込んできたときに号泣し、チコが何とか宥めて落ち着かせるまで、ずっと叫び続けて止まらなかったせいだろう。

「写真とか、撮《と》らなくちゃいけないんでしょう？　証拠になるから」

保安官はにっこりしてみせた。「それも病院の専門スタッフがやってくれるよ。しかし、よく知ってるね。君が落ち着いていてくれると、我々も助かる」

カラは痛ましく微笑《ほほえ》もうとした。「ドラマで観たことがあるんです」

青いパトライトを点滅させて、病院の救急車両が到着した。

「済まないが、もう一度確認させてくれ。君を拉致した男は一人だね？」

「一人だけです。家族や仲間がいる様子はありませんでした」

「銃を持っている」

「はい。今、保安官が付けているのと同じような銃でした」

オートマチックではなく、レボルバーだということだ。

「それ一丁だけ？」

「わたしが見たのはそれだけです。あと、ハンティングナイフも持ってたけど」

「君が監禁されていたのは地下室だった。玄関のドアを入って、すぐ階段があって、その階段の裏側から降りるようになっている」

「そうです」

うなずくと、カラの喉《のど》が痙攣《けいれん》するようにひくついた。

「地下室には家具とかないけど、ベッドのスプリングマットと、あと機材が、たくさん」

言葉がつっかえている。

「機材？ どんな機材かな」

「撮影用の」

カラは喉をごくりとさせ、胴震いすると、手で口を押さえて泣き出した。

「あの男は、わたしにしたこと、ビデオに撮ってた。ずっと撮ってたんです」

チコの顔が痛そうに歪んだ。

保安官事務所の床を踏み鳴らして、病院のスタッフが入ってきた。こっちだと手で合図すると、保安官は立ち上がる。

「チコ、行くぞ。おまえの初仕事だ」

チコは目に見えてへどもどした。

「チ、チョウさんは？」

「今度はあいつが留守番だ」

事務所の前には、自警団の男たちが次々と車や自転車で駆けつけている。

問題の家は、〈ザ・タウン〉の西側の外れ、町の中心部を挟んで、ちょうどあのジャンの家のある一角の反対側にあたる、町道四号線の奥にあった。

このあたりも人家はまばらだ。〈ザ・タウン〉の主な産業に設定されている木材加工業者の資材置場が多く、そのあいだに作業所と駐車場が点在している。件の家も、住居地図上ではある加工業者の寮になっていた。家主は今もそこの社長である。

カラは、一昨日の夜十時過ぎに、自宅近くのコンビニに歩いていき、店から出たところで男に拉致された。銃を突きつけられて男の車に引きずり込まれ、この家へ連れ込まれた。その後およそ四十時間監禁され、男が寝入った隙《すき》をみて逃げ出してきたのだ。

目が覚めて、カラがいないことに気づいた男は、それまで間違いだらけのことをしていた埋め合わせのように、正しいことをした。逃げたのだ。家は無人で、ドアにも窓にも鍵がかかっていなかった。

踏み込んだ保安官たちは、地下室で、カラが証言したとおりの代物《しろもの》を発見した。撮影機材だけでなく、モニターも二台ある。色も形状も様々なコードがこんがらがって床にのたくっている。男たちが歩き回ると、湿気で腐りかけた床板が今にも抜けそうだった。

床の上に直置きされたダブルサイズのスプリングマットは薄汚れてしみだらけだ。しみには血痕《けっこん》も混じっているようだった。

「まず現状を写真に撮る。それから、ここにあるものをすべて押収するからな」

チコがモニターのひとつを操作しようとしたので、保安官は制止した。

「今はやめておけ」

既にして憤りに顔を赤くしている自警団の男たちをさらに赤面させ、カラに辛《つら》い思いをさせるだけだ。

「そうですね」

自分の軽率なふるまいにくちびるを嚙んで、チコはモニターから目を背《そむ》けた。

ぜんたいに、家のなかは荒れていた。人が住んでいた形跡はあるのだが、掃除も料理もした様子がない。ただ、クロゼットにかかっている衣服は清潔で、新品も多く、かなり値の張るものばかりだった。

犯人は車で逃げたらしく、車庫は空っぽだ。隅の方にゴミ袋が山積みにされ、悪臭が鼻をついた。

「山狩りをせにゃならんな」

むっつりと呟いた自警団のリーダーは副町長で、頭の禿《は》げあがった老人だ。歳《とし》はとっていても、大柄で鍛えられた筋肉質の身体の持ち主であり、手練《てだ》れのハンターでもある。先ほどから、狩りの獲物の足跡を見るように、車庫に残されたタイヤ痕《あと》に、鋭い眼差《まなざ》しを向けていた。

「犯人は銃を持っています。被害者は一丁しか見てませんが――」

「わかってるよ。みんな心得とる」

周囲を見回す副町長の目は、怒りだけではなく、汚らわしいものに対する侮蔑《ぶべつ》の念で暗く光っていた。

「ここの住人に、保安官は心当たりがあるかね」

「いえ、残念ながら」

慣れきった嘘が、保安官の口から滑り出る。どの周回《ラウンド》でも、そのたびに思う。これは嘘ではない。俺の役目だ。

「私も思い当たらん。よそ者かな」

「いつからここに住んでいるのか、調べてみませんと」

「顔がわかれば勝手がいいんだが――」

家のなかから、「保安官、ちょっと来てください」という声がした。車庫から屋内に戻ってみると、奥のリビングで、自警団のメンバーの一人がしきりと手招きしていた。

「ほら、これ」

犯人の似顔絵を作る手間が省けますよ、と言った。

乱雑な割に殺風景な家のなかで、妙に悪目立ちする古風なアンティークのコーヒーテーブルの上を、フォトスタンドの群れが占領している。どれもこれも主な被写体は同一だ。

「こいつが犯人でしょう。自分の写真ばっかり、ご大層に飾ってさ。とんだナルシストときたもんだ」

実際、写真のなかの男はモデルのように気取って、すべてカメラ目線で写っていた。タキシード姿、アウトドア風のファッション。水着を着てプールサイドに立っているものもある。どれもこれも、輝くような笑顔だ。

保安官は、そのうちのひとつを手に取った。クリスマスツリーの前で、シャンパングラスを片手にカメラに向かって乾杯している、この若い男。

カラに確認してもらうまでもない。保安官は〈彼〉を知っている。が、これも手順だ。

「副町長を呼んできてくれ。ここで山狩りの段取りをしよう」

自警団のメンバーを遠ざけてから、フォトスタンドをテーブルに戻し、わずかのあいだ、目を閉じた。

周回のなかでは、これまで、〈彼〉がナルシストの傾向を見せたことはなかった。それは現実の事件の方にあった要素だ。

今回、初めて出現した。現実と周回の一致。現実と、あり得るはずの別の現実の一致。それも細部の、こんなくだらないことで。

何度でも繰り返される。

——不毛だ。

俺は怒っているのではない。呆れているのでもない。落胆しているのだと気づいて、保安官は急に疲労を感じた。

自警団のメンバーに有志の住民たちも加わり、大がかりな捜索が始まった。しかし、カラを拉致して暴行した犯人の行方《ゆくえ》は知れない。

男の身元は判明した。男が家主に名乗り、賃貸契約書を結んだときの名前は。保安官にとっては、そんなものは記号に過ぎない。もっとも本部《センター》決定で、周回ごとに〈彼〉に異なる名前をつけるようになったのは、三回前からの試みである。そこにどんな心理学的意味づけがあるのか、保安官は知らないし興味もなかった。

それ以前の〈彼〉、現実に存在した〈彼〉の名前はケイヴル・モウン。家族から、友人たちから、そして弁護士たちからも、ケイヴと呼ばれていた――

夕方になって、カラを拉致した犯人には、別件の容疑も浮上してきた。カラの事件の一報を知り、半月ほど前に家出したきり戻らないうちの娘も、もしかしたら同じ男に拉致されたのではないかと案じる夫婦が現れたのだ。

なぜもっと早く届け出なかったのかと、保安官は夫婦を叱責《しっせき》した。彼らは一様に困惑した顔をして、娘は以前から都会に出たがっており、そのことではいつも喧嘩ばかりしていた、許してくれないなら出ていくというのも口癖で、だから実際に娘が姿を消したときも、てっきり家出だとばかり思い込んでいたのだと、互いをかばい合うように、口々に言った。

夫婦の娘は十五歳だという。カラよりも、ジャンよりも若い。

「家出だったとしても、放っておいちゃいかん年頃だろう」

しょげかえる夫婦の申し出に呼応するように、町道四号線奥の家からは、カラのものではない衣服や女性の靴《くつ》も発見された。自警団のメンバーはさらに色めき立った。もう一人、被害者がいる。どこにいるのだ？　カラは逃げ出せたが、こっちの娘は逃げ損なったのではないのか。

「最悪の可能性もある。残念ながら、探しものは犯人だけじゃなくなった」

事件現場の家のまわりは雑木林《ぞうきばやし》だ。

「最近、地面を掘ったり埋めたりした痕跡《こんせき》がないか、よく注意してくれ」

日付が変わる時刻になっても、男たちの士気は下がらなかった。のどかな〈馬小屋〉の様子は一変し、煌々《こうこう》と灯る照明と、出入りする男たちの怒りの熱気に、夜空から舞い降りてきた宇宙船のように輝き、燃えている。

「ガルダさん、もう帰れ。無線は自警団の誰かに代わってもらうから心配するな」

日ごろの寝だめが利いているのか、ばあさんは意気軒昂《けんこう》だ。「あたしより保安官の方が、少し休んだ方がよさそうな顔色だよ」

「俺は大丈夫だ」

そのとき、胸ポケットのなかで携帯電話が振動《バイブ》した。間違えようのない独特のリズムだ。

そら、おいでなすった。

「休憩は要らないが、ちょっと教会の様子を見てくる。こんな騒動が起こって、明日の結婚式は予定どおりにできるのか、バイデン司祭が気にしてるだろうし」

「それなら、さっき町長から電話があったけどねえ」

ガルダばあさんは、大事なことでもぽかんと伝え忘れることがある。

「結婚式は身内だけでやって、披露宴は後日あらためてってさ。出席者にはもう報せてあるって言ってたよ」

「じゃ、司祭に確認してこよう」

三十分で戻ると言い置いて、保安官は聖マリア教会へ向かった。

教会の出入口は、二十四時間開放されている。〈ザ・タウン〉を騒がす事件の早期解決を祈っているのか、信者が十数人、祭壇に向かった長いベンチに点在して頭を垂れていた。バイデン司祭も、真夜中だというのに、法衣姿のままで保安官を出迎えた。

「夜通し礼拝するんですか」

「犯人が捕まらないうちは、不安で眠れないという信者がいるものですから」

バイデン司祭は保安官と同年代で、針金のように痩《や》せている。〈敬虔《けいけん》〉という要素は人格モジュールの土台となる構成ピースのひとつで、だから宗教家は動作エラーを起こしにくく、複製を繰り返しても劣化が進まない重宝な存在だ——ということを知っていても、白い法衣の肩に紫のストールをかけた司祭の穏やかな眼差しに、保安官はふと慰《なぐさ》める。

そう、慰めだ。俺にはそれが必要なのだと、保安官は思う。〈ザ・タウン〉には、今度もまた終わりが近づいている。そのときを迎える前に、わずかな慰めがほしい。いつの間にか、俺は弱くなった。周回を繰り返しても、事態はさっぱり改善されないのに、俺だけが劣化している。

「捜索は進んでいます。犯人が〈ザ・タウン〉にいるのなら、朝までに発見できるでしょう。みんなを安心させてやってください」

「心得ました」と、司祭は応じた。

「ここにも警備を付けるように指示しましたが、誰が来ています？」

「トニが」と、司祭は微笑した。「明日、花婿《はなむこ》になる前に、町の一員としての役目を果たしたいそうです。彼に用ですか？」

「いえ、今はかまいません。様子を見に伺《うかが》っただけですよ」

「わざわざありがとうございます」

「結婚式、トニも徹夜明けじゃきついだろう。すぐ交代を寄越します」

「彼に伝えておきますが、聞き入れますかどうか」

トニはカラをよく知っているのだという。

「新任の年の、最初の教え子の一人だそうです。画家を志している娘さんだとか」

「ええ、美大に通っているんです」

「彼女に必要なのは、まずは医療的な措置でしょうが、私にお役に立てることがあるならば、いつでも、どこへでも参ります」

「それは心強い。よろしく頼みます」

保安官は聖マリア教会を出た。前庭を横切り、パトロール車を停めたところに戻ると、振り返って教会の尖塔《せんとう》を仰いだ。明るい星がひとつ、尖塔のてっぺんに宿っている。

車に乗り込み、保安官は携帯電話を取り出した。コードを打ち込みセキュリティを解除すると、通話ボタンを押す。

すぐ応答があった。「そちらの状況はいかがですか」

本部のオペレーターにも人事異動がある。保安官が知る限りでは、これで三人目だ。今まででいちばん若いオペレーターで、そのせいか、口ぶりはいつも丁重だ。

「わざわざ訊かなくたって、全部お見通しなんだろうに」

「あなたはこの状況をどう見ているのか、とお尋ねしています」

常に淡々として冷静で、気を悪くすることもないし冗談も言わない。それがオペレーターだ。何度同じことを訊いても、皮肉っても揶揄《やゆ》しても堪《こた》えない。

「カラのために、町は義憤に燃えている。自警団の連中が犯人を見つけ出したら、その場で私刑《リンチ》にかけそうだ」

だから教えてくれよ——と、保安官は遠いオペレーターに言った。「ケイヴは今どこにいる？」

聖マリア教会から、オルガンの音が聞こえてきた。バイデン司祭が弾《ひ》いているのだろう。

「いいじゃないか、ここだけの話だ」

「彼の名前はケイヴではありません」

「彼はオリエル湖の底にいます」

オペレーターの声に動揺はない。

保安官は動揺していた。ケイヴが自殺した。この結末は初めてだ。

「車ごと飛び込んだのです。昨日の午後二時十二分でした。すぐに座標を送ります」

「――彼が死んじまったなら、もう俺たちのやるべきことはないと思うがね」

「あなたもご存じのとおり、これは初めてのケースです。周囲の反応を観察するため、〈周回〉を継続します」

データをとります、ということだ。

「仕方ないな。自警団の連中には、オリエル湖に車が落ちるのを目撃したという匿名《とくめい》の情報提供があったと言ってやろう。それなら、すぐ引き上げに取りかかれる」

それにしても、午後二時十二分とは。その時刻なら、カラが保護され、捜索の準備が始まったころだ。そんなに早く、今回のケイヴは自分の人生に見切りをつけたのか。

「えらく短気を起こしたもんだな、今度は」

いつもながらオペレーターは、質問になっていない問いかけには答えない。質問にさえ答えないこともある。

「家出娘の件も、ケイヴと関係があるんだろうか」

「彼女の遺体は裏手の雑木林のなかにあります。あなた方の捜索で発見されるかと期待しておりました」

「彼女の件がわかってから、日暮れまで間《ま》がなかったからな……」

今回のケイヴは、犠牲者の一人を殺害し、一人を逃がしてしまった。そして自殺した。三人目は出なかった。

「犯行の一部始終を記録してたってのは、第二周回のケイヴと同じだな。あっちはスチール写真で、今度は動画だった。これは進歩なのか退歩なのか、あんたどう思う？」

「私はオペレーターです。心理分析官ではありません」

「わかってるよ」

保安官が再び教会の尖塔を仰ぐと、それを待っていたかのように、流れ星が夜空をよぎった。

「じゃ、〈総停止《オール・シャットダウン》〉の実施は未定なのか？」

死者ばかりの町に、また新しい死者が出て、そしてすべての死が来《きた》るとき。

「いいえ、先ほど会長からご指示がありました。本日の午前十一時の予定です」

驚きだ。

「トニの結婚式の最中じゃないか」

「観客《ギャラリー》の希望を容《い》れました」

胆汁のように苦いものが、保安官の喉元にこみ上げてきた。つい辛辣《しんらつ》な口調になる。

「なるほどな。人間そっくりのからくり人形が永遠の愛を誓うなんて、確かにちょっとした見物《みもの》だろう。若い女の子が二人も犠牲になった世界をそのままにしても、見物するだけの価値は充分あるってもんだ」

「からくり人形ではありません」

オペレーターは即座に返してきた。

「彼らは〈帰還者《リターナー》〉です。お忘れなきよう」

言われるまでもなく、一秒だって忘れたことはない。そのまま通話を切ろうとすると、オペレーターが続けた。「観客には観客の事情があるのですよ、保安官」

こいつはやっぱり若いな、と思う。尻が青い。この俺に説教するつもりなんだ。

「花嫁も花婿も、歳は若いが〈空白《ブランク》〉だ。並みの人間には一生かかっても払えないような大金を積んでまで、生まれ変わった彼らの晴れ姿を見たがるのは、どんな事情のある観客だ？」

「今回の観客は、花嫁の付添人の両親です。彼女は〈赤色《ブラッド》〉です」

携帯電話を耳にあてたまま、保安官はまばたきをした。〈赤色〉は犯罪被害者だ。

「殺害されたとき、十八歳と五ヵ月でした。両親が、彼女がアンズ色のドレスを着て花嫁付添人を務める姿を見たいと思っても、何の不思議もないでしょう」

しばらくのあいだ言葉を探してから、保安官は率直に謝った。「すまん。俺も全員のデータを頭に入れてるわけじゃない」

「承知しております」

「いっそ、そうしてくれたら便利だと思って、何度か申請してみたんだが、本部は取り合ってくれないんだ」

「あなたの人間的な情動に影響を与える能力強化はできないのです」

「それなら、俺も毎回〈記憶消去《リセット》〉してくれないか？　あんたらならできるだろう。人格も変えてくれよ」

「できません。理由はよくご存じのはずです」

ああ、知っている。言ってみただけだ。

「今回、観客の立ち入りは？」

「ありません」

おそらく、観客担当の心理学者が許可しなかったのだ。今度の観客は、失ったはずの愛娘が元気に笑い、話し、動き回り、頰を上気させて花嫁付添人を務めている様を目の当たりにしてなお、定められた規則を遵守することができるほど強靭《きょうじん》な人間ではない、と。

保安官は思う。そうさ、誰だってそんなに強くはなれない。死者が蘇《よみがえ》ることに慣れてしまえる人間なんかいない。

たった一人、〈ザ・タウン〉の真の町長であるモウン会長を除いては。

「そうすると俺は、何が何でも明日の朝までに、ケイヴの事件を収拾しないとならんのだな。その方が、結婚式の雰囲気も明るくなるだろうし」

「善処を期待します」

「彼の遺体は教会には置けない。墓地の安置所に運んでおく。俺は回収班の案内までしてられないから、報せておいてくれ」

今度はオペレーターの返事を待たず、通話を切った。

オルガンの音に合わせて、信者たちが賛美歌をうたっている。夜の底、パトロール車の運転席で、保安官はそれに耳を傾けた。

――いや、賛美歌じゃないな。

歌劇のアリアだ。「エウリデケを失って」。昔、聴いた覚えがある。どこだったろう？　命を落とした愛《いと》しく美しい女性を悼《いた》む歌詞にしばらく聴き入るうちに、思い出した。

――被害者の追悼集会だ。

保安官自身の事件の被害者たちの。

携帯電話がまた振動した。オペレーターが座標データを送ってきたのだ。

保安官は無線に手を伸ばした。応答したチコに、早口で説明する。

「ちょっと気になる情報が入った。昨日の午後、オリエル湖に車が飛び込んだっていうんだ。場所は湖の北の桟橋《さんばし》の近くだ。どうやら犯人の車らしい」

人手の調達、投光器と牽引車《けんいんしゃ》の手配を言いつけ、「俺は聖マリア教会にいる。このままオリエル湖に向かう」

「了解です！」

言葉とは裏腹に、保安官はパトロール車の鼻先を町道二号線へと向けた。パトライトを消して、すっ飛ばした。

赤い屋根の家には、この時刻でも二階に灯りが点《つ》いていた。ジャンはもともと宵《よい》っ張《ぱ》りだし、今夜はなおさら眠れないのだろう。但《ただ》しあの娘に限っては、逃亡中の誘拐犯が怖いからではない。明日の結婚式のことで頭がいっぱいだからだ。

玄関に向かおうかと考えて、やめた。保安官は地面の小石を拾って、灯りが点いている窓に投げつけた。こつんと音がした。

カーテンが動き、窓が開いて、ジャンが顔をのぞかせる。表情は見てとれないが、機敏な動きからして、見当違いな期待をしているらしい。

保安官は無言でジャンを手招きした。

「降りておいで。トニのことで話がある」

ジャンはすぐ反応し、窓辺から姿を消した。音をたてて階段を駆け下りる様子が目に見えるようだが、母親は熟睡しているのか、今夜のジャンには関わるまいと決めたのか、姿を見せることはなかった。

玄関のドアが開き、薄手のキャミソールにミニスカート、サンダルを突っかけたジャンが走ってきた。

「トニがどうしたの？　やっぱり考え直したのね？」

息をはずませ、目を輝かせている。まことに人間らしい。些細《ささい》なことではあるが、今でも保安官はひそかに感嘆する。こいつらは、まったくよくできている、と。

「ああ、結婚は取りやめにして、おまえさんと駆け落ちしたいと言っている」

保安官は、さも面倒くさそうに肩をすくめてみせた。

「町長の手前、俺はこんなことに巻き込まれたくないんだがな。トニはいい若者だ。彼に泣きつかれちゃ仕方がない」

「保安官、大好きよ！」

ジャンが飛びついてきた。彼女の身体が放つ熱気を、保安官は感じた。

「すぐ行こう。トニが待っている」

「彼、どこにいるの？」

「オリエル湖の近くに、彼の両親のキャビンがあるんだ」

「あたし、支度しなくちゃ」

「おいおい、駆け落ちなんだぞ。身ひとつでいい。必要なものはトニが買ってくれるさ」

「そっか。そうだよね」

ジャンはいそいそとパトロール車の助手席に乗り込んだ。

「早く行きましょうよ！」

浮かれているという以上の、狂躁状態だった。保安官が無言で車を走らせる横で、しゃべりっぱなしにしゃべり続ける。きっとこうなるってわかってた。夜明けまでにトニが迎えに来てくれるって。窓に小石を投げる合図は、彼から聞いたの？　あたしたち、いつもそうやって夜中にデートしてたのよ。

浮《うわ》ついた声を聞き流すうちに、保安官の心にふと疑問が湧《わ》いた。この娘の言うことが、もしも百パーセントの嘘ではなかったとしたら？　もしも本当に、一度や二度はトニが彼女を深夜に呼び出し、デートしたことがあるとしたら？　模範的な〈空白〉の数学教師だって、自分にまとわりついてくる女学生の誘惑に負ける可能性がないわけではない。

――どっちだっていいか。

教え子との火遊び程度では、次の周回でもトニの経歴に傷がつくことはない。彼はまた〈空白〉で、今度は大学の研究者か弁護士の卵にでもなるのだろう。

「ジャン、ひとつ訊いておきたいことがある」

暗い森を抜ける林道。ヘッドライトの一条の光。眠気を催すような車の振動。

「なあに？」

ジャンは車のミラーに顔を映し、髪を撫でつけている。

「もし、今夜トニが迎えにこなかったら、やっぱり結婚式をぶち壊すつもりだったのかい？」

ジャンの目元が歪み、口元は一文字になる。

「そんなこと、もういいじゃない」

「俺はこの町の保安官だ。一応、聞いておきたいんだよ」

取り澄まして小さく息をつくと、ジャンは笑顔をつくった。「そうね。黙って見てることなんかできなかった」

「まだほかにも銃を持っているとか？」

「銃なんかなくても、やれるわよ」

自信たっぷりの横顔に、保安官もため息をついた。

「そうか」

ハンドルを切り、林道から逸《そ》れて森のなかに入る。そして車を停めた。

「どうしたの？」

「ここから歩いた方が近いんだよ」

娘を車から降ろし、自分も続く。パトロール車のドアを閉めたとき、森の向こうで照明弾が一発上がった。チコが、自警団のメンバーに報せているのだ。

「あれ、なあに？」

「おまえさんには関係ないさ」

行きなさい――と、森の奥を指さした。

「小さくて見えにくいが、灯りが点いてるだろう？　あれがトニのキャビンだ」

嘘っぱちだが、ジャンの目には見えるだろう。心に灯った希望の灯りだ。空《むな》しい思い込みが見せる光だ。

いや、この娘の心に巣くった〈黒点《ブラック・スポット》〉が見せる幻だ。どんな手段を弄《ろう》しても、欲しいものを奪わずにはいられない。奪い取れないならば、破壊せずにはおさまらない。

サンダル履きのジャンは、足下がおぼつかない。木立の根や枯れ枝や落ち葉に足をとられ、よろめきながら進んでゆく。二人とも森に分け入り、距離が五メートルほど離れたところで保安官は足を止めた。

ホルスターから拳銃を抜く。撃鉄を起こすと、夜の森には不似合いな金属質の音がした。

「ジャン」

若い娘は振り返る。「こんなところにキャビンがあるなんて、トニったら教えて――」

自分に突きつけられた銃口を見て、首をかしげた。

「保安官？」

二発目の照明弾が上がった。光の尾を引いて空に昇り、弾《はじ》ける。そのタイミングに合わせて、保安官は引き金を引いた。

「悪いな」

ジャンの胸のど真ん中に穴が空《あ》き、身体ごと後ろへ吹っ飛んだ。

保安官は彼女に歩み寄った。大の字に手足を広げ、両目がぽっかりと開きっぱなしになっている。夜空から降り注ぐ照明弾の光に、その白い頬が一瞬浮かび上がり、すぐ森の闇のなかに沈んだ。

保安官はジャンを抱き起こすと、その重さに思わず唸《うな》り声をあげながら肩の上に担ぎ上げた。パトロール車の後ろに回り、トランクを開けると、無造作に放り込む。トランクを閉める音にかぶって、本部からのコール音がした。保安官は無視して運転席に乗り込み、エンジンをかけた。

「保安官、応答してください」

胸ポケットの携帯電話が振動し、強制接続で、オペレーターの声が響く。

「〈黒点〉一体の信号消失を確認しました。何をしたんですか」

「見てのとおりだ」

アクセルを踏み込み、土埃《つちぼこり》を蹴《け》たてて保安官は走り出した。

「観客のために、いい結婚式にしてやりたいだろ? 邪魔者を未然に排除したんだ。これも俺の仕事だよ」

アンズ色のドレスを着た〈帰還者〉と、彼女を見つめる観客の目の前で、この色ぼけ娘が結婚式を台無しにするのを、黙って見ているわけにはいかない。

「規則違反です」

「くそくらえだ」

言って、保安官は声をたてて笑った。

「いいじゃないか。どうせ〈総停止〉になるんだ」

パトロール車はオリエル湖を目指して走る。やがて、夜の森と凪《な》いだ湖面を照らすいくつもの投光器が見えてきた。

3

聖マリア教会の両開きの扉の前で、保安官は今一度身だしなみを確かめた。それから扉を静かに押し開けた。

花婿と花嫁が、祭壇で向き合っている。列席者たちは整然とベンチに座っている。オペレーターに告げたとおり、保安官は、夜明け前までにケイヴル・モウンの事件を収拾していた。被害者を悼み、盛大な披露宴は日延べのままだが、結婚式の方には、最初の予定どおりに、両家の親族たちに加えて、町の有力者や学校関係者も出席している。

誰もが儀式に集中しているが、正面に立つバイデン司祭は保安官に気づいて、目顔で微笑んで寄越した。保安官も帽子をとって胸にあて、会釈を返し、ベンチの最後列の端にそっと腰をおろした。

慎《つつ》ましやかに目を伏せている花嫁と花婿を前に、司祭は聖書を掲げて列席者を見回し、やわらかいがよく響く声を放った。

「この結婚に異議ある者は、今この場で立ち上がり、口を開きなさい。さもなければ、永久にその口を閉じなさい」

列席者たちは静まりかえっている。そうさ、ジャンはもういない。

保安官は、祭壇の端に佇《たたず》む花嫁付添人の娘に目をやった。花嫁よりも緊張しているようだが、花嫁に負けない器量よしだ。アンズ色のドレスがよく似合う。

保安官の脳裏《のうり》に、とっくに消し去られたはずの光景が浮かんだ。かつて彼にも妻がいた。若くして結婚した二人には、式を挙げる金がなかった。妻はきれいな白いレースのハンカチを髪にかけ、彼が買い求めた赤いバラの花を一本手に持って、市役所の窓口係の立ち会いで結婚の誓いを立てた。

――死が二人を分かつまで。

共に生きると、誓いを立てた。

生と死の境が曖昧《あいまい》になっても、この誓いは永遠なのだろうか。〈帰還者《リターナー》〉が誕生して以来、一人の、ひとつの人生とは、どこからどこまでを指すものかわからなくなってしまった。一度死ぬまでか。二度目に死ぬまでか。それとも、既にこの世には〈死〉は存在しないのか。

死者で溢《あふ》れているのは、この町、〈ザ・タウン〉だけだ。この町は、歩き回る死者でいっぱいだ。

保安官の胸の携帯電話のアラームが鳴った。

午前十一時だ。

〈総停止〉の瞬間がやってきた。

すべてが動きを止める。聖書の一節を読み上げるバイデン司祭も、花嫁のヴェールに手をかける花婿も、指輪を捧げ持つ花婿と花嫁の付添人も、正装した列席者たちも、オルガン奏者も。

何度となくこれを経験しながら、そのたびに保安官は驚く。動きが止まるということは、音が消えるということだ。生きている人間は、これという動作をしなくても、常に何かしら音をたてている。呼吸しているからだ。

生きている人間は、自分が呼吸していることを意識しない。どれだけ大勢の人が集っていようと、呼吸音が耳障りだなどと思う者もいない。

しかし、それが消えると、世界はこんなにも静寂に包まれる。

保安官はベンチから立ち上がった。彼が膝を伸ばすのと同時に、胸ポケットの携帯電話が振動した。

「〈総停止〉を確認した」

保安官はオペレーターに告げた。

「時間ぴったりだな。毎度、あんたたちの几帳面《きちょうめん》さには感心するよ」

操り手を失ったからくり人形たちの結婚式。一幅の絵のような光景に、保安官は背を向ける。ここの回収はいちばん後になるだろう。今日の観客に、心ゆくまで拝ませてやろう。

突然、耳障りな警告音が鳴り響いた。とっさに保安官は目を上げた。これは携帯電話からのものではない。〈ザ・タウン〉のオペレーション・センターが鳴らしている。

「動体関知システムが作動しました。侵入者を発見、侵入者を発見」

保安官は携帯電話を取り出すと、画面を見た。町の一角の地図が自動表示され、赤い光点がそのなかで輝いている。保安官事務所だ。

やっぱり、あいつか。

帽子をかぶり直し、保安官は走った。

夜を徹して大事件を収拾し、町のみんなが疲れている。いつもは休日でも、この時刻になれば中心通り《センター・ストリート》には買い物客がそぞろ歩いているのに、今日は人影もまばらだ。立ち止まったまま静止している人びとをやり過ごし、保安官事務所を目指す。〈総停止〉が引き起こすこの光景に、もうすっかり慣れてしまった。誰がどんな格好をしていようと、いちいち気にすることはない。

徹夜続きだったチョウは、今日こそ家で休んでいる。保安官事務所の窓口には、ガルダばあさんがいた。老嬢が無線の前を離れたのは、客が来たからだ。雑貨屋の店主がカウンターを挟んで彼女と向き合っている。覗き込むと、遺失物拾得届けを書こうとしているところだった。

チコの姿はない。

保安官は両手を腰に、深く呼吸をして肩を落とした。

背後で声がした。「動くな」

町の案内図を貼《は》りだした移動式のボードの陰から、銃を構えたチコが現れた。銃口が揺れている。手が震えているだけでなく、膝も笑っているらしい。チコの目は血走り、こめかみを伝って一筋の汗が流れ落ちた。

言われたとおり、保安官は動かなかった。両手も腰にあてたままだ。

「おまえさんはスパイじゃなくて、暗殺者なのかい?」

目に汗が入ったのか、チコがうるさそうにまばたきをした。あるいは涙ぐんでいるのかもしれない。

「びびってるんだろう。当然だ。〈総停止〉の光景には、そう簡単に慣れられるもんじゃない。俺ぐらい経験を積まないとな」

保安官はくるりと後ろを向くと、事務室を横切った。

「動くなよ！　撃《う》つぞ」

チコの声には哀訴の響きさえあった。

「その物騒なもんはしまっとけ。そんなに震えてちゃ、自分で自分の指を吹っ飛ばすのがオチだ」

だいたい、そのオートマチックはうちの備品だ。近ごろの人造擬体反対派は、資金繰りに詰まっているんだろうか。

「こっち へ来い。まあ、座って話そうや」

執務室に入ると、保安官は自分の椅子に腰掛けた。チコはゆらりと身体を揺らし、校長室に呼び出された悪ガキみたいに精一杯意気がって、だがしおしおと近寄ってきた。銃は構えたまま、腰が引けて、爪先が落ち着かない。

「どこのセクトだ？」

チコは目を怒らせ、口を引き結んだ。

「出せ」と、保安官は指先で軽く促した。

「何を」と、チコは応じた。

「入口の質量センサーに引っかからなかったんだから、攪乱《かくらん》装置を付けてるんだろ」

人造擬体は、生身の人間の一・五倍ほどの質量を持つ。体格に比して体重が重いのだ。質量センサーは、対象の体高と質量を感知し、体密度まで割り出して、人間と人造擬体を識別するもっとも基本的な機器だった。価格も安価なので早くから普及し、その分、これをごまかす攪乱装置も多種多様に開発されている。

「最新モデルなら、軽量化されてるんだろう。どこに付けてる？」

チコは、手品を見せられた子供みたいな顔をした。

「あんた、気づいてたのか」

保安官はうなずいた。「とっくに」

「装置を付けてても、センサーをごまかせるだけだから注意しろって言われたんだ」

拳で汗を拭《ぬぐ》い、つっかえつっかえ言うチコは、スパイにも暗殺者にも見えない。ただの子供だ。

「実際に体重が増えるわけじゃないから、バレそうな場所には足を踏み入れるなって」

「保安官助手じゃ、そうはいかんよな」

「やっぱり、あの地下室か？　床が傷んで抜けそうだったから、オレ、すごく用心してたんだけど」

座れと、保安官は空いた椅子を手で示した。昨日、チコが任命書に署名したときの椅子だ。チコはよろめき、椅子の脚に足をぶつけて大きな音をたてると、その音に自分でびっくりした。額から汗が滴《したた》る。

「おっつけ本部《センター》の連中が来たら、おまえさん、すぐ拘束される。せめて武装していない方がいいと思わんか」

チコは、手のなかの拳銃を、自分がこんなものを持っていることに今初めて気づいたというように見下ろした。そしてそれを保安官の机の上に置くと、掌《てのひら》をズボンの腿にこすりつけた。

「攪乱装置は出せないんだ」

保安官は片眉を吊り上げた。

「通信機と一緒に、内耳に埋め込まれてるから」

「へえ、進歩したもんだ」

保安官は机に腕を載せ、身を乗り出した。

「チコ、本当はいくつだ？」

「――十九歳」

まさに子供だ。

「志願してここに来たのか」

うん、とうなずくと、すがるような目になった。「オレ、あんたを助けに来たんだ」

思わず、保安官は笑ってしまった。「さっきは俺に銃を向けたのに？」

「だって、あんた……何かよくわかんなくてさ。ここに馴染《なじ》んでる感じだったし」

そのとおりだ。

「もう九周回目《ラウンド》なんだよ。馴染みもするさ」

自分の親に、実はおまえは俺の子供ではないのだと告白された子供みたいに、チコは動揺した。

「あんた……ホントに洗脳されきっているんだな。あんたは伝説の闘士なのに」

「昔の話だ」

すべて遠い時の彼方の出来事だ。だから俺は疲れた。歳をとったのだと、保安官は思う。

「おまえさん、誰に誘われてセクトに入ったんだ？」

「父さんに」

親譲りか。

「おまえの親父は、擬体労働者に仕事を奪われたクチか」

チコはこっくりとうなずいた。

「そいつは気の毒だ」

「あんたもそうだって、本で読んだよ」

「そうそう、〈ホーム〉の地下出版で、俺の伝記が出てるんだってな。読んでみたいんだが、本部が許可してくれないんだ。おまえが来るってわかってたら、こっそり持ち込んでもらったのに」

「〈ザ・タウン〉への潜入は、そんなお気軽なことじゃないんだよ」

「そうだな。困難を乗り越えて、おまえさんはここにいる。本部の審査をくぐり抜けて」

チコの表情に、若干の精悍《せいかん》さが戻った。

「そうだよ。モウン社の連中の目をごまかしてやったんだ」

保安官は彼の顔に指を突きつけた。

「正式な社名はモウン＆タキザワコーポレーションだ。ドン・モウン会長は、共同創業者であるタキザワの功績に、今も深く敬意を払っている。抵抗勢力を気取るなら、敵のことも正確に知っておくことだ」

チコは黙ったが、不満そうに口が尖《とが》っている。

「俺が活動していたのは、おまえさんよりも二世代は昔だ」

世界は変わった——と、保安官は言った。

「人造擬体は、今じゃ珍しいもんでも何でもない。〈ホーム〉では稼働地区が限られるだろうが、海底鉱山や惑星開拓には、あいつらの存在がなくちゃならない。おまえだってそれは百も承知だろうに、何だってそんな古くさい抵抗組織のイデオロギーなんかにかぶれたんだね」

チコの目の底に光が灯った。怒りだ。

「世界は人間のものだ。人造擬体のものじゃない！」

「そうさ、今でも世界を統《す》べているのは人間だ」

「人造擬体に仕事を盗《と》られて、食料クーポンだけで生きてる連中が、世界を統べてるっていうのかよ！　世界は人造擬体に乗っ取られてるじゃないか」

保安官は椅子の背にもたれた。彼の体重を受け止めて、椅子は甲高い音をたてて軋んだ。

「確かに、遺伝子操作とクローン技術でできた人造人間《レプリカント》には倫理的な問題があったし、人間社会に与える悪影響も大きかった」

だが、ドン・モウンが盟友のタキザワ博士と開発した人造擬体は、人間的な作業をこなせるだけの機動性と繊細さを持ちながら、一般には人間とはかけ離れた外見をしている。タキザワ博士がそれらを指して〈ロボット〉と呼ばなかったのは、それらを成り立たせている技術が、部分的には人間の疾病《しっぺい》治療や障碍《しょうがい》の克服に転用可能なものだったからだ。

「もっとも台数の多い汎用《はんよう》擬体には、学習能力さえないんだぞ。プログラムどおりに動くだけだ。連中は人間とは違う。人間が連中を使役しているんだ。そうやって成り立っている社会で、おまえの親父が居所を見つけられないというのなら、それは人造擬体のせいじゃなくて、おまえの親父の問題だ」

「あんた」

チコの目が潤《うる》み、小鼻がぴくぴく震え始めた。

「洗脳されてるんだな！」

保安官は笑った。「ここに潜入してくるセクトの連中は、みんなそう言うんだ。おまえも同じか。がっかりだよ」

タキザワ博士は既に亡《な》いが、ドン・モウンは盟友と交わした約束を忘れてはいない。人造擬体は人類の補佐役であり、人類を超える存在になってはならない、と。

「だけど、ここは違う」チコは拳を固め、唾《つば》を飛ばした。「〈ザ・タウン〉は違うだろ。ここじゃ人造擬体が人間のふりをしてる。人間ごっこをして暮らしてるじゃないか！」

「だからここを破壊したいのか？」

「そうさ！　放っておいたらモウン社は、いつかきっとここと同じことを〈ホーム〉でもおっ始めるに決まってる。どえらい金儲《かねもう》けになるんだからな。ドン・モウンは金の亡者だ！」

保安官の携帯電話が振動した。この状況を把握しているオペレーターが、通話ではなくメールを送ってきたのだ。

観客《ギャラリー》が帰った。すぐに回収班が出張《でば》ってくる。

携帯電話をしまい、保安官はチコを見た。「おまえさん、何番目を知っている？」

チコは怪訝《けげん》そうにまばたきした。

「軌道上の小惑星――いや、小惑星の欠片《かけら》か。最新のやつは何番だ」

まだ怪訝そうに、チコは小声で答えた。「Ⅵ《シックス》だよ」

六個目か。保安官は驚いた。「俺はⅢ《サード》までしか知らないんだよ。今じゃ倍になってるのか」

逆に言えば、人類はそれだけの金属や貴金属を消費し続けているのだ。

「あれの発掘権の半分は、モウン会長が握ってるんだ。何個引っ張ってこようと同じだ。牽引技術の特許を持ってるからな」

つまり、あの老人は既にして桁違《けたちが》いの金持ちなんだよ――と、保安官は言った。

「ここでやってることを〈ホーム〉に持ち出して、金儲けに走る必要なんかない。臓器交換で長生きしてるが、彼だって不死身じゃないんだし、いつかは死ぬ。そのときには、〈ザ・タウン〉も閉鎖だ」

俺もお払い箱だ、と思う。

「どうせ、ドン・モウンは〈帰還者《リターナー》〉になるんだろ？」

チコは意地になっている。

「彼にその意思はないと、本部は表明している。俺はそれを信じるよ」

「どうして？」

「モウン会長でさえ、完璧な〈帰還者〉は作れないからだ。ここで実験を繰り返して、骨身に染みてわかってるんだろう」

チコはくちびるを嚙んで黙った。

「そもそも、〈帰還者〉の実用化と商品化を禁止する国際法の成立には、あの老人が旗振り役を務めたんだぞ」

「そんなの、おためごかしに決まってる」

「そう思いたきゃ、勝手に思っとけ」

保安官事務所の窓の外を、夏の〈ザ・タウン〉の湿った熱風が吹き抜ける。

「じゃあ、なぜここが存在するんだよ？」

チコの表情は意固地なままだが、声には勢いがなくなった。

「なぜ〈ザ・タウン〉は存在する？　八百二十二体の〈帰還者〉は、何のためにここに集められているんだよ？」

保安官は答えた。「あの老人の執念さ」

える。

〈帰還者〉は、蘇った死者である。

死亡した特定の個人そっくりの人造擬体に、故人の人格モジュールを移植した人工知能を搭載して作られる。だから、死んだ人間が生き返ってこの世に戻ってきたように見える。

「だがな、まず人格モジュールってのは曲者《くせもの》で、生身の人間の性格や個性や行動特性を、百パーセント再構成することはできないんだ。少なくとも、現在の技術ではできない」

ひとつのまとまった人格という大木の、幹と主立った枝を再構成することはできる。かなり細い枝まで作ることもできる。だが、末端の葉や、小さな芽には見落としも出る。

「人工知能そのものの能力も、人間の脳の働きには遠く及ばない」

保安官は微笑して、チコを見た。「俺が何でおまえさんが生身の人間だとわかったか、種明かしをしようか」

チコはちょっと怯《おび》えたような目をして、うなずいた。

「俺の帽子に仕掛けがあってな」

とっさに、チコが身を引いた。帽子のつばに手を触れて、保安官は破顔した。

「嘘だよ。あの地下室でわかったんだ」

「やっぱり体重が軽かったからかい？」

「いや、違う。おまえさん、あそこで機材をいじって、映像を再生しようとしたろ」

カラが犯人に撮られた映像だ。

「俺が『今はやめておけ』と言ったら、すぐにやめた。しかも、まずいことをした、軽率だったという顔をした。あれでわかった。ああこいつは人間だ、と」

チコは目を瞠《みは》る。「どういうことさ?」

「人工知能ってのはな、推測ができないんだよ。いや推測というより、斟酌《しんしゃく》と言った方がいいかな」

〈思いやり〉という言葉が適切かもしれない。

「俺がおまえを止めて、おまえがその意図を解したのは、こんな場所で映像を再生したら、自警団のメンバーにも観られることになっちまって、カラが可哀相だと思ったからだろう。違うか?」

「う、うん。そうだけど」

「人工知能には、そういう思考ができない。やめろと言われただけじゃ、その理由を推し量ることができないんだ。だからおまえが人造擬体であったなら、俺が制止したとき、『なぜですか?』と問い返すはずだった」

そんなもんなのさ——と、保安官は軽く両手を広げた。

「ドン・モウンにもわかってる。〈帰還者〉は人間じゃない。死んだ人間にうり二つだし、よく似た行動をとるが、本人じゃない。レプリカに過ぎないんだ」

「だったら何で」

急《せ》き込んで問いかけ、チコはひるんだ。自分の問いが、糾弾ではなく純粋な疑問の響きを帯びていることに気づいたのだろう。

「ドン・モウンはここで何をやってんだ？　八百二十二体も〈帰還者〉を集めて、町を作って、生前どおりの暮らしを再現させてさ」

保安官はかぶりを振った。「モウン会長が再現しているのは、八百二十二人の人生じゃない。たった一人の人生だ」

ケイヴル・モウン。ドン・モウンの息子だ。

「モウン会長には子供が五人いてな。息子が三人、娘が二人。そのうちの四人は、まっとう以上に立派に育った。コーポレーションの重役になったり、芸術家になったり、幸せな結婚をしたりした」

だが、末っ子のケイヴだけは違った。

「ケイヴは十九歳でドラッグにはまって、大学を追い出された。半年間治療施設に入って出てきて、静養のためにと両親が買ってくれた田舎町の家に一人で住み着いて」

それから二十一ヵ月のあいだに、十二人の女性を誘拐・監禁し、性的な拷問を加えて殺害し、遺体は裏庭に埋めた。

「被害者は国中に散らばっていた。狭い範囲で獲物を漁《あさ》ったんじゃ、警察の注意を引き易くなるから、彼も工夫したのさ」

事件の発覚のきっかけは、裏庭に埋めた遺体のひとつを、たまたま野良犬が掘り出したことだった。

チコの喉がごくりとした。「そいつ、捕まったの？」

「最後は警官隊と銃撃戦になって、射殺されたよ」

「そんな事件、知らなかった」

「昔のことだし、モウン家の恥部であることは間違いないからな。隠蔽《いんぺい》されてこそいないが、まあ、おまえさんの年代じゃ、もう知らなくても無理はない」

ケイヴの事件が発覚したころ、モウン&タキザワコーポレーションは、第二世代の人造擬体の開発成功を発表したばかりだった。高価な見世物の域を出なかった第一世代から飛躍的な進歩を遂げ、人造擬体の実用化への道を大きく開く第二世代の登場と共に、ドン・モウンの人生も絶頂期にさしかかったはずだった。

「なぜケイヴが、そんなおぞましい犯罪者になってしまったのか」

保安官の言葉に、チコは聞き入っている。

「ほかの息子や娘たちは、立派な市民になったのに。まっとうな大人になったのに。なぜケイヴだけが道を外れ、化け物になってしまったのか」

その謎《なぞ》を解くために、ドン・モウンは〈帰還者〉を作り、〈ザ・タウン〉を作った。

「モウン会長はケイヴの〈帰還者〉を〈ザ・タウン〉に住まわせて、人生を繰り返させているんだよ」

そして探している。見極めようとしている。ケイヴが道を間違ったのはどの地点か。そのとき何があり、どんな要素があり、誰がそばにいたのか。どこを変えて、何を正せば、ケイヴは殺人者にならずに済むのか。

「ケイヴ一人じゃ社会生活ができないからな。住民たちが必要になる。それがほかの〈帰還者〉たちだ」

国際法で禁じられている〈帰還者〉の作成には、期間限定の研究材料としてのみ可、という特例事項がある。その場合も、〈帰還者〉になり得るのは生前に本人と二親等以内の親族が同意している個人だけで、これはあくまでも科学技術の発展に寄与するための献体であり、金銭の授受は行われない。

「ケイヴを取り巻いていた現実の町がそうであったように、〈ザ・タウン〉にもいろいろな人間を住まわせなくちゃならない」

人種、年齢、性別はもちろんのこと、表面的なものから隠されているものまで、様々な性向を持つ人間たち。それをここでは、便宜上、〈黒点《ブラック・スポット》〉や〈空白《ブランク》〉や〈赤色《ブラッド》〉に分類しているのだ。

ずいぶんと失礼な話だ。個人の多様な気質を無視して、犯罪歴や趣味嗜好《しこう》や、〈どんな死に方をしたか〉というポイントだけで記号的に分類するのだから。本部も、相手が本物の人間ではないと承知しているからこそ、平然とこんなレッテル貼りをするのである。それはかつての人種差別主義者たちのやり方に通底する。分類に色の名称を使うところまでそっくりだ。

「ケイヴの〈帰還者〉は、大学を退学になり、ドラッグの治療施設を出たところが出発点だ」

彼の基本人格モジュールは、そこで固定されている。二回目以降の周回では、ケイヴに仕事を持たせたり、最初の周回では現実と酷似させていた。二回目以降の周回では、ケイヴに仕事を持たせたり、ガールフレンドをあてがったり、町の様子を変えたり、少しずつ変化をつけている」


チコは目を細めた。「その〈周回《ラウンド》〉って何だ？」

「だから、ケイヴのやり直しの人生だよ」

彼がドラッグから立ち直り、親の庇護《ひご》のもとに静かな田舎町で新しい生活を始め、やがてそれが終わる。そのひと続きを〈周回〉と呼ぶ。

「新しい生活が——終わる？」

チコの呟きに、保安官はうなずいた。

「過去九度の周回は、すべてケイヴが性犯罪や殺人事件を起こしたところで打ち切られた。今度もそうだ」

〈ザ・タウン〉の住民たちは現実の事件が起きた町の住民たちとはもちろん異なる。それでも毎回、現実と同じように、〈帰還者〉のケイヴが事件を起こす。すると〈周回〉は終わる。

「それが〈総停止《オール・シャットダウン》〉だ」

〈総停止〉の後、ケイヴ自身も他の〈帰還者〉たちも、基本人格モジュールだけを残して〈記憶消去《リセット》〉され、新しい名前や仕事や立場を割り当てられる。〈ザ・タウン〉にも設定に変化がつけられる。そして新しい周回が始まるのだ。もちろん、その前に入念な検証作業が行われるが、それによって、ケイヴが犯罪へと傾斜するはっきりとした端緒や原因が判明したためしはない。

不毛だ。無駄の繰り返しだ。保安官はそれを見守ってきた。期待を捨てきれずにいるからだ。

「生まれつきの性向なのかもしれない」

チコの声は低くなっている。

「ケイヴって男は、生まれつきの悪魔なのかも」

「モウン会長にはほかにも娘と息子がいるんだよ」と、保安官は言った。「だからあの老人は、筋金入りの環境決定論者なんだ」

ケイヴが道を踏み外すには、最初の殺人の前に、必ず外的な要因が作用していたはずだ。その要因を見つけ出せば、そして排除することができれば、ケイヴは殺人者にはならない。性的サディストにもならない。兄たちと同じように、人好きのする立派な男となる――

実は、この考え方に対しては、本部《センター》お抱えの犯罪心理学者や児童心理学者たちのなかにも、根強い反対論がある。環境決定論が間違っているというのではない。ケイヴル・モウンの基本人格モジュールを、十九歳で固定するのは誤りだというのだ。少なくとも彼がドラッグにはまる一年以上前の時点からスタートするべきだという意見もあれば、ケイヴが三歳児の時点から始めなくては意味がないという意見もある。

だが、モウン会長は耳を貸さない。ケイヴに子供のころから行為障害があったなどという分析は後付けの偏見に過ぎないと斬《き》って捨て、ケイヴにとって問題なのは、あくまでも、家族から離れて大学の寮に入り、孤独のあまり悪い友達の誘いに乗って（あるいは騙されて）ドラッグに手を出してから以降の経験であって、それ以前ではないと頑《かたく》なに主張し続けている。それでも一時は、ここことは別の〈ザ・タウン〉で、なんとも半端に妥協的な十歳のケイヴの〈帰還者〉を造り、その時点での少年の行動特性を観察する試みも行われたというが、目立った発見はなかった。ただ、自説に固執するモウン会長を勇気づけただけだった。

「執念だよ」

ドン・モウンに取り憑《つ》いた妄念だ。

「たったそれだけのために、この町を作って維持してるっていうのかい？」

「たったそれだけ、かな」

保安官は窓の外に目をやった。

「希代の殺人者の父親が、愛する息子のために、何とかして別の人生を探そうとしているんだ。息子に、別の人生を選び取らせようとしているんだ」

確かに、桁違いな金持ちだからできることだ。だが、金だけの問題ではない。

「ドン・モウンは、ケイヴが別の人生を選び取る、その瞬間を見たいんだ。その願いは、たったそれだけと言い捨てられていいものだろうか」

「だって」チコはまた反抗的な不良のように口を尖らせた。「だったらなんで、観客を入れてるんだ？」

「あれは慈善事業みたいなもんだよ」

ドン・モウンにも人付き合いはあり、誰かの願いに負けることもある。

「亡くなった我が子や、愛する妻や夫の〈帰還者〉に会いたい、できるならばもう一度手を取って話をしたり、目を見たい。そういう夢をかなえてやるサービスだ」

「だって金をとってるじゃないか！」

「実費だよ」

保安官は執務室の床を指さした。

「ここへ来るシャトル代がかかるし、道中じゃ短時間だが無重力状態を経験するから、訓練も受けなきゃならん。おまえさんだってそうだったろ？」

〈帰還者〉に対面するには、入念なシミュレーションを繰り返した上で、心理テストにパスしなくてはならない。それにも手間がかかるが、ないがしろにはできない。〈帰還者〉との接触で生身の人間に衝撃的心傷が発生したら、人造擬体製造規制法のオンブズマンが黙っていないだろう。いかなドン・モウンでも、〈ザ・タウン〉という特例を維持することはできなくなる。

ようやく「だって」が種切れになったのか、チコは身を守るように腕組みをした。

「どうしてケイヴは、似たようなことを繰り返しちまうんだろう」

「ポーカーをやったことはあるか」

「え？」

「五枚のカードで役を作って勝負する。ルールは簡単なゲームだ。知ってるか」

「う、うん」

「最初に配られたカードで、役ができてることがあるだろう？　ワンペアなんてよくあるし、スリーカードだったり、ツーペアがあったり、あと一枚揃えばストレートやフラッシュになるってこともある」

ケイヴはそれだと、保安官は言った。

「犯罪歴のある〈帰還者〉――〈黒点〉もそうだよ。最初から役を持ってる。あるいは、一枚だけカードを取り替えれば、強い役になる。その状態で生まれてくるんだ」

環境と運に恵まれて、手持ちの弱い役のままだったり、一枚だけが揃わずにストレートもフラッシュも完成しないままだったりする。その場合は、平穏で幸せな人生をおくる市民になれる。

だがカードが揃い、役ができてしまう者もいる。悪魔の喜ぶ強い役が。どの周回でも、立場の弱い女性に悪さをせずにはいられない第一給水塔の作業長のように。被愛妄想が強く、その妄想を実現させるためには殺人も辞さないジャンのように。

「――そんなの、乱暴な考え方だ」

チコの抗議に、保安官はうなずいた。「そうだな。俺もそう思う。だがほかに考えようがないんだよ」

ずっとここにいて、〈ザ・タウン〉を、ケイヴル・モウンの繰り返しの人生を眺めていると。

「あんた、どうしてそんなに落ち着いていられるのかな」

チコの目が保安官を見つめている。

「それってやっぱり、あれかな。ゼンの境地ってやつ?」

「何だって?」

「ゼンだよ。禅」

うっかり卑《ひ》猥《わい》な言葉でも口にしてしまったかのように、チコは真っ赤になった。

「違うの? だけどあんた、東洋人だから」

保安官は笑ってしまった。「俺は東洋系だというだけだ。禅だって? 知らんよ」

そうだろうか。今、この脳には記憶が残っていないというだけではないのか。

保安官はまだ生身の人間だ。半分以上は天然ものの身体だ。だが、手強い疾病が見つかるたびに臓器や臓器パーツの交換を繰り返してきた。〈ザ・タウン〉は生身の人間の身体に優しい環境ではない。宇宙線が強すぎるからだ。ここで普通の人間の寿命を全うしようと思うのなら、交換措置を受けるのはやむを得ない。

　しかし、人造擬体の人格モジュールが不完全なものにしかなり得ないのは、人間の気質や特質を司《つかさど》るのが脳だけではないからだと言われている。体幹からフィードバックされる電気信号も、その個体の人格を形作るために寄与しているのだ。ならば、身体のパーツを無機質な作り物に取り替えていくうちに、保安官自身の〈人間〉としての統一性が揺らいでいるという可能性もあるのではないか。

　妻の思い出は、本物だろうか。数限りなく見てきた〈帰還者〉たちのデータを、自分のものと混同しているだけではないのか。

　保安官の脳裏に、ときどき浮かぶ映像がある。白い雪に覆われ、聖マリア教会の祭壇に立っていた花嫁のヴェールのように優美な裾を引いた広大な山の景色だ。あれはどこの国だ？　俺の故国だろうか。

　ドン・モウンの身にも、同じことが起こっているかもしれない。あの老人は既に、末息子が警官隊に射殺されたときと同じ老人ではなく、人間と人間のレプリカとのあいだで宙づりになっている。

　それでも、罪を犯さぬケイヴの姿を見たいという一念だけが、彼を動かしている。

「チコ、知ってるだろうが」

　呼びかけると、なぜかチコはびくりとした。

「俺は〈帰還者〉ではないが、真人間でもない。〈ザ・タウン〉は俺の牢獄《ろうごく》だ。俺はここでお務めをしているんだよ」

「……知ってるよ。モウン社と取引したんだろ」

「そうだ。だが、死刑になりたくなかったからじゃない」

後悔があったからだと、保安官は言った。

「俺は、おまえをここに送り込んだセクトなんかより、はるかに過激な人間原理主義者のグループの一員だった」

反《アンチ》人造擬体の思想故に、第二世代人造擬体を完成させたモウン&タキザワ社の研究所で、爆弾テロを起こした。

三十二名が死んだ。そのなかには、研究者やモウン&タキザワ社の社員だけではなく、たまたま社会見学に来ていた十人のティーンエイジャーたちも含まれていた。

「長ったらしい裁判なんて、無意味だと思っていた。俺は信念に殉じる、とっとと死刑にしてくれと思っていた」

その考えが変わったのは、面会に来た弁護士に、被害者追悼集会の映像を見せられたときだ。

「俺が殺した人たちの遺族や親しかった人たちが、蠟燭《ろうそく》を灯し、手をつなぎ合って泣いていた。そしてうたっていた」

〈エウリデケを失って〉を聴いたのは、そのときだった。

「俺は自分の過ちを悟った。反人造擬体を旗印に、俺がやったことはただの人殺しだ。人造擬体は今でも嫌いだよ。だが俺は、擬体ですらない。人間でもない」

ただの人でなしだ。

「だからモウン＆タキザワの——正確に言うならドン・モウン個人の申し出を受けた」

皮肉なことに、爆弾テロを計画し実行し成功させた緻密な頭脳と強靭な精神力を見込まれて、スカウトされたのだ。私の〈ザ・タウン〉の保安官にならないか。

「ドン・モウンはケイヴの人生を繰り返し、罪を犯さない息子の人生を見出したいという。俺もそれを見たいと思った」

もしもドン・モウンが、ケイヴ・モウンが成功したならば。

「この俺にも、人でなしにならない人生を選び取るチャンスがあったってことになる」

今さら、それを知ってどうなるものでもない。〈帰還者〉を作っても、死んだ本人を生き返らせることはできないのと同じだ。時を巻き戻すことはできない。

「だが、チャンスがあったのにそれを見送ったなら、俺は今度こそ自覚的に、進んで罰を受けることができる。自爆テロみたいに死刑になるんじゃなくて、償いのために死刑になるんだ」

チコの顔の汗は、すっかり引いていた。今では少し寒そうなほどだ。

「おまえは捕まる。ここは治外法権だ。裁判なんかなしに、処刑されるぞ」

言って、保安官は立ち上がった。

「悪いことは言わない。連中と取引しろ。ここを見て考えが変わったと。俺と同じようになりたいと」

そして、ここへ戻って来い――

「俺が死んだら、見送ってくれ。俺の後を継いでここを守ってくれ」

これも縁だ、と笑った。

「東洋人はそういう考え方をするんだよ」

見守ってくれ。〈ザ・タウン〉がこのループを抜け出し、真の終わりの時を迎えるまで。

終わりの時。ドン・モウンの執念が実る時。それは、かつて人類が天然痘ウイルスを地上から駆逐したように、犯罪も駆逐することができるかもしれないという、淡く美しい希望が灯る時でもある。

「〈ザ・タウン〉は、本当は冬がいちばん美しいんだ」

チコを残し、重い足音をたてて、保安官は外へ出た。西の空の一角に歪みが生じている。そこだけ青空も雲も消えて、七色の美しい光がにじむように広がっているのだ。虹《にじ》ではない。舞台の照明係が、晴天の場面で間違ったライトを点けてしまったかのようにも見える。

保安官は頭上を仰いだ。これは本物の青空ではなく、〈ザ・タウン〉をすっぽりと覆うドームの天井に過ぎない。給水塔が立つ森を抜け、湖を通り過ぎてさらに走れば、ドームと外の世界を隔てる壁までたどり着くこともできる。

普段はそんなこと、きれいに忘れていられるが、ちょっと不自然な光が空に現れただけで、保安官のなかに残っている生身の人間の部分——かつて本物の自然に触れ、そのなかで生きていた記憶が、これは偽物だと騒ぎ出してしまう。ここはモウン会長のデラックスな箱庭に過ぎない、と。何せ、あんなところに出入口があるんだからな。

〈ザ・タウン〉のゲートが開かれたのだ。回収班が臨場する。

両手で丁寧に帽子をかぶると、保安官は歩き出した。聖マリア教会へ行こう。動きを止めた〈帰還者〉たちがすべて運び出されたら、オルガンを弾こう。たどたどしくてもいい。そして賛美歌をうたおう。

ここには神はいないが、祈ることはできるのだから。

初出

母の法律　大森望責任編集『NOVA　2019年春号』河出文庫、二〇一八年一二月
戦闘員　大森望責任編集『書き下ろし日本SFコレクション　NOVA+　バベル』河出文庫、二〇一四年一〇月
わたしとワタシ　「小説すばる」二〇一八年四月号
さよならの儀式　日本SF作家クラブ編『SF JACK』角川書店、二〇一三年二月
星に願いを　大森望編『ヴィジョンズ』講談社、二〇一六年一〇月
聖痕　大森望責任編集『書き下ろし日本SFコレクション　NOVA2』河出文庫、二〇一〇年七月
海神の裔　大森望責任編集『書き下ろし日本SFコレクション　NOVA+　屍者たちの帝国』河出文庫、二〇一五年一〇月
保安官の明日　大森望責任編集『書き下ろし日本SFコレクション　NOVA6』河出文庫、二〇一一年一一月

# 解説

大森 望

本書『さよならの儀式』は、宮部みゆきにとって初のSF短編集にあたる。書き下ろしSFアンソロジー《NOVA》などに発表された八編を集めて、二〇一九年七月に河出書房新社から四六判ハードカバー単行本として刊行された。

宮部みゆきと言えば、（少なくとも僕にとっては）押しも押されもしない現役SF作家。二・二六事件を題材にしたタイムトラベル小説『蒲生邸事件』で第18回日本SF大賞を受賞した（庵野秀明監督『新世紀エヴァンゲリオン』と同時受賞）だけではなく、『龍は眠る』『鳩笛草』『クロスファイア』などの超能力SF群や、異星からの逃亡者が地球人の夢の中に侵入する《ドリームバスター》シリーズも書いている。時代小説のほうでも、《霊験お初捕物控》の『震える岩』『天狗風』などSF要素を含むものがいくつもあって、

SF専門読者以外からも広く支持されている。

問題は、ミステリー作家や時代小説家、あるいはファンタジー作家としての存在感が大きすぎるため、SF読者のあいだでさえ、宮部みゆきがSF作家として広く認知されているとは言いがたいこと。

そこで、《NOVA 書き下ろし日本SFコレクション》というアンソロジー・シリーズ（いわば、文庫判のSF専門誌）を立ち上げたとき、旧知の宮部さんに、「ぜひ全力投球のSF短編を書いてください」と無理やり頼み込み、新作を寄稿してもらった。それが、本書に収められている「聖痕《せいこん》」。

加害者（殺傷事件を起こした少年）の親族が直面する問題を描くという点では、宮部さんのファンタジー長編『英雄の書』とも通底するが、「聖痕」は、〝少年A〟のその後の人生にスポットライトを当て、予想もしない展開と衝撃の結末を用意する。パソコンの画面越しに原稿を読み終えて、題名の意味を理解したとき、しばらく茫然《ぼうぜん》としたのをよく覚えている。なにしろ宮部さんからは、「スクランブル・スーツが出てくる話を書きます！」としか聞いていなかったのである。スクランブル・スーツとは、フィリップ・K・ディックのSF長編『スキャナー・ダークリー』に登場する重要な小道具（宮部さんは、創元推理文庫と創元SF文庫のオールタイムベスト5アンケートで、第1位にこの作品の別訳を挙げるほど熱烈に愛している）。『スキャナー・ダークリー』は、キアヌ・リーヴス主演で映画化されている（といっても実写ではなく、実写をもとにしたロトスコープアニメ）から、そちらにでてくるスクランブル・スーツの印象的なビジュアルをご記憶の方もいるだろう。数秒ごとに別人の顔かたちを映し出し、身元の特定を不可能にする、潜入捜査官用の特殊スーツ。まさかそのイメージがこんなふうに使われるとは……。

「聖痕」には、超自然的な存在が説明なく〝降臨〟するが、それを読んで思い出したのは、当代世界最高の短編SF作家と目されているテッド・チャンの代表作「地獄とは神の不在なり」（ハヤカワ文庫SF『あなたの人生の物語』所収）。同作では、天使が（ほとんど災害のように）降臨し、神の実在が証明されている世界でなお、神を信じることができない主人公の苦悩が描かれる。「聖痕」は、ある意味、その裏返しと言ってもいいだろう。宮部みゆき自身の積年のテーマ（罪と罰、正義とその執行の問題）とスタイルに合わせてテッド・チャンが華麗に変奏されている（ようにも見える）。

この短編を書いた経験について、宮部さん自身はこう語っている。

〈SFって、わたしには敷居が高くて、なのに運よく日本SF大賞をいただいてしまって申し訳ありません、みたいな引け目がずーっとあったんだけど、でも、SFっていうのも、自分の持ってるネタをこう書けばいいのかという置き場所のひとつになることが今回わかったというか。しばらく逃げまわってばっかりいたんですけど、またやりたいなと思いました〉（光文社文庫『チヨ子』巻末解説収録の著者インタビューより）

実際、二〇一〇年に発表されたこの「聖痕」を嚆矢《こうし》として、それから八年のあいだに、宮部さんは年に一作くらいのペースで単発の（連作ではない）SF短編を発表。「聖痕」

発表から九年かかって、初のＳＦ短編集となる本書『さよならの儀式』刊行に漕《こ》ぎつけた。「聖痕」は、光文社文庫から出た文庫オリジナルの短編集『チヨ子』に収められたが、宮部さんが書き継いできたＳＦ短編群の記念すべき出発点ということで、ご自身の希望により、本書にもあらためて収録されている。

出発点の「聖痕」が父と息子の物語だとしたら、（本書収録作の中では最後に書かれたという意味で）最終到達点となる「母の法律」は、母と娘の物語と言えなくもない。罪を犯す側（子ども側か親側か）も「聖痕」とは逆になっていて、はからずも一対の作品のように見える。著者いわく、

〈ちょうど子供の虐待死事件が連続しているときで、やるせないと思って。こういったことを強制的に解決できる法律ってあるのかなと思って発想しました。わたし自身は作中の「マザー法」があったとしても反対で、事実上の国家総動員法になるからこんなことは絶対に実現させてはいけないと思うのだけれど、それでももしあったらどうなるだろうと思って書いたんです〉（ＳＦマガジン二〇一九年十月号掲載「はじめてのＳＦ作品集――『さよならの儀式』宮部みゆきインタビュー」より）

つい最近も（というか、この解説に着手したその日に）、女子中学生が見ず知らずの母娘連れを刃物で傷つけて逮捕され、自分の母親と弟を殺すための練習のつもりだったと供述したと報じられる事件が起きている。このような生々しい悲劇の原因ともなるような親子の関係に、まったく別のアングルから光を当てるため、ここではＳＦ設定がツール

として活用されている。

その一方、本書の中には、宮部みゆきがかつて愛読した黄金時代のSF短編に対するオマージュのような作品もある。宮部さんは、中学生のときにどっぷりハマったアンソロジーとして、インタビューやエッセイでくりかえし講談社《世界の名作怪奇館》全八巻を挙げている。夏休みのあいだ借りっぱなしにして毎日毎日読みふけっていたそうだが、その第七巻、SF編と題された『壁の中のアフリカ』（福島正実編訳）に、レイ・ブラッドベリ「草原」やロバート・シェクリイ「ひる」とともに収録されていたのが、フィリップ・K・ディックの初期短編「にせもの」。

人間と区別のつかない〝にせもの〟（人間そっくりのアンドロイドや人間に擬態した異星生物）はディック終生のテーマだが、「にせもの」の主人公スペンスは、本物を殺して入れ替わったにせものだと疑われて追われる立場になる。自分が人間だと知っているスペンスは、なんとか必死にそれを証明しようとするのだが……。

本書に収められた「星に願いを」の中で、空から落ちてきた隕石がじつは小型宇宙船だったのでは——というくだりは、たぶんこの「にせもの」に対するオマージュだろう。エイリアン的な存在が人間の体に入るという趣向は、ハル・クレメント『二十億の針』から「ウルトラマン」を経由して『寄生獣』に至り、もはや定番となっている。こうしたおなじみの材料を語りの天才・宮部みゆきがどう料理するかも本書の見どころ。ジャック・街角の防犯カメラをネタにした「戦闘員」でも、一種の擬態が描かれる。

フィニイ『盗まれた街』以来、地球を侵略しようとする異星人が人間に化ける（本物の人間と入れ替わって徐々に勢力を拡大する）のはSFの大定番だが（ディックにも「父さんもどき」という同じ趣向の短編がある）、本編ではその構図が現代日本の見慣れた街の風景に自然に重ねられている。八十歳を超えた主人公・藤川達三も、じつに宮部さんらしいキャラクターで、おなじみの宮部ワールドが黄金時代の英米SFワールドにシームレスに接続される。

表題作「さよならの儀式」は、長年ともに暮らしてきたロボットに別れを告げる話。作中で言及される〝ロボット三原則〟は、アイザック・アシモフが考案した有名なルールで、ロボットは、①人間に危害を加えてはならない、②前項に反しないかぎり人間の命令に従わなくてはならない、③前二項に反しないかぎり自分を守らなければならない。この三原則に基づくロボットたちと人間社会の関わりを描くアシモフの《陽電子頭脳ロボット》シリーズはロボットSFのスタンダードとなり、その後の作家たちにも大きな影響を与えた。このシリーズの第一作にあたる短編「ロビイ」（『われはロボット』所収）は、発話機能を持たない子守ロボットのロビイを愛してやまない八歳の少女グローリアの物語。ロビイにしか興味を持たない娘を心配した母親は、ロボットをメーカーに返却してしまう。ロビイを失ったグローリアは悲しみに沈み、日に日に元気をなくしてゆく。父親は、ロボットが人間とは違う存在だということを教えるため、娘をロボット工場に連れていくが……。

一方、「さよならの儀式」では、愛するロボットに最後にもう一度会うため、ロボット工場の廃棄機体回収窓口にやってきた若い女性が軸になる。「ロビイ」の日本版のようにも見えるが、工場につとめるシニカルな男を語り手に選ぶことで、「ロビイ」とはまったく違う現代的な作品に仕上げている。

もっとも、著者自身によれば、「さよならの儀式」を書くきっかけは、両親にルンバをプレゼントしたことだったという。いわく、

〈定年後は父が家の掃除をしていて、ルンバをいたく気に入って可愛がっていました。円盤みたいなものでも人は感情移入するんだなと思って、将来的にかなり人型に近いロボットと共存するようになったときに、ペットロスならぬロボットロスみたいなことがでてくるんじゃないかと〉（前出SFマガジンのインタビューより）

この作品は、日本SF作家クラブ創立五十周年を記念して角川書店から刊行された四六判ハードカバーのオリジナル・アンソロジー『SF JACK』に発表され、二〇一三年の日本SF短編のベストを集めた『年刊日本SF傑作選』に、やはり表題作として採録されている。

「保安官の明日《あす》」は、閉ざされた小さな田舎町〈ザ・タウン〉が舞台。宮部さんの長い作家歴の中でも、保安官が出てくる小説を書いたのはこれが初めてだそうですが、いったいなぜ保安官なのか？〈ザ・タウン〉はどこにあるのか？町の人たちはいったいなにをやっているのか？……などなど、〝世界〟をめぐる謎が解き明かされる、これ

また懐かしいテイストのアイデアSF。とはいえ、筋金入りのSF読者でも、この真相は予想できないだろう。ミステリー作家としての手腕が冴え渡る作品。「わたしとワタシ」もSF定番のタイムスリップもの。ただし、タイムスリップしてくるのは昔の自分。四十五歳のわたしの前に現れた十五歳のワタシが、わたしを見て口にする台詞がなんとも可笑しい。著者いわく、〈それこそ、十五歳の自分に会ったら罵倒されるんじゃないかなというところから発想したんです（笑）。好きなことだけしてのんきに暮してきたから、絶対あんたなんかにならないと言われるだろうなあと思って書いた話ですね〉（前出SFマガジンのインタビューより）

残る一編、「海神《かいじん》の裔《すえ》」は、伊藤計劃の遺稿を円城塔が書き継いで完成させた長編『屍者の帝国』（河出文庫）の設定を借りたシェアード・ワールド（複数の作家がひとつの架空世界を共有して書く）アンソロジー、『書き下ろし日本SFコレクション NOVA+ 屍者たちの帝国』に寄稿されたもの。宮部さんは伊藤計劃『虐殺器官』を絶賛し、「私には、3回生まれ変わってもこんなにすごいものは書けない」というコメントを帯に寄せている。

劇場アニメ化もされた『屍者の帝国』の背景は、メアリ・シェリーの『フランケンシュタイン』（一八一八年）に描かれた出来事がフィクションではなく事実だったという世界線。時は十九世紀の終わりごろ。ヴィクター・フランケンシュタインが開発した屍体蘇生技術は広く一般に普及し、屍者が労働力として世界の産業を支える時代が到来。当然、屍者は軍事力としても活用されている。「海神の裔」では、明治十一年のある日、そんな屍者の一体が日本の漁村に小舟で漂着する……。

以上、ＳＦが持つ無限の可能性が宮部みゆきの語りの才能と結びついた八編。これまでの短編集とはひと味違う宮部ワールドをじっくり楽しんでほしい。

（おおもり・のぞみ／翻訳家・書評家）

本書は二〇一九年七月、河出書房新社より刊行されました。

# さよならの儀《ぎ》式《しき》

二〇二二年一〇月一〇日　初版印刷
二〇二二年一〇月二〇日　初版発行

著　者　宮部《みやべ》みゆき
発行者　小野寺優
発行所　株式会社河出書房新社
〒一五一－〇〇五一
東京都渋谷区千駄ヶ谷二－三二－二
電話〇三－三四〇四－八六一一（編集）
〇三－三四〇四－一二〇一（営業）
https://www.kawade.co.jp/

ロゴ・表紙デザイン　粟津潔
本文フォーマット　佐々木暁
本文組版　株式会社キャップス
印刷・製本　中央精版印刷株式会社

落丁本・乱丁本はおとりかえいたします。

本書のコピー、スキャン、デジタル化等の無断複製は著作権法上での例外を除き禁じられています。本書を代行業者等の第三者に依頼してスキャンやデジタル化することは、いかなる場合も著作権法違反となります。

Printed in Japan　ISBN978-4-309-41919-0

## 推理小説

秦建日子 40776-0

出版社に届いた「推理小説・上巻」という原稿。そこには殺人事件の詳細と予告、そして「事件を防ぎたければ、続きを入札せよ」という前代未聞の要求が……ＦＮＳ系連続ドラマ「アンフェア」原作！

## サイレント・トーキョー

秦建日子 41721-9

恵比寿、渋谷で起きる連続爆弾テロ！　第３のテロを予告する犯人の要求は、首相とのテレビ生対談。繰り返される「これは戦争だ」という言葉。目的は、動機は？　驚愕のクライムサスペンス。映画原作。

## メビウス

堂場瞬一 41717-2

1974年10月14日——長嶋茂雄引退試合と三井物産爆破事件が同時に起きたその日に、男は逃げた。警察から、仲間から、そして最愛の人から——「清算」の時は来た！　極上のエンターテインメント。

## 華麗なる誘拐

西村京太郎 41756-1

「日本国民全員を誘拐した。五千億円用意しろ」。犯人の要求を日本政府は拒否し、無差別殺人が始まった——。壮大なスケールで描き出す社会派ミステリーの大傑作が遂に復刊！

## いつ殺される

楠田匡介 41584-0

公金を横領した役人の心中相手が死を迎えた病室に、幽霊が出るという。なにかと不審があらわになり、警察の捜査は北海道にまで及ぶ。事件の背後にあるものは……トリックとサスペンスの推理長篇。

## 最後のトリック

深水黎一郎 41318-1

ラストに驚愕！　犯人はこの本の《読者全員》！　アイディア料は２億円。スランプ中の作家に、謎の男が「命と引き換えにしても惜しくない」と切実に訴えた、ミステリー界究極のトリックとは⁉

## 花《はな》窗《まど》玻《は》璃《り》　天使たちの殺意

深水黎一郎　41405-8

仏・ランス大聖堂から男が転落、地上80mの塔は密室で警察は自殺と断定。だが半年後、再び死体が！　鍵は教会内の有名なステンドグラス…。これぞミステリー！『最後のトリック』著者の文庫最新作。

## 最高の盗難

深水黎一郎　41744-8

時価十数億のストラディヴァリウスが、若き天才ヴァイオリニストのコンサート会場から消えた！　超満員の音楽ホールで起こったあまりに「芸術的」な盗難とは？　ハウダニットの驚くべき傑作を含む３編。

## 私という名の変奏曲

連城三紀彦　41830-8

モデルのレイ子は、殺されるため、自らを憎む７人の男女を一人ずつ自室に招待する。やがて死体が見つかり、７人全員がそれぞれに「自分が犯人だ」と思いこむ奇妙な事態の果てに、驚愕の真相が明かされる。

## ある誘拐

矢月秀作　41821-6

ベテラン刑事・野村は少女誘拐事案の捜査を任された。その手口から、当初は営利目的の稚拙な犯行と思われたが……30億円の身代金誘拐事件、成功率０％の不可能犯罪の行方は⁉

## 戦力外捜査官　姫デカ・海月千波

似鳥鶏　41248-1

警視庁捜査一課、配属たった２日で戦力外通告⁉　連続放火、女子大学院生殺人、消えた大量の毒ガス兵器……推理だけは超一流のドジっ娘メガネ美少女警部とお守役の設楽刑事の凸凹コンビが難事件に挑む！

## 神様の値段　戦力外捜査官

似鳥鶏　41353-2

捜査一課の凸凹コンビがふたたび登場！　新興宗教団体がたくらむ“ハルマゲドン”。妹を人質にとられた設楽と海月は、仕組まれ最悪のテロを防ぐことができるか⁉　連ドラ化された人気シリーズ第二弾！

## ゼロの日に叫ぶ　戦力外捜査官

似鳥鶏　41560-4

都内の暴力団が何者かに殲滅され、偶然居合わせた刑事二人も重傷を負う事件が発生。警視庁の威信をかけた捜査が進む裏で、東京中をパニックに陥れる計画が進められていた——人気シリーズ第三弾、文庫化！

## 世界が終わる街　戦力外捜査官

似鳥鶏　41561-1

前代未聞のテロを起こし、解散に追い込まれたカルト教団・宇宙神瞠会。教団名を変え穏健派に転じたはずが、一部の信者は〈エデン〉へ行くための聖戦＝同時多発テロを計画していた……人気シリーズ第４弾！

## がらくた少女と人喰い煙突

矢樹純　41563-5

立ち入る人数も管理された瀬戸内海の孤島で陰惨な連続殺人事件が起こる。ゴミ収集癖のある《強迫性貯蔵症》の美少女と、他人の秘密を覗かずにはいられない《盗視症》の主人公が織りなす本格ミステリー。

## ハーメルンの笛吹きと完全犯罪

仁木悦子／角田喜久雄／石川喬司／鮎川哲也／赤川次郎／小泉喜美子／結城昌治 他　41789-9

白雪姫、ハーメルンの笛吹き、みにくいアヒルの子……誰もが知っている世界の童話や伝説から生まれた傑作ミステリーアンソロジー。昔ばなしが呼び覚ます残酷な罠！　８篇を収録。

## カチカチ山殺人事件

伴野朗／都筑道夫／戸川昌子／高木彬光／井沢元彦／佐野洋／斎藤栄　41790-5

カチカチ山、猿かに合戦、舌きり雀、かぐや姫……日本人なら誰もが知っている昔ばなしから生まれた傑作ミステリーアンソロジー。日本の昔ばなしの持つ「怖さ」をあぶり出す７篇を収録。

## 蟇屋敷の殺人

甲賀三郎　41533-8

車から首なしの遺体が発見されるや、次々に殺人事件が。謎の美女、怪人物、化け物が配される中、探偵作家と警部が犯人を追う。秀逸なプロットが連続する傑作。

## 紅殻駱駝の秘密

小栗虫太郎　41634-2

著者の記念すべき第一長篇ミステリ。首都圏を舞台に事件は展開する。紅駱駝氏とは一体何者なのか。あの傑作『黒死館殺人事件』の原型とも言える秀作の初文庫化、驚愕のラスト！

## 黒死館殺人事件

小栗虫太郎　40905-4

黒死館を襲った血腥い連続殺人事件の謎に、刑事弁護士法水麟太郎がエンサイクロペディックな学識を駆使して挑む。本邦三大ミステリの一つ、悪魔学と神秘科学の一大ペダントリー。

## 心霊殺人事件

坂口安吾　41670-0

傑作推理長篇「不連続殺人事件」の作家の、珠玉の推理短篇全十作。「投手殺人事件」「南京虫殺人事件」「能面の秘密」など、多彩。「アンゴウ」は泣けます。

## 復員殺人事件

坂口安吾　41702-8

昭和二十二年、倉田家に異様な復員兵が帰還した。その翌晩、殺人事件が。五年前の轢死事件との関連は？　その後の殺人事件は？　名匠・高木彬光が書き継いだ、『不連続殺人事件』に匹敵する推理長篇。

## 死者の輪舞

泡坂妻夫　41665-6

競馬場で一人の男が殺された。すぐに容疑者が挙がるが、この殺人を皮切りに容疑者が次から次へと殺されていく――この奇妙な殺人リレーの謎に、海方＆小湊刑事のコンビが挑む！

## 三面鏡の恐怖

木々高太郎　41598-7

別れた恋人にそっくりな妹が現れた。彼女の目的は何か。戦後直後の時代背景に展開する殺人事件。木々高太郎の隠れた代表的推理長篇、初の文庫化。

## 小川洋子の陶酔短篇箱

小川洋子〔編著〕　41536-9

川上弘美「河童玉」、泉鏡花「外科室」など、小川洋子が偏愛する短篇小説十六篇と作品ごとの解説エッセイ。摩訶不思議で面白い物語と小川洋子のエッセイが奏でる究極のアンソロジー。

## 小川洋子の偏愛短篇箱

小川洋子〔編著〕　41155-2

この箱を開くことは、片手に顕微鏡、片手に望遠鏡を携え、短篇という名の王国を旅するのに等しい——十六作品に解説エッセイを付けて、小川洋子の偏愛する小説世界を楽しむ究極の短篇アンソロジー。

## ブラザー・サン　シスター・ムーン

恩田陸　41150-7

本と映画と音楽……それさえあれば幸せだった奇蹟のような時間。「大学」という特別な空間を初めて著者が描いた、青春小説決定版！　単行本未収録・本編のスピンオフ「糾える縄のごとく」＆特別対談収録。

## 福袋

角田光代　41056-2

私たちはだれも、中身のわからない福袋を持たされて、この世に生まれてくるのかもしれない……人は日常生活のどんな瞬間に、思わず自分の心や人生のブラックボックスを開けてしまうのか？　八つの連作小説集。

## 東京ゲスト・ハウス

角田光代　40760-9

半年のアジア放浪から帰った僕は、あてもなく、旅で知り合った女性の一軒家に間借りする。そこはまるで旅の続きのゲスト・ハウスのような場所だった。旅の終わりを探す、直木賞作家の青春小説。

## 学校の青空

角田光代　41590-1

いじめ、うわさ、夏休みのお泊まり旅行…お決まりの日常から逃れるために、それぞれの少女たちが試みた、ささやかな反乱。生きることになれていない不器用なまでの切実さを直木賞作家が描く傑作青春小説集

著訳者名の後の数字はISBNコードです。頭に「978-4-309」を付け、お近くの書店にてご注文下さい。